W0366874

La dernière Chose qu'il M'a dite

LAURA DAVE

La dernière Chose qu'il M'a dite

Traduit de l'anglais (États-Unis)
par Marie Tillol

Michel Lafon

Ce livre est imprimé en France par
un imprimeur soucieux de préserver l'environnement
à travers des actions d'économies d'énergie, de valorisation
des déchets, d'utilisation de produits moins nocifs
pour la santé des travailleurs.

Titre original :
The Last Thing He Told Me

Copyright © 2021 by Laura Dave

© Éditions Michel Lafon, 2022, pour l'édition française
118, avenue Achille-Peretti – CS 70024
92521 Neuilly-sur-Seine Cedex
www.michel-lafon.com

à Josh et Jacob,
les plus beaux des miracles
et
à Rochelle et Andrew Dave,
pour tout, absolument tout

(on y va dit-il
pas trop loin dit-elle
où c'est trop loin dit-il
là où tu es dit-elle)

— e. e. cummings

Prologue

Owen se moquait volontiers de mon habitude de tout égarer ; j'avais le chic pour tout perdre, chez moi, ça confinait à l'art. Les lunettes de soleil, les clés, les gants, les casquettes, les timbres, les appareils photo, les téléphones portables, les bouteilles de Coca, les stylos, les lacets. Les chaussettes. Les ampoules. Les bacs à glaçons. Il n'a pas complètement tort. J'avais bien une tendance à poser les choses au mauvais endroit. À ne pas faire attention. À oublier.

Lors de notre deuxième rendez-vous, j'ai perdu le ticket du parking où nous nous étions garés avant le dîner. Chacun avait pris sa voiture. Owen en plaisanterait plus tard. Et prendrait plaisir à raconter que j'avais insisté pour venir par mes propres moyens ce soir-là. Même le soir de notre mariage, il avait plaisanté là-dessus. Et moi j'avais raconté en riant qu'il m'avait cuisinée toute la soirée, me posant d'innombrables questions sur mon passé – sur les hommes que j'avais laissés derrière moi, sur les hommes qui m'avaient quittée.

Beaucoup d'appelés, peu d'élus, avait-il dit. Il avait levé son verre aux « non-élus » et les avait remerciés de ne m'avoir pas correspondu, moyennant quoi c'était lui qui avait la chance de se retrouver attablé face à moi.

Tu me connais à peine, avais-je dit.

Il avait souri. *On ne dirait pas, pourtant, non ?*

Il n'avait pas tort. Ce qui semblait prendre vie entre nous était déroutant, depuis le premier jour. J'aime bien me dire que c'est pour ça que j'étais si distraite. Pour ça que j'ai perdu ce fameux ticket.

On s'était garés dans un parking aérien près du Ritz-Carlton, dans le centre de San Francisco. Le gardien nous avait crié dessus : je pouvais bien prétendre que j'étais juste venue dîner, il n'en avait rien à cirer.

L'amende, quand on perdait son ticket, s'élevait à cent dollars.

– Vous auriez aussi bien pu laisser votre voiture ici pendant des semaines, avait-il ajouté. Comment je sais, moi, que vous essayez pas de m'arnaquer ? Cent dollars plus les taxes, c'est le prix quand on perd son ticket. C'est écrit là, sur le panneau.

Cent dollars plus les taxes pour pouvoir rentrer chez soi.

– Tu es vraiment sûre de l'avoir perdu ? avait demandé Owen.

Mais il souriait en disant cela, comme si c'était le meilleur scoop de toute la soirée à mon sujet.

J'en étais sûre, mais n'en avais pas moins inspecté chaque centimètre carré de ma Volvo de location, du coupé sport d'Owen (dans lequel je n'avais pourtant pas mis les pieds) et du sol gris impossible du parking. Pas de ticket. Ni ici ni ailleurs.

La semaine après la disparition d'Owen, j'ai rêvé de lui debout dans ce même parking. Il arborait le même costume – le même sourire ravi. Dans mon rêve, il retirait son alliance.

Écoute, Hannah, disait-il. *Maintenant, moi aussi tu m'as perdu.*

I

« Je ne suis guère patient avec les scientifiques
qui se saisissent d'une planche de bois par son côté
le plus fin et percent de nombreux trous
là où l'opération est aisée. »

Albert EINSTEIN

Si tu ouvres la porte à un inconnu…

Ce sont des choses que l'on voit sans arrêt, à la télévision. On frappe à la porte. Sur le seuil, quelqu'un s'apprête à faire l'annonce qui va tout changer. À la télé, il s'agit en général d'un policier ou d'un pompier, parfois d'un militaire en uniforme officiel. Mais ce jour-là quand j'ouvre la porte – quand j'apprends que tout va bientôt changer pour moi – le messager n'est ni un simple flic ni un officier de la police judiciaire au pantalon impeccable. C'est une gamine de douze ans, en tenue de foot. Avec protège-tibias et tout le barda.

– Mme Michaels ? dit-elle.

J'hésite avant de répondre – comme souvent quand on me demande si c'est bien moi. C'est moi et ce n'est pas moi. Je n'ai pas changé de nom. J'ai été Hannah Hall pendant trente-huit ans avant de rencontrer Owen et je ne voyais pas trop de raison de devenir quelqu'un d'autre après. Mais Owen et moi sommes mariés depuis un peu plus d'un an. Et, pendant ce laps de temps, j'ai appris à ne pas corriger les gens, ni dans un sens ni dans l'autre. Parce que, dans le fond, ce qu'ils veulent savoir, c'est si je suis la femme d'Owen.

C'est certainement le sens de la question que me pose la fille, du haut de ses douze ans, ce qui m'amène à expliquer comment je peux être aussi certaine de son âge, ayant passé le plus clair de ma vie à classer les gens en deux catégories très vastes : les enfants et les adultes. Ce changement est lié à l'année et demie qui vient de s'écouler, et au fait que la fille de mon mari, Bailey, a l'âge effroyablement ingrat de seize ans. Lié aussi à l'erreur commise quand j'ai rencontré ladite Bailey pour la première fois, sur ses gardes : je lui ai dit qu'elle ne faisait pas son âge. C'était la pire chose que je pouvais faire.

Ou presque. Le pire de tout, c'était probablement quand j'avais voulu rattraper le coup avec une petite blague, disant combien j'aurais aimé, moi, qu'on me prenne pour plus jeune que j'étais. Depuis, Bailey ne pouvait pas m'encadrer, bien que je m'abstienne désormais de toute tentative d'humour auprès d'une adolescente de seize ans. Voire carrément de toute tentative de conversation.

Mais revenons à la gamine de douze ans plantée devant ma porte, gigotant d'un pied sur l'autre, sur ses crampons pleins de terre.

– M. Michaels m'a demandé de vous donner ça.

Elle tend alors brusquement la main, dans laquelle repose un morceau de papier jaune arraché à un bloc. Dessus il est écrit HANNAH, de l'écriture d'Owen.

Je prends le bout de papier et la regarde droit dans les yeux.

– Je suis désolée, mais quelque chose m'échappe. Tu es une copine de Bailey ?

– C'est qui, Bailey ?

Je ne m'attendais pas à ce qu'elle réponde oui. Il y a un monde entre douze et seize ans. Mais rien de tout ça ne colle. Pourquoi Owen ne m'appelle-t-il pas, tout simplement ? Pourquoi passer par cette fille ? Je songe d'abord qu'il est arrivé quelque chose à Bailey et qu'Owen n'a pas pu se libérer. Mais Bailey est à la maison, fuyante comme à son habitude, et une musique tonitruante se déverse depuis l'étage (la sélection du jour : *Beautiful*, une comédie musicale sur la vie de Carole King), une boucle sans fin me rappelant que je ne suis pas la bienvenue dans sa chambre.

– Excuse-moi, je suis un peu perdue, là... où est-ce que tu l'as vu ?

– Il est passé en trombe dans le couloir.

Pendant une minute, je crois qu'il s'agit du couloir juste derrière nous. Mais ça n'aurait aucun sens. Nous vivons dans une maison flottante, sur la baie – partout ailleurs on appellerait ça une péniche aménagée, mais pas à Sausalito, où nous formons une petite communauté – nous sommes au moins quatre cents. Ici, on dit des maisons flottantes – tout en ouvertures et en baies vitrées. Notre trottoir est un ponton, notre couloir un salon.

– Donc c'est au collège que tu as croisé M. Michaels ?

– Oui, c'est ce que je viens de dire.

Elle me jette un de ces regards – l'air de dire *Je vois pas où, sinon.*

– On allait au foot, avec ma copine Claire, quand il nous a demandé de vous déposer ça. J'ai dit que c'était pas possible avant la fin de l'entraînement et il a dit que ça irait. Il nous a donné votre adresse.

Elle montre un autre bout de papier, pour preuve. Et ajoute :

– Il nous a aussi donné vingt dollars.

Elle s'abstient, en revanche, d'exhiber le billet. Elle se dit peut-être que je risque de le lui reprendre.

– Son portable marchait plus, je crois, et il pouvait pas vous joindre. Je sais pas, moi. Il s'est à peine arrêté.

– Alors comme ça… il a dit que son portable ne marchait plus ?

– Ben sinon comment je le saurais ?

Sur ces entrefaites, son téléphone sonne – du moins je prends ça pour un téléphone jusqu'à ce qu'elle le décroche de sa ceinture : ça ressemble davantage à un bipeur high-tech. C'est de nouveau à la mode, ces gadgets ?

Une comédie musicale autour de Carole King. Un bipeur high-tech. Tout ça explique en partie, j'imagine, que Bailey n'ait aucune patience avec moi. Il y a un monde de lubies adolescentes dont j'ignore tout, absolument tout.

La fille tapote sur son machin, Owen et sa mission à vingt dollars sont déjà de l'histoire ancienne. J'ai du mal à la laisser partir, faute de comprendre vraiment ce qui se trame. C'est peut-être une sorte de blague un peu tordue. Owen trouve peut-être ça marrant. Moi, je ne trouve pas ça marrant du tout. Pas encore, en tout cas.

– Allez, au revoir.

Elle s'éloigne déjà. Je la regarde rapetisser le long du quai, le soleil a plongé dans la baie et une poignée d'étoiles tôt levées éclairent son chemin.

Puis, à mon tour, je mets le pied dehors. Je m'attends à moitié à voir Owen (mon cher Owen et ses idées farfelues) jaillir de l'ombre, flanqué du reste de l'équipe de foot hilare, manière de me faire comprendre, alors que j'ai du mal à percuter, qu'on s'est bien joué de moi. Mais il n'est pas là. Il n'y a personne.

Je referme la porte d'entrée. Et je baisse les yeux sur le papier jaune toujours plié au creux de ma paume. Que je n'ai pas encore ouvert.

Une pensée me vient, dans le silence ambiant : je n'ai aucune, mais alors aucune envie de le déplier. Aucune envie de savoir ce qu'il dit. Une partie de moi désire encore se raccrocher à ce dernier instant – l'instant où l'on peut encore se raconter qu'il s'agit d'une blague, d'une erreur, de trois fois rien, l'instant avant que l'on sache pour de bon que quelque chose a commencé et qu'on ne peut plus l'arrêter.

Je déplie la feuille.

Le message d'Owen est bref. Une ligne, une énigme en soi.

Protège-la.

Greene Street avant que ce soit Greene Street

J'ai rencontré Owen il y a un peu plus de deux ans. À l'époque, j'habitais encore New York. Je vivais à deux mille kilomètres de Sausalito, la petite ville de Californie du Nord où je suis désormais chez moi. Sausalito se trouve de l'autre côté du pont du Golden Gate par rapport à la ville de San Francisco, mais à un univers de la vie urbaine. C'est un lieu tranquille, charmant. Assoupi. Et c'est là qu'Owen et Bailey vivent depuis dix ans. C'est aussi l'opposé exact de la vie que je menais avant, ne quittant guère Manhattan, où je vivais dans une ancienne boutique reconvertie en loft sur Greene Street, à SoHo – un espace exigu au loyer astronomique. Je m'en servais à la fois d'atelier et de showroom.

Je suis tourneuse sur bois. C'est mon travail. En général, en entendant ça, les gens font une drôle de tête (quelle que soit la manière dont je présente l'affaire), tandis que remonte un vague souvenir de leurs cours de techno au lycée. Être tourneur sur bois c'est un peu ça, et en même temps pas du tout. J'aime à dire que c'est comme de la sculpture, où le bois aurait remplacé l'argile.

Je suis venue naturellement à cette profession. Mon grand-père était tourneur – et un expert en la matière – et son travail a occupé une place centrale dans ma vie, et depuis toujours. Il a toujours été au centre de ma vie puisqu'il m'a élevée seul, pour l'essentiel.

Mon père, Jack, et ma mère, Carole (qui préférait que je l'appelle par son prénom), n'avaient pas la moindre envie de s'occuper d'un enfant. Rien ne les intéressait en dehors de la carrière de photographe de mon père. Mon grand-père a poussé pour que ma mère fasse un minimum d'efforts quand j'étais petite, mais j'ai à peine connu mon père, qui était sur les routes pour son travail deux cent quatre-vingts jours par an. Quand il avait du temps pour lui, il filait se planquer dans le ranch familial, à Sewanee, dans le Tennessee, plutôt que de rouler deux heures pour venir passer un moment avec moi à Franklin, chez mon grand-père. Et, peu après mon sixième anniversaire, quand mon père a quitté ma mère pour son assistante – une certaine Gwendolyn qui venait d'avoir vingt et un ans –, ma mère a cessé de venir à son tour. Elle a poursuivi mon père jusqu'à ce qu'il la reprenne. À partir de là, elle m'a laissée à plein temps chez mon grand-père.

Ça a sans doute l'air triste, mais non. Évidemment, ce n'est pas idéal d'avoir une mère qui disparaît du paysage. Je ne vais pas vous dire qu'il était agréable de subir les conséquences de sa décision. Mais, avec le recul, je crois que ma mère m'a rendu service en disparaissant comme elle l'a fait – sans s'excuser ni vaciller. Au moins, le message était on ne peut plus clair : je n'aurais rien pu faire pour la convaincre de rester.

Et, au bout du compte, passé sa disparition, je fus plus heureuse. Mon grand-père était quelqu'un de stable, de gentil, il me préparait à manger tous les soirs, attendait que j'aie fini pour se lever de table et me lisait des histoires avant d'aller dormir. Et il me laissait toujours le regarder travailler.

J'adorais le voir au travail. Ça commençait par un bout de bois énormissime, qu'il faisait pivoter sur le tour, jusqu'à en tirer quelque chose de magique. Et si ce n'était pas tout à fait magique, alors il trouvait moyen de tout reprendre à zéro. C'était sans doute le meilleur moment, quand je l'observais, il levait les bras, paumes en l'air, et disait : bon, il va falloir qu'on s'y prenne autrement, tu crois pas ? Et il trouvait invariablement une nouvelle manière de réaliser ce qu'il avait en tête. J'imagine que tout bon psychologue me dirait que ça m'avait donné de l'espoir – que j'avais dû penser que mon grand-père m'aiderait à faire de même avec ma vie. À tout reprendre à zéro.

Mais, surtout, je crois que c'est l'inverse qui me faisait du bien. À observer mon grand-père, j'ai appris que tout n'était pas fluide. Qu'il y avait certaines choses qu'il fallait attaquer sous divers angles, sans jamais renoncer. On se retroussait les manches et on faisait le nécessaire, où que ça nous mène.

Je n'avais jamais envisagé de réussir, avec ça – et pas plus en m'aventurant dans l'ébénisterie. Je m'attendais à moitié à ne pas réussir à en vivre. Mon grand-père acceptait régulièrement des boulots sur des chantiers pour compléter ses revenus. Mais, très vite, quand une de mes tables à manger massives avait été publiée dans

Architectural Digest, je m'étais ménagé une niche parmi une poignée de New-Yorkais de Manhattan. Comme l'expliquait l'un de mes architectes d'intérieur favoris, mes clients étaient prêts à dépenser des fortunes pour qu'on ait l'impression que la décoration de leur domicile ne leur avait pas coûté un sou. Mes meubles en bois, uniques et rustiques, les aidaient à atteindre leur objectif.

Avec le temps, cette clientèle de fidèles s'était élargie, s'ouvrant à d'autres villes du littoral, plus ou moins résidentielles : Los Angeles, Aspen, East Hampton, Park City, San Francisco.

On s'était rencontrés par ce biais, Owen et moi. Avett Thompson, le directeur de la boîte de tech où travaillait Owen, était un client. Avec sa femme, la ridiculement somptueuse Belle, ils faisaient partie de mes clients les plus réguliers.

Belle aimait à se présenter comme une épouse-trophée, ce qui aurait été plus drôle si ça n'avait pas été si véridique. C'était une ancienne mannequin, de dix ans plus âgée que les enfants d'Avett, qui était née et avait grandi en Australie. Il y avait des meubles de ma création dans chacune des pièces de sa maison de ville à San Francisco (où Avett et elle vivaient ensemble) et de sa résidence secondaire flambant neuve, à St. Helena, une petite ville à l'extrémité de la Napa Valley, où elle aimait à se retirer seule.

Je n'avais rencontré Avett qu'en une poignée d'occasions lorsqu'il se présenta, flanqué d'Owen, à ma galerie. Ils étaient en ville pour rencontrer un investisseur, et Belle voulait qu'ils passent jeter un œil à une table de chevet aux bords arrondis – une commande destinée à leur chambre. Avett ne savait pas trop ce qu'il devait vérifier, un truc en rapport avec la manière dont le chevet s'harmoniserait avec le cadre du lit – lequel accueillerait leur matelas en laine biologique à dix mille dollars.

Avett n'en avait rien à cirer, honnêtement. Il entra, avec Owen, en costume bleu nuit, ses cheveux grisonnants tout craquants de gel, téléphone collé à l'oreille. Il était au beau milieu d'un appel. Il jeta un coup d'œil au meuble et posa brièvement la main sur le micro :

– Ça m'a l'air nickel. On est bon ?

Et, avant que j'aie pu répondre, il était sorti. Owen, à son côté, semblait fasciné. Son regard balaya tout l'atelier, s'arrêtant sur chaque pièce attentivement. Je l'observais déambuler dans l'espace. C'était un tableau hautement improbable : ce type efflanqué, épaisse tignasse blonde et teint baigné de soleil, avec ses vieilles Converse déglinguées. Le tout jurant ostensiblement avec sa veste en tweed et sa chemise impeccablement repassée. Comme s'il avait sauté direct de sa planche surf dans son costard. Prenant conscience que je le fixais, j'allais me détourner quand Owen s'immobilisa devant le meuble que je préférais, une table de ferme qui me servait de bureau.

Mon ordinateur, des journaux et de menus outils la couvraient presque intégralement. Pour deviner le plateau dessous, il fallait l'étudier avec attention. Ce qu'il faisait. Il observait l'aplat de cèdre rouge brut, ses angles légèrement délavés tirant sur le jaune, la bande de métal brut qui la bordait.

Était-ce le premier client à remarquer ce meuble ? Non, bien sûr que non. Mais il était le premier à se pencher, comme je le faisais si souvent, pour faire courir ses doigts le long du métal tranchant.

Il leva les yeux vers moi :

– Ouch, fit-il.

– Et encore, vous ne vous y êtes jamais cogné en pleine nuit.

Owen se redressa, et tapota la table en guise d'au revoir. Puis il s'approcha de moi. Il s'approcha au point de venir se planter tout près de moi – trop près, pour tout dire, pour que je ne me demande pas comment on en était arrivés là. J'aurais dû me sentir gênée, de mon haut informe et de mon jean éclaboussé de peinture, du chignon dégringolant du haut de mon crâne et des boucles grasses qui s'en échappaient. Mais mes pensées allaient dans une tout autre direction, tandis que je l'observais qui m'observait.

– Et donc, fit-il, à combien est-elle estimée ?

– Je dois vous dire que c'est la seule pièce dans la boutique qui ne soit pas à vendre.

– Parce qu'elle est trop dangereuse ?

– Précisément, oui.

C'est alors qu'il sourit. Quand Owen souriait, c'était comme dans une chanson de variété un peu mièvre. Soyons clairs, ce n'est pas que son visage s'éclairait subitement. Ce n'était ni si fleur bleue ni si explosif. C'était plus qu'un sourire – ce sourire enfantin, tout en générosité, témoignait de sa gentillesse. Une gentillesse que je n'étais guère habituée à croiser à Greene Street, en plein cœur de Manhattan. Une générosité d'une telle ampleur que je commençais à douter de ne jamais la croiser à Greene Street, en plein cœur de Manhattan.

– Alors comme ça, pas moyen de négocier pour cette table ?

– Je crains que non, mais je pourrais vous présenter d'autres pièces différentes ?

– Et pourquoi pas une démonstration technique, plutôt ? Vous pourriez me montrer comment me fabriquer une table semblable, avec, peut-être, des angles un peu moins sévères… Je vous signerais une décharge. Toutes les blessures qui en résulteraient seraient à mes risques et périls.

Je n'avais pas cessé de sourire, mais j'étais perplexe. Parce que, tout à coup, il me sembla que nous ne parlions plus de la table. J'étais drôlement sûre que ce n'était plus le sujet. Aussi sûre que peut l'être une femme venant de passer les deux années précédentes fiancée à un homme qu'elle avait réalisé ne pouvoir épouser. Deux semaines avant leur mariage.

– Écoutez, Ethan, fis-je.

– Owen, me corrigea-t-il.

– Owen. J'apprécie que vous me posiez la question mais, en l'espèce, j'ai une règle : je ne vois jamais mes clients en dehors.

– Eh bien, j'ai de la chance, rien ici n'est dans mes moyens.

Cela le stoppa néanmoins. Il haussa les épaules, l'air de dire *Une prochaine fois peut-être*, et se dirigea vers la porte et vers Avett qui faisait les cent pas sur le trottoir, toujours en ligne, criant sur son interlocuteur.

Il était presque au seuil de la boutique. Presque parti. Mais je sentis instantanément – et puissamment – le besoin de le retenir, de lui dire que je n'en pensais pas un mot. J'avais eu autre chose en tête. J'avais voulu lui dire de rester.

Je ne prétends pas que ce fut un coup de foudre immédiat. Ce que je dis, c'est qu'une part de moi voulait l'empêcher de disparaître. Je voulais côtoyer encore un peu cet ample sourire.

– Attendez, dis-je.

Je cherchais à quoi me raccrocher pour le retenir et mon regard s'arrêta sur une pièce de tissu appartenant à un autre client, que je lui tendis.

– C'est pour Belle.

Ce ne fut pas mon heure la plus glorieuse. Et, comme mon ex-fiancé aurait pu vous le dire, ce n'était pas du tout dans mes habitudes de faire le premier pas, moi qui avais tendance à demeurer en retrait.

– Je la lui ferai parvenir, sans faute.

Il prit le tissu en évitant mon regard.

– Pour information, moi aussi j'ai des règles. Concernant qui je vois en dehors. Je ne vois personne. J'ai une fille que j'élève seul, et ceci explique cela… – une pause – mais ma fille est dingue de théâtre. Je vais sérieusement perdre des points si je ne vois pas la moindre pièce alors que je suis à New York.

Il désigna d'un geste Avett, mal embouché, qui s'égosillait sur son coin de trottoir.

– Le théâtre, ce n'est pas exactement sa partie, aussi surprenant que ça paraisse…

– Étrange, oui.

– Et donc, qu'en dites-vous ? Vous voulez venir ?

Il ne fit pas un pas dans ma direction, mais leva les yeux vers moi. Lesquels se plantèrent dans les miens.

– Il suffit de se dire que ça n'engage à rien. On passe une soirée ensemble et ça s'arrête là. On se met d'accord d'entrée de jeu. Un dîner, une pièce, rien de plus. Ravi d'avoir fait votre connaissance.

– Rapport à nos règles de conduite ?

Le sourire reparut, ouvert, généreux.

– Oui, pour cette raison même.

*

* *

– C'est quoi, cette odeur ? demande Bailey.

Bailey s'encadre sur le seuil de la cuisine, me tirant de ma rêverie. Elle semble agacée, debout dans son pull à grosses mailles – un grand sac passé sur l'épaule, des mèches striées de mauve coincées sous la bandoulière.

Je lui souris, le portable calé sous le menton. J'ai essayé de joindre Owen, en vain, tombant chaque fois sur la messagerie. Encore. Et encore.

– Désolée, je ne t'avais pas vue, dis-je.

Elle ne répond pas, bouche pincée. J'écarte mon téléphone, sans tenir compte de son regard réfrigérant. Elle est belle, malgré tout ça. J'ai remarqué que ça frappe les gens, quand elle fait son entrée quelque part. Elle ne ressemble pas beaucoup à Owen – des cheveux châtains au naturel, un regard sombre et acéré. D'une intensité folle – quels yeux !

Ils vous percent à jour. Owen prétend que ce sont ceux de son grand-père (le père de sa mère), ce qui explique qu'ils lui aient donné son nom. Une fille prénommée Bailey. Juste Bailey.

– Il est où, mon père ? Il est censé me déposer à l'entraînement.

Mon corps se tend au contact du message d'Owen, qui pèse dans ma poche.

Protège-la.

– Il ne va sûrement pas tarder. On mange un morceau ?

– C'est le dîner qui sent comme ça ?

Elle plisse le nez, au cas où on n'aurait pas encore compris que l'odeur en question lui déplaît.

– C'est les linguine que tu avais prises chez Poggio.

J'ai droit à un regard vide, comme si Poggio n'était pas le restaurant qu'elle préfère dans le quartier, comme si on n'y avait pas fêté ses seize ans il y a quelques semaines à peine. Bailey avait opté pour le plat du jour : des linguine maison au blé complet, nappées d'une sauce au beurre brun. Owen l'avait laissée goûter son verre de malbec pour accompagner le plat. Je croyais qu'elle aimait les pâtes. Mais peut-être que ce qui lui plaisait, c'était de boire du vin avec son père.

J'en dépose une haute portion branlante au centre de l'assiette, sur l'îlot central.

– Goûte, pour voir. Je suis sûre que tu vas aimer.

Bailey me dévisage, le temps de décider si elle est d'humeur pour une confrontation, d'humeur à supporter que son père soit déçu, s'il me prenait l'idée de lui balancer sa sortie express le ventre vide. Y renonçant, elle ravale son agacement et se juche sur le tabouret de bar.

– D'accord, dit-elle. Je vais en prendre un peu.

Bailey essaie presque, avec moi. C'est le pire, dans l'histoire. Elle n'est ni une sale gosse ni une menace. C'est une chouette fille coincée dans une situation qu'elle déteste. Et c'est moi, la situation en question.

Il y a les raisons évidentes pour lesquelles une adolescente n'apprécie guère la nouvelle femme de son père, surtout Bailey, qui avait la belle vie quand ils étaient juste tous les deux : un duo de meilleurs copains, Owen dans le rôle de son plus grand fan. Cela dit, ces raisons ne suffisent pas à justifier en totalité l'aversion que Bailey me porte. Ce n'est pas seulement parce que je me suis trompée sur son âge la première fois. Tout remonte à un après-midi peu de temps après mon installation à Sausalito. J'étais censée aller la chercher à l'école, mais je me suis retrouvée coincée avec un client au téléphone – et je suis arrivée avec cinq minutes de retard. Pas dix minutes. Cinq. 17 h 05 : c'est ce qu'affichait l'horloge quand je me suis garée devant chez sa copine. Mais ç'aurait aussi bien pu être une heure. Bailey est du genre exigeant. Owen vous dirait que c'est une qualité que nous avons en commun. Sa femme comme sa fille ont cette capacité à jauger les gens dans leur intégralité en l'espace de cinq minutes. Pas une de plus. Et dans cet intervalle de cinq minutes où Bailey avait arrêté son jugement sur moi, j'étais en train de répondre à un coup de fil que j'aurais dû décliner.

Bailey enroule quelques pâtes autour de sa fourchette et les examine.

– Elles ont pas la même gueule que la dernière fois.

– C'est parce que ça ne vient pas de chez Poggio. J'ai convaincu le commis de me donner leur recette. Il m'a même envoyée spécifiquement au Ferry Building pour le pain à l'ail à servir en accompagnement.

– Tu es allée jusqu'à San Francisco juste pour acheter du pain ?

Il est possible que j'en fasse trop, pour lui plaire. C'est indéniable. Elle se penche et enfourne une bouchée. Je me mords la lèvre, anticipant sa réaction – un grognement appréciateur qui franchirait ses lèvres, malgré elle.

Mais elle manque de s'étouffer. Elle s'étrangle carrément et attrape un verre d'eau.

– T'as mis quoi, là-dedans ? Ça a un goût de... de charbon.

– Pourtant je les ai goûtées. Elles sont parfaites.

J'en prends une cuillerée. Elle n'a pas tort. Dans la confusion qui a suivi la visite de la gamine de douze ans et le message d'Owen, la sauce au beurre a perdu en suavité et gagné un bon goût de cramé. Et d'amertume. Un petit côté feu de camp.

– Faut que j'y aille, de toute façon. Surtout si je veux que Suz me dépose.

Bailey se lève. Et j'imagine Owen derrière moi, se penchant pour me souffler à l'oreille : *Ça lui passera*. Il me dit ça chaque fois que Bailey me rejette. Ça lui passera. Sous-entendu, elle finira par lâcher l'affaire. Mais aussi, dans deux petites années et demie elle sera partie à la fac. Sauf qu'Owen ne comprend pas que ça ne me console pas du tout. À mes yeux, ça signifie juste que le temps presse si je veux qu'on soit plus proches.

Et je le veux. Je veux qu'on ait une relation, elle et moi, et pas juste à cause d'Owen. C'est plus profond que ça, ce qui me pousse vers Bailey alors même qu'elle me repousse. C'est en partie parce que je reconnais chez elle les traces que laisse le départ d'une mère. Ma mère est partie de son plein gré, celle de Bailey de façon tragique, mais les deux vous marquent de la même manière. On se retrouve dans une position étrange, à essayer de se frayer un chemin dans le monde sans le regard de la personne qui compte le plus.

– Je vais chez Suz, elle me conduira.

Suz, sa copine Suz, est toujours dans le paysage. Suz qui vit aussi sur les docks. Avec Suz, elle est en sécurité – ou pas ?

Protège-la.

– Je vais t'emmener.

– *Non.*

Elle se recoiffe, lissant ses mèches mauves derrière ses oreilles, et se reprend un ton plus bas :

– Non, c'est bon. Suz y va, de toute manière, alors…

– Si ton père n'est pas encore rentré, je passerai te chercher. On t'attendra devant, que ce soit lui ou moi.

Regard assassin :

– Et pourquoi il serait pas rentré ?

– Il sera là, j'en suis sûre. Simplement je voulais dire… si c'est moi qui passe te prendre, tu pourras conduire.

Bailey vient tout juste de passer son permis. Elle va devoir conduire pendant toute une année avec un adulte à ses côtés avant de pouvoir prendre le volant seule. Owen n'aime pas qu'elle roule de nuit, même avec lui, et j'essaie de m'en servir à mon avantage.

– OK, fait-elle. Merci.

Elle se dirige vers la porte. Elle en a assez de parler avec moi, et assez d'être ici. Elle serait prête à dire n'importe quoi pour filer, mais je le prends comme une invitation.

– Je te dis à tout à l'heure, alors ?

– À plus.

Et, pendant une courte seconde, je me sens bien. Puis la porte claque derrière elle. Et je suis de nouveau seule avec le message d'Owen, le silence inimitable de la cuisine et suffisamment de pâtes au goût carbonisé pour nourrir une famille de dix personnes.

Parfois, mieux vaut ne pas poser de question

À 20 heures, Owen n'a toujours pas appelé. Je prends à gauche et pénètre sur le parking du lycée, m'arrête sur une place devant l'entrée principale. J'éteins la radio et essaie à nouveau d'appeler. Mon cœur s'emballe quand je suis dirigée directement sur la messagerie. Il est parti au travail il y a douze heures, j'ai reçu la visite de miss football il y a deux heures, et dix-huit messages à mon mari sont restés sans réponse.

– Bon, dis-je après le bip. Je ne sais pas ce qui se passe, mais il faut que tu me rappelles dès que tu as ce message. Owen ? Je t'aime. Mais je vais t'étriper si tu ne me donnes pas de nouvelles dans la minute.

Je raccroche et reste là à observer mon portable, en espérant qu'il va sonner sans délai. Owen, qui me rappellerait, avec une bonne explication. C'est l'une des raisons pour lesquelles je l'aime tant. Il a toujours une bonne explication. Fait preuve de calme et de raison en toute situation. J'ai envie de croire que ce sera le cas encore cette fois. Même si ça se profile mal.

Je me glisse sur le siège passager pour laisser le volant à Bailey. Et je ferme les paupières, déroulant différents scénarios quant à ce qui pourrait se tramer. Des scénarios raisonnables, inoffensifs. Il est coincé dans une réunion de boulot épique. Il a égaré son téléphone. Il prépare une surprise phénoménale à Bailey. Il me prépare une surprise, un voyage ? Il doit se dire que c'est drôle. Ou ne rien se dire du tout.

Pile à ce moment, j'entends le nom de l'entreprise d'Owen à la radio – le Shop.

Je monte le son, croyant avoir rêvé. C'est peut-être moi qui l'ai prononcé dans mon message sur son répondeur. *Tu es coincé avec tes collègues au Shop ?* C'est possible. Mais le flash info se poursuit, débité d'une voix ferme et enjôleuse par la journaliste de NPR.

« La descente effectuée aujourd'hui est le résultat de quatorze mois d'enquête conjointe par le SEC, l'autorité des marchés, et le FBI sur les pratiques commerciales de cette start-up spécialisée dans les logiciels. Nous sommes en mesure de confirmer que le dirigeant du Shop, Avett Thompson, est en garde à vue. Les charges qui pèsent sur lui incluraient des détournements de fonds et des fraudes diverses. Selon des sources proches de l'enquête, il existe, je cite, *des preuves que Thompson avait prévu de quitter le pays et s'était organisé un point de chute à Dubaï.* On s'attend à d'autres mises en examen parmi les cadres dirigeants dans les prochains jours. »

Le Shop. Elle parle du Shop.

Comment est-ce possible ? C'est un honneur pour Owen de travailler là. C'est le mot qu'il a utilisé lui-même. *Un honneur.* Il m'a dit qu'il avait accepté une baisse de salaire pour les rejoindre au début de l'aventure. Ils en ont presque tous fait autant, ont quitté de gros groupes – Google, Facebook, Twitter –, renoncé à des sommes astronomiques, accepté des stock-options en lieu et place des compensations traditionnelles.

Ne m'avait-il pas dit que s'ils l'avaient fait, c'est qu'ils croyaient dans la tech que le Shop développait ? On est loin du scandale d'Enron. Ou de Theranos. C'est juste une entreprise de logiciels. Ils concevaient des outils visant à privatiser la vie en ligne, à aider les gens à contrôler ce qu'on pouvait trouver sur eux, ils vendaient des services d'une simplicité enfantine permettant d'effacer une image compromettante du Net, de faire purement et simplement disparaître un site web. Ils voulaient faire partie du mouvement révolutionnant le concept de vie privée sur Internet. Innover tout en étant utile.

En quoi cela pouvait-il constituer une fraude ?

La présentatrice lance une plage de publicités et j'attrape mon portable, pour consulter Apple News.

Mais au moment où j'ouvre la page éco de CNN, Bailey sort du lycée. Un sac jeté sur l'épaule, le visage semblant appeler à l'aide, expression que je ne reconnais pas, surtout s'adressant à moi.

D'instinct, j'éteins la radio et lâche mon téléphone.

Protège-la.

Bailey s'engouffre dans l'habitacle. Elle boucle sa ceinture illico. Sans me saluer. Sans même tourner la tête vers moi.

– Ça va ?

Elle secoue la tête, une flopée de mèches mauves s'échappent de derrière ses oreilles. Je m'attends à une remarque grinçante de sa part – *J'ai l'air d'aller bien ?* –, mais elle reste muette.

– Bailey ?

– Je sais pas. Je comprends pas ce qui se passe…

C'est alors que je le remarque. Le sac qu'elle porte n'est pas le sien. C'est un grand sac de sport, qu'elle caresse sur ses genoux, tendrement, comme si c'était un bébé.

– C'est quoi, ça ?

– Ben regarde.

Elle dit ça d'une façon qui n'engage pas du tout à regarder. Mais je n'ai pas trop le choix. Bailey me fourre le sac sur les genoux.

– Allez. Regarde, Hannah.

Je tire doucement sur la fermeture Éclair et des billets commencent à s'échapper du sac. Des liasses et des liasses de billets, des centaines de billets de cent dollars sanglés par des élastiques. Du lourd, du très très lourd.

– Bailey, dis-je dans un souffle, où as-tu trouvé ça ?

– Mon père me l'a laissé dans mon casier.

Je la regarde, incrédule, et mon pouls s'accélère.

– Comment le sais-tu ?

Bailey sort un petit mot, qu'elle jette dans ma direction plus qu'elle ne me le donne.

– C'était pas trop dur à deviner.

Je ramasse le papier sur ma cuisse. C'est une feuille jaune, arrachée d'un bloc-notes à lignes. C'est le deuxième message d'Owen de la journée, sur une même feuille de papier jaune.

L'autre moitié du mien. Sur le dessus du sien, il est écrit BAILEY, souligné à deux reprises.

Bailey,

Je ne peux pas t'aider à comprendre tout ça. Je suis tellement désolé. Tu sais l'essentiel, à propos de moi.

Et tu sais l'essentiel, à propos de toi-même. Je te supplie de t'y accrocher.

Aide Hannah. Fais ce qu'elle te dit. Elle t'aime. Nous t'aimons tous les deux. Tu es toute ma vie.

Papa.

Mes yeux fixent le message jusqu'à ce que les mots commencent à devenir flous. Je peux désormais imaginer ce qui a précédé le rendez-vous entre Owen et la gamine de douze ans en protège-tibias. J'imagine Owen se pressant dans les couloirs, passant en trombe devant les casiers. Il était venu déposer ce sac à sa fille. Tant que c'était encore possible.

Ma poitrine s'échauffe, ma respiration devient heurtée.

Je me considère comme une personne plutôt imperturbable. Il faut dire que je n'ai guère eu le choix, vu mon enfance. En deux occasions seulement, dans ma vie, j'ai ressenti cela : le jour où j'ai compris que ma mère ne reviendrait pas, et le jour où mon grand-père est mort. Mais tandis que je passe du message d'Owen à la somme d'argent obscène qu'il a laissée, je sens que ça revient. Comment expliquer cette sensation ? Comme si mes tripes voulaient quitter mon corps. Par tous les moyens possibles. Et je sais que s'il y a un instant où je pourrais vomir absolument partout, c'est maintenant.

Et c'est ce que je fais.

*
* *

On se gare à notre emplacement devant les docks. On a laissé les fenêtres grandes ouvertes pendant tout le trajet et j'ai encore un mouchoir plaqué sur la bouche.

– Tu crois que tu vas encore dégueuler ? demande Bailey.

Je secoue la tête, tâchant de me convaincre moi autant qu'elle.

– Non, ça va aller.

– Parce que ça pourrait t'aider…

Mon regard s'arrête sur le joint qu'elle vient d'extraire de la poche de son pull. Qu'elle me tend.

– Où as-tu eu ça ?

– C'est légal, en Californie.

Est-ce une réponse ? Est-ce vrai, d'ailleurs, pour les mineurs de seize ans ? Elle n'a sans doute pas trop envie de me répondre, surtout si, comme je le suppose, c'est Bobby qui le lui a procuré. Bobby est plus ou moins son copain. Il est en dernière année, dans le même lycée, et en surface c'est un type bien, bien qu'un peu premier de la classe : futur étudiant à l'université de Chicago, président de l'association des élèves. Pas de mèches mauves dans les cheveux. Mais il y a chez lui un truc qui n'inspire pas confiance à Owen. J'aurais tendance à mettre ce jugement sur le compte de son côté papa poule, mais il faut avouer que le fait que Bobby pousse Bailey à me détester n'aide pas. Parfois, après l'avoir vu, elle rentre et se défoule sur moi gratuitement. J'essaie de ne pas le prendre personnellement, mais Owen a plus de mal.

Ils se sont disputés au sujet de Bobby il y a quelques semaines, il lui a dit qu'à son avis elle le voyait trop. C'est l'une des rares fois où j'ai vu Bailey lancer à Owen le genre de regard méprisant qu'elle me réserve d'ordinaire.

– Si tu n'en veux pas, ne le prends pas. J'essayais juste d'aider.

– Je vais faire sans. Mais merci.

Elle rempoche le joint et je me tais. Je m'efforce d'éviter tous les sujets réservés aux parents, avec Bailey. C'est un des trucs qu'elle semble apprécier, chez moi.

Je me retourne tout en notant dans un coin de ma tête d'en toucher un mot à Owen quand il rentrera – à lui de voir si elle peut garder le joint ou non. Mais alors ça me revient de plein fouet. Je n'ai pas la moindre idée de quand il rentrera. Ni de l'endroit où il se trouve actuellement.

– Tu sais quoi ? Je vais le prendre.

Elle roule des yeux, mais me passe le joint. Je le glisse dans la boîte à gants et me baisse pour ramasser le sac de sport.

– J'ai commencé à faire le compte, dit-elle.

Je la dévisage.

– De l'argent. Chaque liasse contient dix mille dollars. Je suis arrivée jusqu'à soixante, puis j'ai arrêté de compter.

– Soixante ?

J'entreprends de récupérer les liasses qui sont tombées sur les sièges et au sol, et je les fourre dans le sac. Puis, je le rezippe afin de ne plus avoir à contempler la masse de cash qui s'y trouve. Qu'aucune de nous n'ait à voir ça.

Six cent mille dollars. Six cent mille dollars et encore… il en restait.

– Lynn Williams a pas arrêté de reposter des tweets du *Daily Beast* sur son compte Insta. Tout tournait autour du Shop et d'Avett Thompson. Comme quoi c'était le nouveau Madoff. C'est ce qu'ils disaient.

Je passe en revue tout ce que je sais – vite, droit au but. Le message qu'Owen m'a laissé. Le sac pour Bailey. Le flash info à la radio évoquant des détournements et des fraudes. Avett Thompson qui manigançait un truc encore flou, à mes yeux.

J'ai l'impression d'être dans un de ces rêves tourmentés qui nous surprennent uniquement quand on s'endort à la mauvaise heure et que le soleil de l'après-midi ou le frisson de minuit nous cueillent au réveil, achevant de nous désorienter – et nous laissant comme seul recours la personne à nos côtés, celle en qui on a le plus confiance, pour nous éclairer. Ce n'était qu'un mauvais rêve : il n'y a pas de tigre sous le lit. On ne te poursuivait pas dans les rues de Paris. Tu n'as pas sauté du haut de la tour Willis. Ton mari n'a pas disparu, te plantant là sans un mot d'explication, laissant six cent mille dollars à sa fille. Ou plus.

– On n'en sait rien encore. Mais quand bien même ce serait vrai, si le Shop a versé dans des affaires louches, ou si Avett a agi de manière illégale, cela ne signifie pas que ton père est impliqué.

– Mais où il est alors ? Et d'où il sort, ce fric ?

Elle me crie dessus parce qu'elle voudrait lui crier dessus. C'est un truc que je peux comprendre. Je suis autant en colère que toi, voilà ce que je voudrais dire. Et c'est à Owen que je voudrais le dire.

Je l'observe. Puis je détourne le regard, m'absorbe dans la contemplation des quais, de la baie, de toutes les maisons éclairées dans la nuit de ce drôle de quartier. Je vois tout ce qui se passe sur la péniche des Hahn. M. et Mme Hahn sont sur leur canapé, assis côte à côte devant la télé, un bol de glace à la main, comme chaque soir.

– Je fais quoi, maintenant, Hannah ?

Mon prénom sonne comme une accusation.

Bailey chasse ses cheveux derrière ses oreilles et sa lèvre se met à trembler. C'est tellement bizarre, tellement inattendu – Bailey n'a jamais versé une larme devant moi – que je suis à deux doigts de la prendre dans mes bras, comme si c'était naturel.

Protège-la.

Je décroche ma ceinture. Et je tends le bras pour défaire la sienne. Des gestes simples.

– Viens, on rentre à la maison, je vais passer quelques coups de fil. Il y a forcément quelqu'un qui sait où se trouve ton père. On va commencer par là. On le trouve, et il nous expliquera tout.

– D'accord.

Elle ouvre sa portière et sort. Puis se retourne vers moi, le regard enflammé :

– Mais Bobby vient ce soir. Je dirai rien pour le colis spécial que m'a livré mon père, mais j'ai vraiment besoin qu'il soit là.

Elle ne demande pas. De toute façon, ai-je vraiment le choix ?

– Entendu, mais vous restez en bas.

Elle fait mine d'ignorer ma réponse, ce qui est le point le plus proche d'un assentiment qu'on puisse atteindre. Je n'ai pas le temps de trop m'en faire à ce sujet que déjà une voiture se gare le long du trottoir et nous fait des appels de phare, appuyés.

La première chose qui me vient à l'esprit c'est : *Owen. Faites que ce soit Owen.* Mais la seconde pensée est plus précise, et je me mets en condition. C'est la police. C'est forcément la police. Ils viennent chercher Owen, à tous les coups – en quête d'informations sur son implication dans les activités répréhensibles de son entreprise, pour déterminer ce que je sais de son poste au Shop, et de l'endroit où il se trouve à l'heure actuelle. Comme si j'avais une quelconque info à leur fournir.

Mais encore une fois, je fais fausse route.

Les phares s'éteignent et je m'aperçois que c'est une Mini Cooper bleu flashy : c'est Jules. Voilà ma plus vieille copine, Jules, qui s'extrait de sa voiture et fonce sur moi, bras grands ouverts. Elle nous serre toutes les deux contre elle, Bailey et moi, aussi fort que possible.

– Salut les chéries, dit-elle.

Bailey lui rend son étreinte. Même Bailey adore Jules, bien qu'elle soit entrée dans sa vie par mon entremise. Jules fait cet effet à quiconque a la chance de la connaître, elle est un soutien, un roc.

Cela explique peut-être pourquoi, parmi tout ce que je me prépare à entendre, la seule chose à laquelle je ne m'attendais pas est précisément celle qui sort de sa bouche :

– Tout est de ma faute.

Crois ce que tu veux

– Je n'arrive toujours pas à croire ce qui se passe, fait Jules.

Nous sommes assises dans la cuisine, à l'étroite table du petit déjeuner, dans le coin ensoleillé, devant un café allongé de whisky. Jules en est à sa deuxième tasse, noyée dans un sweat trois fois trop grand qui dissimule sa silhouette menue, les cheveux retenus en deux couettes basses. Ça lui donne l'air d'essayer de feinter quelque chose, de verser son bourbon en douce dans le café. Ça lui donne un peu l'air d'une gamine de quatorze piges, celle que j'ai rencontrée le premier jour de la rentrée au lycée.

Avec mon grand-père, on avait quitté le Tennessee pour s'installer à Peekskill, une bourgade sur les rives de l'Hudson dans l'État de New York. La famille de Jules venait quant à elle de quitter New York. Son père, journaliste d'investigation, travaillait au *New York Times* – avec un prix Pulitzer à son actif – mais Jules ne s'en vantait pas. On s'est rencontrées chez Lucky's, une boîte qui s'occupait de promener les chiens de particuliers, alors qu'on postulait pour un boulot après les cours. On nous a embauchées toutes les deux. Et nous avons pris l'habitude de balader les chiens qu'on nous assignait ensemble, tous les après-midi. Ça devait être une vision étonnante, ces deux gamines entourées en permanence d'une quinzaine d'animaux survoltés.

J'étais en première année au lycée du secteur. Jules fréquentait un établissement privé prestigieux à quelques kilomètres de là. Mais pendant ces moments-là, c'était juste nous deux, ensemble. Je ne sais pas dire à ce jour comment on s'en serait sorties au bahut sans le soutien l'une de l'autre. On avait des vies tellement éloignées qu'on pouvait tout se dire. Un jour, Jules a comparé ça à la manière dont on se confie à un parfait inconnu dans un avion. Dès le début, c'est ce qu'on a été, l'une pour l'autre : un espace sûr, hors sol. Agrémenté d'une perspective de dix mille kilomètres.

De ce point de vue rien n'a changé, une fois adultes. Jules a suivi les traces de son père et travaille pour un quotidien. Elle est chargée de la photo au *San Francisco Chronicle*, et s'occupe surtout des pages sport. Elle m'observe, soucieuse. Moi, je surveille Bailey, au salon, lovée contre Bobby sur le canapé, avec qui elle discute à voix étouffée. Rien de méchant, a priori. Et pourtant, je songe, *Je n'ai pas la moindre idée d'où le méchant peut surgir*. C'est la première fois que Bobby vient ici en l'absence d'Owen. La première fois que la décision est de mon ressort.

J'essaie de les surveiller discrètement du coin de l'œil. Mais Bailey doit sentir peser mon regard. Elle me regarde, tout sauf ravie, puis se lève et va délibérément refermer la porte vitrée du salon avec fracas. Je la vois toujours, c'était surtout pour la forme. Mais forme ou pas forme, ça a claqué.

– Nous aussi on a eu seize ans, tu sais, dit Jules.

– Pas comme ça.

– On aurait aimé. Les cheveux mauves, c'est dément.

Elle s'apprête à reverser une lampée d'alcool dans ma tasse, que je couvre du plat de la main.

– Sûre ? Ça aide, tu verras.

Je secoue la tête :

– Ça va aller.

– En tout cas, moi, ça m'aide.

Elle s'en sert une bonne rasade et dégage ma main d'une tape. Je lui souris, bien que je n'aie pratiquement pas bu une goutte de ce que j'ai déjà. Je suis trop stressée, trop à bout physiquement – trop près de bondir pour faire irruption dans le salon et récupérer Bailey juste pour avoir le sentiment d'accomplir quelque chose.

– La police t'a contactée ou pas encore ?

– Non, pas encore. Et pourquoi personne de la boîte n'est venu sonner à la porte ? Pour me dire quoi faire quand les flics vont débarquer ?

– Ils ont d'autres chats à fouetter. Avett était leur cible numéro un, et ils viennent juste de l'arrêter.

Elle suit le bord de la tasse de ses doigts. Alors seulement je l'observe mieux : ses longs cils et ses pommettes hautes, la ride entre ses yeux, qui barre sévèrement son front aujourd'hui. Elle est nerveuse, comme quand elle a, enfin quand on a un truc à se dire qu'on sait désagréable à entendre – comme la fois où elle m'a rapporté qu'elle avait vu Nash Richards, mon mec, ou presque, embrasser une autre fille au Rye Grill. Ce n'est pas tant qu'elle pensait que je serais triste, au sujet de Nash – je n'étais pas à fond sur lui – mais plutôt que le Rye Grill était notre QG, on s'y payait des frites et des hamburgers. Après qu'elle avait balancé un soda au visage de Nash, le gérant lui avait dit que nous étions à jamais *persona non grata*.

– Alors, tu vas parler, oui ou non ?

Elle lève la nuque :

– Par quoi je commence ?

– En quoi c'est ta faute ?

Elle hoche la tête et, pour se préparer, souffle un bon coup.

– Quand je suis arrivé au *San Francisco Chronicle*, ce matin, j'ai tout de suite su que quelque chose clochait. Max était agité, ça n'annonce jamais rien de bon. Meurtre, procédure de destitution, pyramide de Ponzi.

– On n'est jamais déçu, avec lui.

– Ouais, on fait avec…

Max fait partie des rares enquêteurs encore en poste au *Chronicle* – un type portant beau, obséquieux, intelligent. Et dingue de Jules. Elle a beau me jurer que non, je la soupçonne de lui rendre la pareille.

– Il tournait autour de mon bureau, l'air plus content de lui que jamais. Je savais qu'il était au courant d'un truc et voulait dauber. Un ancien camarade de fraternité du temps de la fac bosse à l'autorité des marchés, et visiblement il était au courant. Notamment pour la descente de cet aprèm, au Shop.

Elle n'a pas envie d'en dire davantage, et me regarde dans les yeux.

– Il m'a dit que le FBI enquêtait sur l'entreprise depuis plus d'un an. Peu de temps après leur entrée en Bourse, on les a informés que la valorisation était gonflée artificiellement, à des fins spéculatives.

– Je comprends pas.

– Ça veut dire qu'au Shop, ils s'attendaient à ce que le logiciel soit prêt plus tôt. D'où leur entrée en Bourse prématurée. Ensuite ils se sont retrouvés coincés, à faire semblant que leur produit serait bientôt au point alors qu'ils n'avaient encore rien à vendre. Et pour compenser, et que le prix de l'action ne chute pas, ils se sont mis à falsifier leurs comptes.

– Par quels moyens ?

– Ils avaient d'autres produits, des logiciels, des applis, des services en visio plus basiques. Mais leur produit phare, le logiciel de protection de la vie privée dont Avett faisait grand cas, n'était pas encore opérationnel, tu me suis ? Ils ne pouvaient pas encore le vendre. Mais ça suffisait pour présenter des versions démo à des clients potentiels. Des grands comptes : des boîtes de tech, des cabinets d'avocats, ce genre-là. Et quand ces boîtes se montraient intéressées, ils l'intégraient comme une vente à venir. À en croire Max, ce n'est pas si loin du système Enron. Ils ont déclaré de grosses rentrées d'argent en se basant sur ces ventes à venir, afin que l'action continue de monter.

Je commence à comprendre où elle veut en venir :

– Tout ça pour gagner du temps ?

– Exactement. Avett pariait que les ventes sur lesquelles ils tablaient se confirmeraient sitôt que le logiciel serait fonctionnel. Les écritures bidons leur servaient à maquiller le résultat, pour que le cours reste florissant, le temps qu'ils peaufinent leur produit. Sauf qu'ils se sont fait choper avant d'avoir terminé.

– Et c'est ça, la fraude ?

– Oui. C'est ça la fraude. Selon Max, elle est d'une ampleur gigantesque. Les investisseurs vont y perdre un demi-milliard de dollars.

Un demi-*milliard* de dollars. J'essaie d'intégrer ce chiffre. C'est un détail mineur, mais nous sommes de gros actionnaires. Owen croyait en ce qu'il faisait, avait confiance dans le logiciel qu'il développait. Donc quand la boîte est entrée en Bourse, il a confirmé toutes ses stock-options. Il en a même acheté davantage. Combien va-t-on perdre ? L'intégralité de nos économies ? Pourquoi nous mettre dans une position où on risquait de tout perdre s'il était au courant de ce qui se tramait ? Pourquoi Owen aurait-il investi tout notre argent, notre avenir, dans une opération frauduleuse ?

Cela me fait espérer qu'il n'en a rien fait.

– Si Owen a investi dans le Shop, c'est bien le signe qu'il n'était au courant de rien, non ?

– Peut-être…

– Ça ne sonne pas vraiment comme un peut-être.

– Disons qu'il y a aussi la possibilité qu'il ait agi comme Avett. Qu'il ait acheté des actions pour aider à faire monter le cours, dans l'idée de les revendre avant que ça se voie.

– Et ça, tu trouves que ça ressemble à Owen, toi ?

– À mes yeux, rien de tout cela ne ressemble à Owen, dit-elle, haussant les épaules.

Et j'entends le reste – tout ce qui la turlupine, tout ce qui me turlupine : Owen est responsable des développeurs. Comment pourrait-il ignorer qu'Avett survalorisait le logiciel sur lequel il bossait, le logiciel qui n'était pas encore au point ? Si quelqu'un devait savoir, c'était forcément lui, non ?

– Selon Max, le FBI pense que l'équipe dirigeante était impliquée, ou a minima fermait volontairement les yeux. Tout le monde était convaincu de parvenir à rattraper le retard avant de se faire pincer. Apparemment, ils y étaient presque. Si l'autorité des marchés n'avait pas reçu un signalement, ils s'en seraient peut-être tirés.

– Qui les a balancés ?

– Aucune idée. Mais c'est ce qui explique la descente de police. Ils voulaient tout figer avant qu'Avett se fasse la malle. Avec les deux cent soixante millions de dollars d'actions qu'il a mis à gauche… – une pause – depuis des mois.

– Tu es sérieuse, là ?

– Ouais. Enfin bref, Max a appris juste à temps. Pour la perquisition. Le FBI a conclu un marché avec lui. Il s'engageait à ne pas sortir l'histoire avant leur intervention et, en échange, ils lui laissaient deux heures d'exclusivité après la perquise. Le *Chronicle* a coiffé tout le monde au poteau. Le *Times*. CNN. NBC. Fox News. Il était tellement content de lui qu'il n'a pas pu tenir sa langue, pas avec moi. Et je sais pas… Mon premier instinct a été d'appeler Owen. Enfin, le premier a été de t'appeler, toi, mais je n'ai pas réussi à te joindre. Alors j'ai appelé Owen.

– Pour le prévenir ?

– Oui. Pour le prévenir.

– Pourquoi tu t'en veux d'avoir agi comme ça ? Parce qu'il s'est enfui ?

C'est la première fois que je le dis tout haut. La vérité nue. D'une certaine façon, cela me soulage. Au moins, c'est sincère. Owen s'est enfui. Il n'a pas juste « disparu ».

Jules acquiesce et je déglutis péniblement, refoulant les larmes qui pointent.

– Tu n'y es pour rien. Tu aurais pu perdre ton boulot en le prévenant. Tu essayais simplement de l'aider. Je vois mal pourquoi je t'en voudrais. C'est à Owen que j'en veux.

Je marque un temps d'arrêt, le temps d'y réfléchir :

– Ce n'est pas vraiment que je lui en veux, d'ailleurs. C'est plus confus. J'essaie juste de comprendre ce qu'il a en tête en ce moment. Comment il peut croire que ça ne va pas le desservir, de prendre la fuite comme ça ?

– Et quelle est ta conclusion ?

– Je n'en sais rien. Il essaie peut-être de prouver son innocence ? Mais pourquoi ne pas organiser sa défense d'ici ? Prendre un avocat. Laisser le système le blanchir… Je ne peux m'empêcher de penser que quelque chose m'échappe, tu vois ? Je ne saisis pas quel genre d'aide il attend.

Elle me serre la main, fort, et me sourit. Mais je vois bien qu'on n'est pas en phase, je réalise alors que ce qu'elle m'a dit ne justifie pas son air abattu. Elle ne m'a pas dit le pire.

– Je te connais quand tu fais cette tête, dis-je.

Elle balaie ma remarque d'un « C'est rien ».

– Dis-moi, Jules.

– Là où ça coince, et j'ai moi-même du mal à y croire, c'est qu'il n'a pas eu l'air surpris. Il n'a pas eu l'air surpris quand je l'ai prévenu, pour la perquisition.

– Je ne te suis pas.

– C'est un truc que j'ai appris de mon père, toute gamine. Quand une source sait quelque chose, ça se voit. La personne oublie de poser les questions évidentes qui s'imposeraient à elle si elle débarquait complètement, comme toi tu l'as fait. En me demandant, par exemple, ce qui s'était passé exactement…

Je suis pendue à ses lèvres, mais mon esprit commence à dériver. Je regarde Bailey à travers mon verre. Elle est allongée contre le torse de Bobby, la main sur son ventre, les paupières closes.

Protège-la.

– Le hic, c'est que si Owen n'avait jamais entendu parler de cette fraude, il aurait tenté de me soutirer davantage d'infos. Il aurait voulu plus de détails. Il aurait dit un truc du genre : *Attends, moins vite, Jules. C'est qui le responsable, selon eux ? T'as l'impression que c'est Avett qui a monté ça tout seul dans son coin ou que la fraude était plus générale ? Qu'est-ce qui s'est passé, à ton avis, on a détourné combien de fric ?* Mais il n'a pas cherché à en savoir plus. Sous aucun angle.

– Alors il voulait savoir quoi ?

– De combien de temps il disposait pour filer.

Vingt-quatre heures plus tôt

Owen et moi étions assis sur le ponton, mangeant un plat thaï directement dans la barquette à emporter. Buvant des bières bien glacées.

Il était pieds nus, en jean et sweat. Tout juste si une trace de lune perçait dans cette nuit froide et humide de Californie du Nord, mais Owen n'avait pas du tout froid. Moi, en revanche, j'étais emmitouflée dans une couverture, avec deux paires de chaussettes et des bottes fourrées.

On se partageait une salade de papaye et un curry au citron vert. Owen était en larmes, les piments corsés lui montant directement aux yeux.

Un rire m'échappa.

– Si tu le supportes mal, on prendra un curry plus doux la prochaine fois.

– Oh, je gère. Si tu peux gérer, alors moi aussi…

Il enfourna une autre bouchée et son visage vira au rouge tandis qu'il s'efforçait d'avaler. Il attrapa sa canette et la vida d'un trait.

– Tu vois ?

– Je vois, oui.

Et je me penchai pour l'embrasser. Quand je me fus redressée, il me sourit et posa la main sur ma joue.

– T'en penses quoi ? Je peux me glisser sous la couverture avec toi ?

– Toujours.

Je me collai à lui, jetant la couverture sur ses épaules, sentant son corps tout chaud. Son corps pieds nus, au moins deux degrés plus chaud que le mien.

– Alors dis-moi, fit-il. Qu'est-ce que tu as préféré, aujourd'hui ?

On faisait ça, parfois, quand on rentrait tard – les soirs où on était trop fatigués pour évoquer les sujets importants. On piochait chacun un épisode de la journée à se raconter. Un truc positif de nos vies séparées.

– J'ai pensé à un truc qui serait plutôt cool, ça pourrait plaire à Bailey. J'ai dans l'idée de recréer les pâtes au beurre brun pour le dîner de demain soir. Tu sais, celles qu'on a mangées pour son anniversaire chez Poggio ? Tu crois pas que ça lui ferait trop plaisir ?

Son bras autour de ma taille se fit plus ferme. Parlant toujours tout doucement, il dit :

– Tu veux savoir si ça lui ferait plaisir ? Ou si ça te permettra de gagner ses faveurs ?

– Hé. C'est pas sympa.

– J'essaie justement d'être sympa. Bailey a de la chance de t'avoir. Et elle va finir par s'en apercevoir. Avec ou sans prouesses culinaires.

– Comment le sais-tu ?

– Il y a des choses que je sais.

Je ne commentai pas, pas franchement convaincue. J'aurais voulu qu'il fasse davantage pour combler le fossé entre Bailey et moi, même si je ne savais pas quoi exactement. À défaut, j'aurais au moins voulu qu'il me dise que je faisais de mon mieux.

Comme s'il avait capté mes pensées, il repoussa une mèche de mon visage. M'embrassa au creux de la nuque.

– Elle a vraiment adoré ce plat, cela dit. C'est adorable de ta part.

– C'est exactement ce que je dis !

Il sourit.

– Je devrais pouvoir quitter le boulot assez tôt demain. Si tu es en quête d'un commis de cuisine.

– Carrément.

– Alors compte sur moi. Je suis ton homme.

Je lovai ma tête contre son épaule.

– Merci. Bon, à ton tour.

– Le meilleur moment de ma journée ?

– Oui. Et interdit de te défiler en disant que c'est maintenant.

Un rire.

– La preuve que tu me connais par cœur. Je ne comptais pas dire ça.

– Vraiment ?

– Vraiment.

– Alors qu'est-ce que t'allais dire ?

– Il y a soixante secondes. Il faisait froid, sans la couverture.

Suivez le fric

Jules est restée au moins jusqu'à 2 heures du matin.

Elle a proposé de rester dormir, et j'aurais peut-être mieux fait d'accepter, impossible de fermer l'œil.

Je passe l'essentiel de la nuit sur mon canapé, dans le salon, incapable de me confronter à ma chambre sans Owen. Je m'enveloppe dans un vieux plaid et attends dans le noir, tout en rejouant en boucle toute la scène – les dernières paroles que Jules a prononcées avant de partir.

On était à la porte et elle s'est penchée vers moi pour me donner une accolade.

– Un truc. Est-ce que tu avais gardé un compte séparé à ton nom ?

– Oui.

– Tant mieux. C'est important.

Elle souriait, validant ce fait, et donc je n'ai pas ajouté que si je l'avais fait, c'était à la demande expresse d'Owen. C'est lui qui avait voulu qu'on garde des comptes distincts pour une raison qu'il n'avait jamais vraiment développée. J'avais supposé que ça avait à voir avec Bailey. Mais j'avais peut-être tort. C'était peut-être pour qu'on ne touche pas à mon argent.

– Je pose la question parce qu'ils vont probablement geler tous ses avoirs, dit Jules. C'est la première chose qu'ils vont faire en attendant de le localiser. De déterminer ce qu'il savait. Ils pistent toujours le fric.

Pister le fric.

Je me sens un peu nauséeuse, en songeant au sac de sport planqué sous l'évier de la cuisine, un sac plein de fric qu'ils – Owen le sait sans doute – ne pourront pas pister. Je ne l'ai pas mentionné devant Jules parce que je sais ce que toute personne sensée en penserait. Je sais ce que je devrais moi-même en penser. Je devrais en penser qu'Owen est coupable. Jules a déjà tranché dans ce sens et un mystérieux sac de billets ne ferait que l'en convaincre davantage. Comment pourrait-il en aller autrement ? Elle adore Owen, comme un frère, mais il ne s'agit plus de sentiments. Il s'agit des indices qui incriminent Owen dans tout ce bazar : sa fuite, ses propos louches avec Jules au téléphone. Tout converge.

Sauf ça. Sauf ce que moi je sais.

Owen ne fuirait pas s'il était coupable. Il ne partirait pas pour sauver sa peau. Il ne partirait pas pour éviter la prison ou éviter d'avoir à soutenir mon regard en reconnaissant ses fautes. Il n'abandonnerait pas Bailey. Jamais il n'abandonnerait Bailey, à moins que ce soit absolument nécessaire. Comment puis-je en être si certaine ? Comment puis-je avoir confiance en ce que je crois alors que mon regard est de toute évidence biaisé ?

En partie parce que j'ai passé ma vie entière à devoir porter un regard objectif sur les choses. J'ai passé toute ma vie à faire incroyablement attention. Quand ma mère était partie pour de bon, je n'avais rien vu venir. J'étais passée à côté. L'aspect définitif de ce départ m'avait échappé. Et pourtant... Il y avait eu tellement de départs précipités avant cela, tellement de nuits où elle se carapatait et me laissait avec mon grand-père sans même un au revoir. Tellement de fois où elle ne revenait pas avant plusieurs jours, ou semaines, se fendant d'un coup de fil de temps à autre, d'un passage en quatrième vitesse.

Quand elle a fini par nous quitter pour de bon, elle n'a pas dit qu'elle reviendrait. Elle s'est assise au bord de mon lit, m'a passé la main dans les cheveux et annoncé qu'elle partait pour l'Europe – mon père avait soi-disant besoin d'elle à ses côtés. Mais elle a ajouté qu'on se verrait bientôt. J'ai supposé que ça voulait dire qu'elle reviendrait bientôt – elle passait son temps à revenir et repartir. Mais je n'avais pas compris le message. Pas du tout. « Se voir bientôt », ça signifiait qu'elle ne reviendrait plus jamais, pas de manière substantielle en tout cas. Ça signifiait que je passerais un après-midi ou une soirée avec elle tous les six mois (et jamais une nuit complète).

Ça signifiait que je la perdais.

C'est la partie qui m'avait échappé : ma mère ne s'intéressait pas suffisamment à moi pour que je la retienne.

C'est la partie que je me suis juré de ne plus jamais rater.

Je ne sais pas si Owen est coupable. Et je suis furieuse qu'il me laisse gérer ça toute seule. Mais je sais qu'il ne s'en fiche pas. Je sais qu'il m'aime. Et, par-dessus tout, je sais qu'il aime Bailey.

Il n'y a que *pour* elle qu'il serait prêt à tout quitter. C'est la seule explication possible. S'il a fui, c'est pour essayer de la sauver. De quoi, ou de qui, je ne sais pas.

Il ne s'agit que de Bailey.

Le reste, c'est du vent.

*

* *

Le soleil s'immisce par les fenêtres du salon dépourvues de voilages, baignant le port d'une douce lumière dorée.

Je regarde au-dehors. Je n'allume pas la télé, n'ouvre pas mon ordinateur pour prendre connaissance des infos. Je sais l'essentiel. Owen n'est pas rentré.

Je monte prendre une douche et trouve, fait inhabituel, la porte de Bailey ouverte et, elle, assise sur son lit.

– Salut, dis-je.

– Salut.

Elle colle ses genoux contre sa poitrine. Elle a l'air d'avoir tellement peur. On dirait qu'elle fait tout pour le cacher.

– Je peux entrer une seconde ?

– Oui, si tu veux.

Je m'approche et m'assieds au bord du matelas – comme si ça m'était coutumier, comme si je l'avais déjà fait auparavant.

– Tu as dormi, au moins ?

– Pas beaucoup, dit-elle.

On devine la ligne de crête de ses orteils sous le drap. Elle les crispe au maximum, comme des poings serrés. Je fais un geste en direction de ses pieds, que je retiens après un instant de réflexion. Je frappe des mains et observe la pièce. Sa table de nuit est jonchée d'un fatras de livres de théâtre. Son cochon-tirelire bleu surplombe le tout – celui qu'Owen a gagné pour elle à la kermesse peu après leur arrivée à Sausalito. C'est une femelle, avec tout l'attirail : les bonnes joues rouge brique et un nœud-nœud sur la tête.

– Je n'arrête pas de repenser à tout ça. C'est vrai quoi… avec mon père, tout est toujours simple, normalement. Enfin avec moi en tout cas. Alors va comprendre ce qu'il m'a écrit dans ce message.

– Comment ça ?

– *Tu sais l'essentiel, à propos de moi…* ça veut dire quoi, d'abord ?

– À mon avis, il veut dire que tu sais à quel point il tient à toi. Et qu'il est quelqu'un de bien, quoi qu'en disent les autres.

– Non, c'est pas ça. Il parle d'autre chose. Je le connais. Je sais qu'il y a un message.

– D'accord… – je respire un grand coup – du genre ?

Mais elle secoue la tête. Elle est déjà passée à autre chose.

– Et je suis censée faire quoi, moi, avec tout cet argent ? Avec tout ce qu'il m'a laissé ? C'est le genre de somme qu'on laisse quand on ne compte pas revenir.

Ça m'arrête net. Net et tranché.

– Ton père va revenir.

Le doute se lit sur son visage.

– Et comment tu le sais ?

J'essaie de trouver une réponse réconfortante. Par chance, ça me semble aussi être la vérité.

– Parce que tu es là.

– Alors pourquoi il est pas là, lui ? Pourquoi il s'est barré comme ça ?

On dirait qu'elle n'attend pas vraiment de réponse. Elle attend juste que je lui donne une réponse qu'elle ne veut pas entendre pour se disputer avec moi. J'en veux à Owen de m'avoir mise dans une situation pareille, quel que soit son motif. Je peux bien me raconter que je suis certaine des intentions d'Owen – que, où qu'il se trouve, c'est pour essayer de protéger Bailey. Mais je ne m'en retrouve pas moins plantée là, sans lui. Est-ce que ça ne fait pas de moi un personnage aussi ridicule que ma mère ? Ne suis-je pas de la même trempe qu'elle ? À mettre toute notre foi dans une personne tierce, au-dessus de tout le reste – en appelant ça l'amour. À quoi bon l'amour, si c'est pour se retrouver dans ce genre d'impasse ?

– Écoute. On pourra en reparler plus tard, mais tu ferais mieux de te préparer pour aller en cours.

– Me préparer pour aller en cours ? T'es sérieuse, là ?

Elle n'a pas tort. C'est naze, de dire ça. Mais je ne peux pas dire ce que je voudrais dire. Que j'ai appelé son père des dizaines et des dizaines de fois, que j'ignore où il est. Et que je n'ai pas le moindre début d'idée de quand il rentrera.

Bailey s'extirpe de son lit et se dirige vers la salle de bains, vers la terrible journée qui l'attend, qui nous attend. Je suis à deux doigts de l'arrêter pour lui dire d'aller se recoucher. Mais c'est sans doute davantage moi qui ai besoin de ça. Elle, elle a besoin de quitter la maison, non ? D'aller au lycée ? D'oublier son père ne serait-ce que cinq minutes ?

Protège-la.

– Je vais te déposer. J'aime mieux que tu ne fasses pas le trajet toute seule à pied ce matin.

– Comme tu veux.

Visiblement, elle est trop fatiguée pour protester. Une pause.

– Je suis certaine qu'on aura des nouvelles bientôt. Alors on commencera à y voir plus clair.

– Ah bon t'es certaine ? Alors là, je suis grave soulagée…

Son sarcasme ne parvient pas à le masquer – qu'elle est épuisée, qu'elle se sent seule. À cet instant mon grand-père me manque, il saurait exactement comment lui remonter le moral. Comment répondre à ses besoins, quels qu'ils soient, lui faire sentir qu'elle est aimée dans un moment pareil. Qu'elle peut faire confiance. Comme il l'a fait avec moi. Après combien de mois m'a-t-il trouvée là-haut dans ma chambre, à essayer d'écrire une lettre à ma mère ? Pour lui demander comment elle avait pu m'abandonner ?

Je pleurais, j'étais en colère et terrorisée. Je n'oublierai jamais ce qu'il a fait. Il portait sa salopette et d'épais gants de travail – violets, rainurés. C'était un achat récent. Il les avait commandés en violet à dessein, sachant que c'était ma couleur favorite. Mon grand-père les a retirés et s'est assis au sol près de moi pour m'aider à venir à bout de cette lettre, à la rédiger exactement comme je le voulais. Sans jugement. Il m'a aidée à orthographier correctement les termes qui me posaient problème. A attendu le temps qu'il fallait pour que je trouve comment conclure. Puis, il m'a lu la lettre à haute voix, marquant une pause avant la phrase où je demandais à ma mère comment elle avait pu partir sans moi. *Peut-être qu'on ne devrait pas s'en tenir à cette question*, avait-il dit. *Peut-être qu'on devrait aussi se demander si on voudrait vraiment que les choses soient différentes. Si elle ne nous rend pas service, à sa drôle de manière à elle…*

Il n'aurait rien pu dire de plus généreux. De plus généreux et consolatoire. Qu'aurait-il dit à Bailey, en l'espèce ? Quand est-ce que je trouverais quoi dire, à mon tour ?

– Bon, écoute, je fais ce que je peux, Bailey. Je suis désolée. Je sais que je n'arrête pas de gaffer, avec toi.

– Tu t'en rends compte, au moins, dit-elle en refermant la porte de la salle de bains derrière elle, c'est déjà ça.

Les secours arrivent

Après avoir décidé que je viendrais vivre à Sausalito, Owen et moi avons discuté de la manière de faciliter la transition au maximum pour Bailey. Il me semblait important, plus qu'aux yeux d'Owen, je crois, que Bailey n'ait pas à déménager – quitter la maison où elle avait toujours vécu, du plus loin qu'elle se souvienne. Je voulais de la continuité, pour elle. Cette maison flottante – avec ses poutres et ses grandes ouvertures vitrées, ses vues de carte postale sur le quai d'Issaquah – c'était sa continuité. Son port d'attache.

Mais je me demande si ça n'a pas souligné davantage l'intrusion : on s'était installés dans le lieu qu'elle chérissait plus que tout et elle n'y pouvait rien changer.

Malgré tout, j'ai fait de mon mieux pour ne pas troubler l'équilibre. Son équilibre. Jusque dans mon emménagement, j'ai tâché de ne pas troubler la paix. J'ai mis une touche personnelle à notre chambre à Owen et moi, mais la seule autre pièce que j'ai redécorée n'était même pas une pièce. C'était le porche, une terrasse charmante qui court sur tout un pan de la maison. Avant mon arrivée, il était vide. J'y ai aligné des rangées de plantes en pot, quelques petits guéridons anciens. Et j'y ai construit une banquette pour mettre près de la porte d'entrée.

C'est un joli banc à bascule en chêne blanc, avec un dossier, et des coussins rayés pour plus de confort.

Owen et moi en avons fait notre rituel du week-end : on s'installe tous les deux sur la banquette pour prendre notre café, le matin. C'est notre moment à nous pour rattraper la semaine, tandis que le soleil se lève lentement sur la baie de San Francisco, baignant la banquette d'une douce chaleur. Owen est plus animé pendant ces conversations que pendant la semaine – libéré d'un poids, il considère la journée qui s'annonce, vide, tranquille.

C'est en partie pour cela que cette banquette me comble, que sa seule vue me remplit de joie. Et que je sursaute si fort quand, alors que je sors la poubelle, j'aperçois quelqu'un assis dessus.

– C'est le soir des poubelles ?

Je me tourne. Un homme que je ne reconnais pas, appuyé sur l'accoudoir comme s'il était chez lui. Il porte une casquette à l'envers et un coupe-vent, et serre dans sa main un gobelet de café.

– Je peux vous aider ?

– Je l'espère bien – il désigne mes mains – mais vous voulez peut-être vous débarrasser de ça, d'abord ?

Baissant les yeux, je constate que j'ai toujours les sacs-poubelle en main, deux lourds sacs à bout de bras. Je les lâche dans la benne. Puis je me retourne pour l'étudier minutieusement. Il est jeune – une petite trentaine, je dirais. Et il est d'une beauté désarmante, parfaite, mâchoire puissante, yeux sombres. C'est presque trop. Mais sa manière de sourire le trahit. Il le sait mieux que tout le monde.

– Hannah, c'est bien ça ? Ravi de faire votre connaissance.

– Mais vous êtes qui ?

– Je m'appelle Grady.

Il mord dans son gobelet, le tenant entre ses lèvres le temps de pointer son index sur moi – me faisant signe de lui accorder une seconde. Il plonge la main dans sa poche et en extrait ce qui ressemble à un badge. Qu'il me tend.

– Grady Bradford, dit-il. Mais vous pouvez m'appeler Grady. Ou capitaine, si vous préférez, bien que ça sonne horriblement formel vu la nature de notre collaboration.

– Et de quelle nature est-elle ?

– Amicale…

Il sourit.

– De nature amicale.

J'examine son badge. On y voit une étoile ceinte d'un anneau circulaire. Je suis prise d'une envie de suivre du doigt ce cercle, d'en faire le tour comme si ça pouvait m'aider à déterminer s'il est authentique.

– Vous êtes de la police ?

– Je suis capitaine adjoint dans les US Marshals, plus précisément. La police fédérale.

– Vous n'en avez pas l'air.

– Ah bon, et à quoi ça ressemble ?

– À Tommy Lee Jones dans *Le Fugitif.*

Il rit.

– C'est vrai, je suis plus jeune que certains de mes collègues, mais mon grand-père était de la maison, alors j'ai démarré tôt. Je peux vous assurer que c'est un vrai, ajoute-t-il en pointant le badge du menton.

– Et de quoi vous occupez-vous au bureau du marshal ?

Il reprend son badge et se lève. Le banc, libéré de son poids, se balance d'avant en arrière.

– Eh bien, tout d'abord, je m'occupe d'arrêter les citoyens qui commettent des infractions à l'encontre du gouvernement américain.

– Et vous pensez que c'est ce qu'a fait mon mari ?

– Je crois que c'est ce qui s'est passé au Shop. Mais non, je ne suis pas convaincu que votre époux soit de mèche. Même s'il me faudrait lui parler pour déterminer plus spécifiquement son degré d'implication. On dirait qu'il n'en a pas vraiment envie, cela dit.

Ses paroles me font tiquer sans trop que je sache pourquoi. J'y vois une vérité partielle. Une part seulement de la vraie raison qui fait que Grady se trouve à ma porte.

– Je peux revoir votre badge ?

– 512-555-5393.

– C'est votre numéro de badge ?

– C'est le numéro de mon bureau. Appelez-les, si vous y tenez. Ils vous confirmeront mon identité. Et que je ne vous prendrai pas plus de quelques minutes.

– Ai-je le choix ?

– On a toujours le choix – il me sourit – mais j'apprécierais grandement que vous me consacriez un peu de temps.

Je n'ai pas vraiment l'impression d'avoir le choix, du moins pas en ma faveur. Je ne sais pas s'il m'inspire confiance, ce Grady Bradford, avec cet accent traînant si peu naturel. Mais faut-il s'attendre à ce que j'apprécie les gens qui viennent m'interroger sur Owen ?

– Qu'en dites-vous ? Je pensais qu'on pourrait se balader un peu ?

– Et pourquoi j'irais me balader avec vous ?

– Il fait beau. Et regardez ce que je vous ai apporté.

Il se baisse pour ramasser un second gobelet de café dissimulé au pied du banc, tout beau tout chaud, qui vient de chez Fred. Sur le flanc cartonné, en grosses lettres noires, on lit : SUCRE++ et SUPPLÉMENT CANNELLE. Il ne s'est pas contenté de m'apporter un café. Il m'a apporté un café comme je les aime.

Je hume le parfum, goûte une première gorgée. C'est le premier petit plaisir depuis que tout ce désastre a commencé.

– Comment saviez-vous que c'est comme ça que je prends mon café ?

– Un serveur du nom de Benj m'a aidé. Il paraît qu'avec Owen, vous venez chercher des cafés, le week-end. Cannelle pour vous, allongé sans sucre pour Owen.

– C'est de la corruption.

– Uniquement si vous refusez. Sinon c'est juste une tasse de café.

Je reprends une gorgée sans quitter Grady des yeux.

– On marche au soleil ? dit-il.

*
* *

On s'éloigne des quais, en direction du Path, un sentier qui mène en ville – au loin, le port de Waldo Point nous fait de l'œil.

– J'en déduis que vous n'avez pas de nouvelles d'Owen ?

Je repense à quand on s'est dit au revoir, la veille, à ce baiser lent qu'on a fait durer. Owen n'était pas du tout anxieux, il paraissait radieux.

– Non. Je ne l'ai pas vu depuis qu'il est parti au travail hier.

– Et il ne vous a pas appelée ?

Je fais signe que non.

– En général, il vous appelle du bureau ?

– Ça arrive souvent, oui.

– Mais pas hier ?

– Il a peut-être essayé, je ne sais pas. Je suis allée au Ferry Building, à San Francisco, et il y a pas mal de zones où le réseau passe mal entre ici et là-bas, alors...

Il opine du chef, absolument pas surpris, presque comme s'il savait déjà tout ça. Comme s'il avait plusieurs coups d'avance.

– Et quand vous êtes rentrée, que s'est-il passé ? À votre retour du Ferry Building ?

Je prends une grande inspiration et une minute pour réfléchir. Je songe à lui dire la vérité. Mais j'ignore ce qu'il fera s'il apprend pour la jeune footballeuse et le message qu'elle m'a transmis, et pour le message qu'Owen a laissé à Bailey au lycée. Pour le sac de billets.

Tant que je ne saurai pas quoi en penser, je vais la laisser en dehors de tout ça, je la connais si mal.

– Je ne comprends pas trop où vous voulez en venir. J'ai préparé le dîner de Bailey – elle a détesté – et elle est partie à son entraînement. J'étais sur le parking de l'école, à l'attendre, quand j'ai appris pour le Shop, à la radio. On est rentrées. Et personne n'a dormi.

Il incline légèrement la tête, m'observe, comme s'il ne me croyait pas, pas complètement. Je ne le juge pas. Il a ses raisons. Mais il semble avoir décidé de laisser filer.

– Et donc… aucun appel ce matin ? Pas d'e-mail non plus ?

– Non.

Il patiente un instant, comme s'il venait juste d'être frappé par une évidence.

– C'est fou, que quelqu'un disparaisse comme ça, hein ? Sans mobile apparent.

– Oui.

– Pourtant… vous ne me semblez pas tellement en colère.

Je m'arrête de marcher, agacée qu'il pense me connaître suffisamment pour porter un jugement sur mon état d'esprit.

– Pardon, je n'avais pas conscience qu'il existait une bonne et une mauvaise manière de réagir quand l'entreprise de votre mari est perquisitionnée et qu'il disparaît. Il y a d'autres choses, dans mon comportement, qui vous paraissent inappropriées ?

Il y réfléchit :

– Non, pas vraiment.

Je baisse les yeux sur son annulaire. Pas d'alliance.

– Je suppose que vous n'êtes pas marié ?

– Non. Enfin… en général ou en ce moment ?

– Ça change votre réponse ?

Il sourit.

– Non.

– Si vous l'étiez, vous comprendriez que je m'inquiète davantage pour mon mari que pour tout le reste.

– Vous avez des raisons de soupçonner un crime ?

Je songe aux messages d'Owen, à l'argent. Je songe à la gamine qui m'a décrit Owen courant dans les couloirs du lycée, à la conversation entre Owen et Jules. Owen savait ce qu'il faisait. Il savait qu'il devait disparaître. C'était un choix.

– Je ne crois pas qu'il soit retenu contre son gré, si c'est là le sens de votre question.

– Pas exactement.

– Alors quel est-il, exactement, Grady ?

– Grady. Ça me plaît. Je suis content qu'on en vienne aux prénoms.

– Quelle est votre question ?

– Vous. Vous vous retrouvez là à démêler tout ce bazar. Sans parler de sa fille, dont vous allez devoir vous occuper. Ça me mettrait en colère. Et ça ne semble pas vous atteindre tant que ça. Ce qui me fait penser que vous savez quelque chose que vous ne me dites pas…

Sa voix se tend. Et son regard s'obscurcit jusqu'à ce qu'il ressemble à ce qu'il est, un enquêteur, et tout à coup je me retrouve de l'autre côté de la ligne qu'il a tracée entre lui et les gens qu'il soupçonne de contrevenir à la loi.

– Si Owen vous a dit quelque chose au sujet de là où il comptait fuir, ou de la raison de sa fuite, j'ai besoin de le savoir. Cela me permettrait de le protéger.

– C'est votre mission première ? Le protéger ?

– Pour tout vous dire, oui. Ça l'est.

Ça sonne vrai, ce qui a le don de m'irriter. Encore plus que quand il joue les inspecteurs.

– Il faut que je rentre.

Je commence à m'écarter légèrement de lui, Grady Bradford me perturbe un peu à se tenir si près de moi.

– Il vous faut un avocat, dit-il.

Je fais volte-face :

– Quoi ?

– Voyez-vous, on va vous poser toute une série de questions concernant Owen, qui ne s'arrêteront sans doute qu'avec son retour, quand il pourra y répondre lui-même. Des questions auxquelles vous ne serez pas obligée de répondre. Il sera plus facile de les ignorer si vous dites que vous avez un avocat.

– Sinon je peux juste leur dire la vérité. Je n'ai pas la moindre idée d'où est Owen. Et je n'ai rien à cacher.

– Ce n'est pas si simple. Des gens vont vous livrer des informations qui vous donneront l'impression qu'ils sont de votre côté. Du côté d'Owen. Ce sera faux. Ces gens-là ne roulent pour personne – en dehors d'eux-mêmes.

– Des gens comme vous ? dis-je.

– Exactement. J'ai tout de même passé un coup de fil pour vous, ce matin, à Thomas Shelton. C'est un vieil ami à moi, il est spécialisé en droit de la famille dans l'État de Californie. Juste histoire de m'assurer que vous êtes protégée si quelqu'un débarquait de nulle part pour demander la garde temporaire de Bailey le temps de l'affaire. Thomas saura tirer les ficelles pour garantir que la garde temporaire vous soit attribuée.

Je relâche une longue expiration. Ça m'avait traversée, l'éventualité que je perde la garde de Bailey si l'affaire s'éternisait. Elle n'a pas d'autre famille à proprement parler – ses grands-parents sont décédés, aucun proche en vue. Mais nous n'avons pas de lien de sang. Je ne l'ai pas adoptée. Peut-on me la reprendre n'importe quand sur décision administrative ? Au moins le temps qu'ils localisent son tuteur officiel et déterminent ce qui l'a poussé à l'abandonner ?

– C'est dans ses cordes ?

– Oui. Et il le fera.

– Pourquoi ?

Il balaye ma question d'un geste :

– Parce que je le lui ai demandé.

– Et pourquoi feriez-vous cela pour nous ?

– Pour que vous me fassiez confiance quand je vous dis que la meilleure conduite à adopter pour aider Owen, c'est d'éviter les vagues et de prendre un avocat. Vous en connaissez ?

Je songe au seul avocat que je connaisse en ville. Je songe à combien je n'ai pas envie de lui parler, surtout dans ces circonstances.

– Malheureusement oui.

– Appelez-le, dit-il. Ou appelez-la.

– C'est un homme.

– Bien. Appelez-le. Et faites profil bas.

– Vous allez me le répéter combien de fois ?

– Ça ira comme ça.

Sur ce, quelque chose change dans son visage, un sourire se ménage une apparition. On dirait que le mode enquêteur cède le pas.

– Owen n'a pas fait usage de sa carte bancaire ni de son chéquier, rien ces dernières vingt-quatre heures. Il ne le fera pas. Il est trop malin : vous pouvez cesser de l'appeler sur son portable, je suis certain qu'il s'en est débarrassé.

– Alors pourquoi vous m'avez demandé plusieurs fois s'il avait appelé ?

– Il aurait pu utiliser un autre appareil. Un portable prépayé. Une ligne impossible à tracer automatiquement.

Des portables prépayés, des traces écrites. Pourquoi Grady me présente-t-il Owen comme un cerveau criminel ? Dans la rue, une voiture clignote, revenant à la vie.

– Je ne vous retiendrai pas plus longtemps, vous êtes suffisamment occupée comme ça, fait-il. Mais quand vous aurez des nouvelles d'Owen – et ça viendra – dites-lui que je peux l'aider, ça ne dépend que de lui.

Il me tend alors une serviette en papier de chez Fred, sur laquelle est écrit son nom, GRADY BRADFORD, avec dessous deux numéros de téléphone, les siens, je suppose – dont l'un est intitulé PORT.

– Vous aussi, je peux vous aider.

J'empoche la serviette, il traverse la rue, monte dans son véhicule. Je m'éloigne déjà, mais au moment où j'entends démarrer le moteur, je pense à un truc et fais demi-tour vers lui :

– Attendez. Pour quelle partie ? dis-je.

Il baisse sa fenêtre :
– Pour quelle partie quoi ?
– Vous pouvez m'aider ?
– Pour la partie facile. Traverser cette épreuve.
– Et la partie difficile, elle consiste en quoi ?
– Owen n'est pas celui que vous croyez.
Et Grady Bradford s'en va.

Ce ne sont pas des amis

Je regagne la maison, juste le temps d'aller chercher l'ordinateur portable d'Owen.

Je ne vais pas rester assise là à ruminer tout ce que Grady a dit, et tout ce qu'il n'a pas dit, apparemment – qui me pose encore davantage problème. Comment en savait-il autant sur Owen ? Ils ne s'étaient peut-être pas contentés de faire surveiller Avett, depuis un an et des brouettes. Peut-être que le numéro d'homme providentiel de Grady – son aide au sujet de la garde de Bailey, ses conseils – n'avait qu'un objectif : me faire déraper et livrer une info dont Owen ne voudrait pas qu'il ait connaissance.

Ai-je dérapé ? J'ai beau me repasser notre conversation, je ne crois pas. Mais je ne vais pas prendre le risque que ça arrive, à l'avenir, ni avec Grady ni avec quiconque. Je vais d'abord tâcher de démêler ce qui se passe avec Owen.

Je tourne à gauche après les quais, vers mon atelier.

Il faut d'abord que je passe chez un ami d'Owen. Je ne suis pas franchement pressée d'aller sonner chez lui, mais s'il y a bien quelqu'un qui saura ce que peut penser Owen, ce qui m'échappe, c'est Carl.

Carl Conrad : le plus proche ami d'Owen à Sausalito. Et une des rares personnes au sujet de laquelle nous sommes en désaccord, Owen et moi. Owen trouve que je ne suis pas juste, avec lui, et c'est peut-être vrai. Il est drôle, intelligent, et m'a conquise dès la première minute quand je suis arrivée à Sausalito. Mais il trompe continuellement sa femme, Patricia, et le savoir me gêne. Ça gêne aussi Owen, mais il prétend qu'il parvient à faire la part des choses dans sa tête, parce que Carl a été très présent, pour lui, au début.

Ça, c'est typiquement Owen. Il fait montre d'une fidélité inconditionnelle au premier copain qu'il s'est fait à Sausalito. Owen fonctionne comme ça, je le sais. Mais il y a peut-être d'autres motifs expliquant qu'il ne juge pas Carl. Peut-être qu'il ne porte pas de jugement parce que Carl lui rend la pareille, en ne portant pas de jugement sur un secret qu'Owen se serait senti autorisé à lui confier.

Même si cette théorie se révèle fausse, je dois lui parler.

Parce qu'il est également le seul avocat que je connaisse ici.

Je toque à la porte, mais personne ne répond. Ni Carl ni Patty.

C'est curieux étant donné que Carl travaille à domicile. Il aime être près de ses enfants – il a deux jeunes enfants – qui font généralement la sieste, à cette heure. Carl et Patty suivent le rythme biologique de leurs enfants à la lettre. Patty me l'a expliqué en long en large et en travers le soir de notre rencontre. Elle venait de fêter son vingt-huitième anniversaire, la leçon n'en était que plus amusante. Si j'étais encore capable d'avoir des enfants – elle l'avait formulé ainsi – il allait falloir que je prenne garde à ne pas les laisser nous mener par le bout du nez. Il allait falloir leur montrer qui était le boss. Et ça, ça impliquait un emploi du temps. Ça impliquait, dans son cas, une sieste quotidienne à 12 h 30.

Il est 12 h 45. Si Carl n'est pas à la maison, pourquoi Patty n'est-elle pas là ?

Sauf qu'à travers les stores du salon, j'entrevois Carl. Il est debout, caché derrière les fenêtres, attendant que je m'en aille.

Je frappe derechef à la porte, et insiste sur la sonnette. Je vais sonner tout le restant de l'après-midi s'il le faut, mais il me laissera entrer. Au diable, la sieste des petits.

Carl ouvre grand la porte. Il a une bière à la main, et ses cheveux sont bien peignés. Ce sont les premiers signes indiquant que quelque chose cloche. D'ordinaire, il ne se coiffe pas, persuadé que ça le rend plus sexy. Et il y a quelque chose dans son regard – un étrange mélange d'agitation et de crainte, et autre chose que je ne saurais nommer, sans doute parce que je suis sous le choc qu'il ait voulu se planquer.

– Qu'est-ce qui te prend, Carl ?

– Hannah, tu peux pas rester ici.

Carl est agressif. Comment ça se fait ?

– Ce sera l'affaire d'une minute.

– Pas maintenant. Je peux pas parler pour l'instant, dit-il.

Il se rapproche pour repousser la porte, mais je la bloque du pied. Ma force nous surprend tous les deux, le battant lui échappe et s'ouvre davantage.

C'est alors que je vois Patty. Elle se tient sur le seuil du salon, sa fille Sarah dans les bras, toutes les deux en robes à motif cachemire assorties – leurs cheveux bruns noués en queue-de-cheval lâche. Leurs tenues et coiffures identiques ne font que souligner le souhait de Patty : que Sarah apparaisse aux gens comme une version miniature d'elle-même.

Derrière elles – emplissant le salon – une douzaine de parents et de nourrissons captivés par un clown qui sculpte des animaux en ballons de baudruche. Une banderole JOYEUX ANNIVERSAIRE SARAH les surplombe.

Ils reçoivent pour les deux ans de leur fille. J'avais complètement oublié. Owen et moi étions censés venir. Et maintenant Carl ne me laisse même plus entrer.

Patty me fait un petit salut embarrassé.

– Coucou…

Je fais un geste à mon tour.

– Salut.

Carl se tourne vers moi, il prend sur lui, mais sa voix est ferme :

– On parlera plus tard.

– J'avais oublié, Carl. Excuse-moi – je secoue la tête – je n'avais aucune intention de gâcher la fête.

– Laisse tomber. Va-t'en, c'est tout.

– Je vais y aller, mais… pourrais-tu s'il te plaît sortir juste une minute ou deux ? Si ce n'était pas urgent, je ne te le demanderais pas. Je crois que j'ai besoin d'un avocat. Il s'est passé quelque chose au Shop.

– Parce que tu crois que je suis pas au courant ?

– Dans ce cas pourquoi refuses-tu de me parler ?

Avant qu'il ait pu répondre, Patty nous a rejoints. Elle tend Sarah à Carl, puis dépose un baiser sur la joue de son mari. Du grand spectacle. Pour lui. Pour moi. Pour les invités.

– Salut, dit-elle, me faisant à mon tour la bise. Contente que tu aies pu venir.

Je fais attention à parler à voix basse :

– Patty, je suis désolée de jouer les trouble-fête, mais il est arrivé quelque chose à Owen.

– Carl, fait Patty, il est temps que tout le monde passe au jardin, non ? C'est le moment de prendre une bonne glace.

Se tournant vers le groupe, elle dégaine un grand sourire.

– Allez, tout le monde dehors avec Carl. Vous aussi, avec vos ballons, dit-elle au clown. C'est l'heure des glaces !

Alors, et seulement alors, elle se tourne vers moi :

– On va discuter devant la maison, ça te va ?

Je m'apprête à lui dire que c'est vraiment à Carl que j'ai besoin de parler, Carl qui s'éloigne avec Sarah sur la hanche, mais Patty me pousse déjà vers le porche. Elle referme l'épaisse porte rouge et me revoilà du mauvais côté.

C'est là, sous le clos de son porche, que Patty me fait face, les yeux furibonds, toute trace de sourire évanouie.

– Comment oses-tu te pointer ici ?

– J'avais oublié l'anniversaire.

– Laisse tomber l'anniversaire. Carl a le cœur brisé à cause d'Owen.

– Le cœur brisé… comment ça ?

– Ben, je sais pas, moi… ça a peut-être à voir avec le fait qu'il nous a piqué tout notre pognon ?

– De quoi tu parles ?

– Owen ne t'a pas dit qu'il nous avait convaincus de rentrer au capital du Shop ? Il a vendu à Carl le potentiel de son produit, lui a vendu des retours sur investissement faramineux. En oubliant bien soigneusement de mentionner que le logiciel était foireux.

– Patty, écoute…

– Et maintenant tout notre fric est bloqué en actions du Shop. Enfin, je devrais plutôt dire que ce qui reste de notre fric est dans les actions, sur mon dernier relevé ça s'élevait à treize centimes.

– Nous aussi on y a mis notre argent. Si Owen avait été au courant, tu crois qu'il aurait fait ça ?

– Il ne pensait peut-être pas qu'ils se feraient choper. Ou alors c'est juste un gros connard, c'est pas à moi de te le dire. Mais je peux te promettre que si tu te barres pas de chez moi dans la seconde, j'appelle les flics. Je déconne pas. Tu n'es pas la bienvenue ici.

– Je comprends que tu en veuilles à Owen. Moi aussi je suis en colère. Mais Carl pourra peut-être m'aider à le retrouver, c'est le moyen le plus rapide de régler les problèmes.

– À moins que tu sois venue pour payer les études de nos gosses, on n'a rien à te dire.

Je ne sais pas trop quoi lui dire, mais je sais que je dois répliquer avant qu'elle rentre chez elle. Après l'avoir vu en personne, après avoir sondé son regard, je ne peux me défaire de l'impression que Carl sait peut-être quelque chose.

– Patty, on peut faire une trêve un instant ? Je t'en supplie. Je suis dans le brouillard, moi aussi. Exactement comme toi.

– Ton mari est impliqué dans une fraude d'un demi-milliard de dollars, je ne suis pas sûre de pouvoir te croire. Mais si tu me dis la vérité, alors tu es la reine des pommes pour t'être aveuglée autant sur ton mari.

Le moment ne me paraît pas bien choisi pour lui révéler qu'en matière de naïveté, elle se pose là. Son mari entretient une liaison intermittente avec une collègue depuis que Patty est tombée enceinte du môme que le clown divertit présentement dans le jardin. On est peut-être toutes naïves, quand il s'agit de considérer ceux que l'on aime dans leur entier – ceux que l'on essaie d'aimer.

– Tu t'attends vraiment à ce que je croie que tu n'étais au courant de rien ?

– Sinon pourquoi je viendrais chercher des réponses ici ?

Elle considère la chose un instant, tête penchée. Soit l'argument fait mouche, soit elle se rend compte qu'elle s'en fiche royalement. Mais son visage se radoucit.

– Rentre chez toi voir Bailey. Allez va. Elle va avoir besoin de toi.

Patty tourne les talons, mais s'arrête un instant sur le seuil :

– Oh. Et quand tu auras Owen au téléphone, tu lui diras qu'il peut aller se faire foutre.

Là-dessus, elle referme la porte.

*

* *

Je rejoins mon atelier sans traîner.

Après avoir tourné dans Litho Street, je passe devant chez LeAnn Sullivan. Vu l'heure de l'après-midi, je parie qu'elle et son mari sont sur leur porche, attablés devant une limonade. Je marche tête baissée et fais mine d'être accaparée par mon téléphone. Je ne m'arrête pas pour les saluer comme je le ferais d'habitude. Encore moins pour boire un verre.

Mon atelier est une maison d'artisan sans prétention, adjacente à la leur. Elle fait deux cent cinquante mètres carrés, avec une cour immense – le genre d'espace dont je rêvais sans pouvoir me l'offrir à New York, le genre d'espace dont je rêvais chaque fois que je m'enfilais toute une ligne de métro pour aller bosser dans l'entrepôt d'un copain, dans le Bronx, sur des pièces trop volumineuses pour mon atelier de Greene Street.

Sitôt le portail passé, je commence à me détendre, laissant la pression au-dehors. Mais au lieu de rentrer, je fais le tour du bâtiment pour aller me poser à l'arrière, sur la petite terrasse où j'aime bien faire ma paperasse. Je m'assieds devant la petite table et ouvre le clapet de l'ordinateur d'Owen. Je me force à ne plus penser à Grady Bradford. À la fureur de Patty. Et à faire abstraction du fait que Carl n'a même pas daigné me regarder, sans même parler de me conseiller. Ça me recentre, d'une certaine manière, de savoir que je dois élucider tout ça moi-même. Et je me sens plus calme au milieu de mes affaires, de mon travail.

Dans le lieu que je préfère à Sausalito. Du coup, ça me paraît presque normal d'être en train de fouiller le PC de mon mari.

L'écran s'allume et j'entre le premier mot de passe d'Owen. Sur le bureau, rien d'inhabituel à première vue. J'ouvre le dossier PHOTOS, qui est surtout consacré à Bailey. Il y a là des centaines d'images d'elle, de la primaire au collège, des photos de chacun de ses anniversaires à partir de ses cinq ans à Sausalito. Je les ai toutes vues et revues. Owen aimait beaucoup me raconter les moments de leur vie que je n'avais pas connus : la petite Bailey à son premier match de foot, elle avait très mal joué ; la petite Bailey dans sa première pièce de théâtre, à huit ans (*Anything Goes*), elle avait très bien joué.

Je n'y trouve pas beaucoup de photos remontant à la petite enfance de Bailey, quand ils habitaient encore Seattle, du moins pas dans le dossier principal.

Je clique donc sur un sous-dossier étiqueté O.M.

C'est le dossier consacré à Olivia Michaels. La première épouse d'Owen. La mère de Bailey.

Olivia Michaels née Olivia Nelson : prof de sciences de la vie et de la terre au lycée, sportive pratiquant la natation synchronisée, camarade de Princeton d'Owen. Dans ce dossier-ci, une poignée de photos seulement – Olivia détestait qu'on la photographie, paraît-il. Mais les rares portraits qu'Owen possède d'elle sont magnifiques, sans doute parce qu'elle était magnifique. C'était une grande femme élancée, avec une longue chevelure rousse descendant à mi-dos, et une fossette intense qui lui donnait l'air d'avoir éternellement seize ans.

On ne se ressemble pas exactement – elle était plus jolie, pour commencer, sortait davantage du lot. Mais, si on passe outre certains détails, il faut reconnaître qu'il y a des similitudes. La stature, les longs cheveux (mon blond en lieu et place de son roux), voire un je-ne-sais-quoi dans le sourire. La première fois qu'Owen m'a montré une photo d'elle, je lui ai fait remarquer la ressemblance. Il a prétendu ne pas la voir. Il ne l'a pas mal pris, il a simplement dit que si j'avais vu sa première femme en chair et en os, je ne nous trouverais guère de points communs.

Je me demandais si les photos étaient aussi trompeuses en ce qui concernait le peu de ressemblance entre Bailey et Olivia – à l'exception de ma photo préférée d'Olivia. On l'y voit assise sur un ponton, en jean et chemisier blanc. Main sur la joue, tête rejetée en arrière, elle rit à pleine gorge. Les couleurs sont différentes, mais il y a quelque chose dans ce sourire qui pourrait correspondre à celui de sa fille – dont j'imagine qu'il correspond à Bailey en personne. Avec cette image, on tient la pièce manquante qui relie Bailey à quelqu'un d'autre qu'Owen.

Je tends le bras pour toucher l'écran. J'ai envie de lui demander ce qui m'échappe, chez sa fille, chez notre mari. Sûr qu'elle saurait mieux que moi – je sais que c'est la vérité – ce qui en soi déjà est blessant.

J'inspire à fond et clique sur le dossier intitulé LE SHOP. Il contient cinquante-cinq documents, tous consacrés au code et à des programmes HTML. S'il y a un code caché parmi tous ces codes, aucune chance que je le débusque. Il faudra demander à quelqu'un de compétent de jeter un œil, j'en prends note.

Un document surprenant se trouve dans ce dossier, intitulé DERNIER TESTAMENT EN DATE. Qu'il soit rangé dans le dossier du Shop ne me dit rien qui vaille, surtout vu les circonstances, mais une fois que je l'ai ouvert, je me détends. Le testament remonte à peu après notre mariage. Il me l'a déjà montré. Le document n'a pas changé. Ou à peine. Je remarque un truc, au bas de la dernière page, juste au-dessus de la signature d'Owen. Est-ce que c'était déjà là sans que j'aie rien remarqué ? Ça désigne son administrateur, quelqu'un dont je n'ai jamais entendu parler. L. Paul. Aucune mention d'adresse ni de numéro de téléphone.

L. Paul. De qui s'agit-il ? Et où ai-je déjà vu ce nom ?

Je suis en train de le recopier dans mon carnet quand une voix féminine résonne derrière moi :

– Z'avez appris des choses intéressantes ?

Tournant la tête, je découvre une femme d'un certain âge, sur le seuil du jardin, flanquée d'un homme. Elle est attifée d'un pantalon en toile bleu marine, et ses cheveux gris sont fermement tirés en queue-de-cheval. Le type est moins strict, il a les paupières tombantes, une chemise hawaïenne fripée et une barbe fournie qui le vieillit, sinon il ne doit pas avoir loin de mon âge.

– Que faites-vous ici ?

– On a sonné, pourtant, dit l'homme. C'est vous, Hannah Hall ?

– J'attends une meilleure explication au fait que vous ayez pénétré chez moi sans y être invités, avant de vous répondre.

– Je suis l'agent spécial Jeremy O'Mackey du Bureau fédéral d'investigation, et voici ma collègue Naomi Wu.

– Appelez-moi Naomi. Nous espérions pouvoir vous parler.

Je referme d'instinct l'ordinateur.

– À vrai dire, le moment est assez mal choisi.

Elle me sert un sourire poisseux :

– Ce sera l'affaire de quelques minutes, pas plus. Et on vous débarrasse le plancher.

Ils sont déjà en train de gravir les quelques marches menant à la terrasse, et prennent place sur les sièges de l'autre côté de la table.

Naomi pousse son badge vers moi, et l'agent Jeremy O'Mackey fait de même.

– J'espère que nous n'interrompons rien d'important, dit-elle.

– Ce que j'espère, moi, c'est que vous ne m'avez pas suivie jusqu'ici.

Naomi me considère un instant, l'air plus qu'étonnée par le ton que j'ai employé. Je suis trop énervée pour m'en soucier. Énervée et plus qu'inquiète à l'idée qu'ils puissent exiger que je leur remette le portable d'Owen avant qu'il m'ait livré ses secrets.

L'avertissement de Grady Bradford me revient. *Ne répondez pas aux questions qui ne vous paraissent pas justifiées.* Je me prépare à suivre ce conseil.

Jeremy O'Mackey se penche pour reprendre son badge :

– Je suppose que vous êtes au courant que nous avons ouvert une enquête sur l'entreprise pour laquelle travaille votre mari ? Nous espérions que vous pourriez nous aiguiller un peu quant à sa localisation actuelle.

Je repose l'ordi sur mes cuisses, pour le protéger.

– J'aimerais bien, mais je n'ai pas la moindre idée d'où il se trouve. Je ne l'ai pas vu depuis hier.

– C'est plutôt curieux, non ? fait Naomi, comme si ça venait juste de lui traverser l'esprit. Que vous ne l'ayez pas vu ?

J'accroche son regard :

– Oui. Très.

– Seriez-vous étonnée d'apprendre que votre mari n'a pas utilisé son téléphone ni aucune de ses cartes bancaires depuis hier ? Il n'a laissé aucune trace, aucune.

Je ne réponds rien.

– Avez-vous une idée de pourquoi ? demande O'Mackey.

Je n'aime pas la manière dont ils me regardent, comme s'ils avaient déjà décidé que je leur cache des choses. Si seulement…

Naomi sort un petit carnet de sa poche, et l'ouvre en grand.

– Nous avons cru comprendre que vous aviez pour clients Avett et Belle Thompson ? Le montant de leurs commandes s'élève à cent cinquante-cinq mille dollars au cours des cinq dernières années.

– Je ne saurais vous dire comme ça si le montant est exact, mais oui, ce sont de gros clients.

– Avez-vous échangé avec Belle depuis l'arrestation d'Avett, hier ? dit-elle.

Je songe aux messages que j'ai laissés sur sa boîte vocale. Six, en tout. Tous restés lettre morte. Je fais signe que non.

– Elle ne vous a pas appelée ?

– Non.

Naomi secoue la tête, songeuse :

– Vous en êtes bien certaine ?

– Oui, je suis bien placée pour savoir à qui j'ai parlé et à qui je n'ai pas parlé.

Naomi incline le buste vers moi, comme si elle était mon amie.

– Nous cherchons simplement à nous assurer que vous ne nous dissimulez rien. Contrairement à votre amie Belle.

– C'est-à-dire ?

– Disons juste qu'elle va avoir du mal à proclamer son innocence après avoir acheté quatre billets pour Sydney partant de différents aéroports de Caroline du Nord pour essayer de quitter le pays incognito. Comme manière de dire *Je n'étais au courant de rien*, il y a mieux, non ?

Je fais attention à ne pas réagir. Comment est-ce possible ? Avett en prison et Belle qui essaie de filer en douce, comment est-ce possible ? Et Owen qui, dans tout ce merdier, reste introuvable ? J'aurais bien besoin de ses lumières, pour comprendre ce qui se passe. Est-il seulement plausible qu'il n'ait rien vu venir ?

– Avez-vous évoqué le Shop, avec Belle ? veut savoir Naomi.

– Elle n'a jamais évoqué le travail d'Avett avec moi. Ça ne l'intéressait pas.

– Cela confirme ce qu'elle nous a dit.

– Où est-elle, à l'heure qu'il est ?

– Chez elle, à St. Helena, mais son passeport est en lieu sûr, entre les mains de son avocat. Elle maintient ses déclarations, à savoir qu'elle est sous le choc d'apprendre que son mari pourrait s'être rendu coupable d'actes délictueux… – un temps – mais l'expérience nous prouve que les épouses sont toujours au courant.

– Pas elle, non.

Naomi intervient, presque comme si je ne leur avais pas répondu :

– Tant que vous en êtes certaine. Il faut bien que quelqu'un pense à la fille d'Owen.

– J'y pense.

– Bien. Tant mieux.

On dirait une menace. Et j'entends ce qu'elle fait mine de ne pas dire. Je l'entends insinuer qu'ils pourraient me retirer Bailey. Grady ne m'avait-il pas promis qu'ils n'en feraient rien ?

– On va aussi avoir besoin de parler à Bailey, dit O'Mackey. Quand elle rentrera du lycée tout à l'heure.

– C'est hors de question. Elle n'a aucune idée de là où se trouve son père. Il faut la laisser tranquille.

O'Mackey adopte le même ton :

– Je crains que ce ne soit pas à vous d'en décider. On peut se mettre d'accord sur une heure maintenant, ou on peut venir sonner chez vous plus tard à l'improviste.

– Nous avons pris un avocat. Si vous voulez lui parler, vous devrez vous adresser à lui en premier chef.

– Et qui est-ce, cet avocat ? demande Naomi.

Ça sort avant que j'aie pu peser ce que ça implique :

– Jake Anderson. Son cabinet est à New York.

– Fort bien. Vous lui direz de nous contacter.

J'opine, essayant de désamorcer la situation, désireuse que la promesse que m'a faite Grady ce matin au sujet de Bailey reste d'actualité. C'est tout ce qui compte.

– Écoutez, je sais que vous faites simplement votre travail, dis-je, mais je suis épuisée et j'ai déjà tout dit au capitaine des Marshals qui est passé ce matin, je n'ai pas tellement plus de réponses à vous fournir.

– Hop hop hop... attendez. Quoi ? fait O'Mackey.

Je les dévisage, lui et Naomi qui ne sourit plus du tout.

– Le capitaine des Marshals qui est venu me voir ce matin. On a déjà parlé de tout ça.

Ils se consultent.

– Quel était son nom ? demande O'Mackey.

– Au capitaine ?

– Oui. Quel était le nom du capitaine ?

Naomi m'observe, bouche pincée, comme si la partie venait de prendre un tour inattendu. Raison pour laquelle j'opte pour ne pas dire la vérité.

– Je ne m'en souviens plus.

– Vous ne vous souvenez plus de son nom ?

Je n'ajoute rien.

– Un capitaine de la police fédérale s'est pointé chez vous ce matin et vous ne vous souvenez plus de son nom. C'est ce que vous me dites ?

– Je n'ai pas fermé l'œil de la nuit, alors oui, tout est un peu confus.

– Vous sauriez me dire s'il vous a montré un badge ?

– Il l'a fait, oui.

– Savez-vous à quoi ressemble un badge des US Marshals ? demande Naomi.

– Je devrais ? Je ne sais absolument pas à quoi ressemble un badge du FBI, maintenant que vous m'y faites penser. Je devrais sans doute vérifier que vous êtes bien qui vous prétendez être. Ensuite on pourra reprendre la discussion.

– Nous sommes un peu perplexes parce que cette affaire ne relève pas de la police fédérale. Il nous faut donc déterminer avec certitude à qui vous avez parlé ce matin. Les Marshals n'avaient rien à faire là sans notre aval. Ont-ils formulé une quelconque menace à l'encontre d'Owen ? Parce que vous devez savoir que si Owen n'est impliqué que de façon mineure, témoigner contre Avett pourrait être une manière d'améliorer son dossier.

– C'est vrai, fait O'Mackey. Il n'est même pas encore désigné comme suspect.

– Pas encore ?

– Ce « pas encore » lui a échappé, dit Naomi.

– Oui, ça m'a échappé. Je voulais dire qu'il n'y a pas de raison que vous vous adressiez à un capitaine des US Marshals.

– C'est marrant, hein, parce que figurez-vous que pas plus tard que ce matin on m'a dit la même chose à votre sujet, agent O'Mackey.

– Ah vraiment ?

Naomi se ressaisit et sourit :

– Bon, reprenons depuis le début, vous voulez bien ? On est du même bord, ici. Mais, à l'avenir, vous feriez peut-être mieux de consulter votre avocat avant de parler à quiconque se présente à votre porte.

J'arbore le même sourire :

– Excellente idée, Naomi. Que je vais mettre en pratique illico.

Et, leur désignant le portail, j'attends de les voir disparaître.

Ne le retenez pas contre moi

Sitôt que je suis certaine que les agents du FBI sont partis, je quitte mon atelier.

Je regagne les quais, l'ordinateur d'Owen serré contre ma poitrine. Je passe devant l'école primaire pile au moment où la journée des enfants s'achève.

Je lève les yeux, sentant des regards peser sur moi. Plusieurs mères (et pères) me dévisagent. Pas exactement avec colère – plutôt avec inquiétude ou pitié. Après tout, ces gens apprécient énormément Owen. Et depuis longtemps. Ils l'ont adopté. Voir le nom de son entreprise s'étaler en une des journaux ne suffira pas à les faire douter de lui. C'est comme ça, dans les petits patelins, on se serre les coudes. Il en faut vraiment beaucoup pour qu'ils se détournent de quelqu'un qu'ils estiment.

Il en faut également beaucoup pour intégrer une nouvelle tête. Moi, par exemple. Ils ne savent toujours pas trop s'il faut m'adouber. Et encore, quand je suis arrivée ici, au début, c'était bien pire. À l'époque aussi, on m'observait sous tous les angles. Mes voisins s'interrogeaient à voix suffisamment haute pour que Bailey entende et me rapporte tout une fois rentrée à la maison. Ils voulaient savoir qui était cette intruse qu'Owen avait décidé d'épouser. Ils ne comprenaient pas que le cœur à prendre le plus coté sur le marché local ait été ravi par une tourneuse sur bois, même si personne ne m'appelait comme ça. Pour eux j'étais une menuisière – une menuisière qui ne portait ni talons ni maquillage. Ils trouvaient éminemment curieux qu'Owen choisisse une compagne de ce type – une femme nature, aux abords de la quarantaine, qui n'allait probablement pas lui donner d'autre enfant. Une femme qui consacrait son temps à faire mumuse avec ses bouts de bois au lieu de se constituer une famille à soi.

Ce qui leur échappait, à mon sujet, c'est précisément ce qu'Owen avait compris à la première seconde. Être seule ne me posait aucun problème. Mon grand-père m'avait appris à ne dépendre de personne. Les problèmes n'apparaissaient que lorsque je tentais de me faire une place dans la vie de quelqu'un d'autre, surtout quand cela impliquait au passage de renoncer à une part de ce que j'étais. J'avais donc attendu jusqu'à ce que ce ne soit plus obligé – jusqu'à ce que ça colle sans effort avec quelqu'un. Ou peut-être est-ce trop facile. Il serait peut-être plus juste de dire que les prérequis de la vie avec Owen ne m'avaient pas paru comme des efforts. Ça m'avait paru des détails.

Chez moi, je referme la porte, prends mon téléphone et cherche un nom dans mes contacts. Jake. C'est le dernier coup de fil dont j'ai envie à cette heure, mais je le fais quand même. J'appelle l'autre avocat que je connais.

– Anderson à l'appareil, dit-il en décrochant.

Entendre sa voix me ramène droit à Greene Street, à la soupe à l'oignon et aux bloody mary du dimanche au Mercer Kitchen, à une autre vie. Mon ex-fiancé a toujours répondu au téléphone de cette manière, le retour en arrière est instantané. Jake Bradley Anderson : docteur en droit de l'université du Michigan, triathlète, excellent cuisinier.

Depuis notre dernier échange, deux ans plus tôt, son message d'accueil n'a pas varié d'un pouce, toujours cette suffisance imbue. Ça lui plaît d'avoir l'air sûr de lui. Il le fait exprès. Il croit que ça le sert – cette suffisance, cette intimidation –, vu sa profession. Il travaille dans un cabinet de Wall Street, où il plaide ; il est en passe de devenir l'un de leurs plus jeunes associés. Il ne fait pas de pénal, mais c'est un avocat hors pair, comme il serait le premier à vous le dire. J'espère simplement que le type d'hybris dont il fait montre va jouer en ma faveur.

– Salut, toi, dis-je.

Il ne demande pas qui c'est. Il le sait, même après tout ce temps. Il sait aussi que, si je l'appelle, c'est que j'ai de sacrés ennuis.

– Où es-tu ? dit-il. Es-tu à New York ?

Quand j'ai appelé Jake pour lui annoncer que j'allais me marier, il a dit qu'un jour je reviendrais à la maison, prête à me remettre avec lui. Il y croyait. Et visiblement, il croit que son heure a sonné.

– À Sausalito.

Je marque un temps d'arrêt, craignant les mots que je ne veux pas dire.

– J'aurais bien besoin de ton aide, Jake. Je crois qu'il me faut un avocat...

– Alors comme ça, tu divorces ?

Je me retiens de raccrocher. C'est plus fort que lui. Il a eu beau être soulagé que j'annule notre mariage, a eu beau en épouser une autre quatre mois plus tard (dont il a divorcé peu après), il aime à se victimiser dans l'histoire. Jake se raconte que, du fait de mon passé, j'avais trop peur pour lui faire une place véritable à mes côtés – je craignais qu'il me quitte comme mes parents m'avaient quittée. Il n'a jamais pigé que je n'avais pas peur d'être quittée. J'avais peur de me retrouver enchaînée à la mauvaise personne.

– Jake, je t'appelle à cause de mon mari. Il a des ennuis.

– Qu'est-ce qu'il a fait ?

Je ne peux pas attendre mieux de sa part, je me lance donc dans un récit circonstancié, commençant par un topo général sur le boulot d'Owen, l'enquête visant le Shop et l'étrange disparition d'Owen, en passant par les deux visites du jour, Grady Bradford et le FBI, et le fait que le FBI n'était pas au courant, pour Grady. J'en viens à comment personne ne semble avoir la moindre idée d'où Owen se trouve, ou de ce qu'il a en tête – et surtout pas Bailey ou moi.

– Et la fille... elle est avec toi ?

– Bailey, oui. Elle est avec moi. C'est sans doute le dernier endroit où elle voudrait être, d'ailleurs.

– Donc elle aussi il l'a plantée ?

Je ne réponds pas.

– C'est quoi son nom complet ?

Je l'entends qui pianote sur son clavier et prend des notes, qui finiront par dresser l'un de ces immenses schémas qui s'étalaient sur le sol de notre salon. Avec Owen au centre du faisceau.

– Avant toute chose, t'en fais pas trop si le FBI était pas au courant que la police fédérale allait débouler. Si ça se trouve, ils te mènent tous en bateau. Sans compter qu'il y a souvent des guéguerres de terrain entre les différents services, surtout si on n'a pas encore précisément déterminé la nature de l'infraction. As-tu été contactée par l'autorité des marchés ?

– Non.

– Ça va venir. Chaque fois qu'un agent te contacte, tu le renvoies vers moi, au moins le temps qu'on sache de quoi il retourne. Tu ne réponds rien, tu te contentes de leur dire de m'appeler.

– Merci. Merci pour ce que tu fais.

– C'est bien normal. Mais je dois te demander… à quel point es-tu impliquée dans ce bourbier ?

– Étant donné que c'est mon mari… à un point assez intime.

– Ils vont débouler avec un mandat. Je suis étonné qu'ils ne l'aient pas encore fait. Donc, s'il y a quoi que ce soit qui te met en cause, tu dois le dégager fissa de chez toi.

– Je ne peux pas être mise en cause, je n'ai rien à voir avec tout ça.

Je vire sur la défensive, c'est palpable. Et je sens un sursaut d'anxiété, à l'idée qu'on puisse venir fouiller mon domicile avec un mandat – à l'idée du sac de sport qu'on exhumerait de sous l'évier de la cuisine.

– Jake, j'essaie juste de comprendre où peut bien être Owen. Et la raison pour laquelle la fuite lui a paru la seule option possible.

– Sans doute n'a-t-il guère envie d'aller faire un tour en prison, pour commencer.

– Non, ce n'est pas ça. Il n'aurait pas fui s'il n'y avait que ça.

– Et donc c'est quoi, ta théorie ?

– Il essaie de protéger sa fille.

– De quoi ?

– Je ne sais pas. Il pense peut-être que la vie de sa fille sera fichue s'il est accusé par erreur. Il est peut-être planqué quelque part à essayer de prouver son innocence.

– Peu probable… Mais… on ne peut écarter la possibilité qu'il se passe autre chose.

– Comme quoi ?

– Qu'il ait fait un truc encore pire.

– Merci de ton aide, Jake.

– Écoute, je ne vais pas y aller par quatre chemins. Si Owen ne cherche pas à échapper au Shop, c'est qu'il cherche à échapper à ce que le Shop peut révéler à son sujet. La question, c'est de savoir quoi…

Il laisse traîner un silence.

– Je connais un détective privé, un bon. Je vais lui demander de creuser un peu. Pour ça, il va me falloir un mail résumant toute l'histoire d'Owen. Tout ce que tu sais. Où il a été à l'école, où il a grandi. Et des dates. Absolument tout. Où et quand sa fille est née.

Jake commence à mordiller son stylo, je l'entends d'ici. Personne ne saurait décrypter que ça, c'est son petit tic secret. Le seul geste trahissant un manque de confiance. Mais moi, je le vois comme si j'étais assise face à lui, son capuchon tout mâchonné sous les yeux. C'est terrible de tout savoir sur quelqu'un alors qu'on voudrait avoir tout oublié.

– Et je te demande une chose. Garde ton téléphone près de toi au cas où j'aurais besoin de te joindre. Mais ne réponds pas aux numéros inconnus.

Je songe à ce que m'a dit Grady, qu'Owen se serait débarrassé de son téléphone, le seul dont je puisse identifier le numéro.

– Et si c'est Owen ?

– Owen ne risque pas d'appeler pour le moment. Tu le sais bien.

– Non, je ne le sais pas.

– Je crois que si.

Je me tais. J'ai beau soupçonner qu'il a raison, je ne vais pas le dire à Jake. Je ne vais pas trahir Owen de cette manière. Ni Bailey.

– Tu dois trouver pourquoi il a fui, dire qu'il cherche à protéger sa fille c'est trop vague. Et tu dois trouver vite… Le FBI ne va pas tarder à durcir le ton.

Le vertige me saisit, le ton du FBI m'a déjà semblé d'une dureté sans pareille.

– Tu es toujours là ? demande-t-il.

– Oui, je suis là.

– Essaie juste… de garder ton calme. Tu en sais plus que tu ne le crois. Tu sais comment démêler tout ça.

Cela suffit à déclencher mes larmes, ce ton qu'il a – si gentil, si confiant –, l'inquiétude sincère qui s'y devine.

– Mais à l'avenir, dit-il, ne dis pas que les gens sont innocents, compris ? Dis qu'il n'est pas coupable, si vraiment tu dois dire quelque chose. Mais on a l'air con à proclamer que les gens sont innocents. Sachant que, dans la plupart des cas, ils ont les mains sales.

C'est alors que j'ai un flash.

Six semaines plus tôt

– On devrait prendre des vacances, dit Owen. Ça fait trop longtemps.

Il était minuit. Nous étions au lit, il avait pris ma main. L'avait posée sur sa poitrine, sur son cœur.

– Tu devrais m'accompagner à Austin, dis-je. Ou ça ne compterait pas ?

– Austin ?

– Y a ce grand congrès des tourneurs sur bois dont je t'ai parlé. On pourrait en profiter pour une escapade. Passer quelques jours dans les collines du Texas.

– C'est à Austin ? Tu ne m'avais pas dit que c'était à Austin…

Puis il hocha la tête, songeur, l'air de considérer ma proposition – sauf que je sentis qu'un revirement avait eu lieu. Je sentis quelque chose se refermer, à sa posture.

– Qu'est-ce qu'il y a ?

– Rien, dit-il.

Mais il relâcha ma main et se mit à jouer avec son alliance, à la faire tourner sans fin sur son index. C'est moi qui lui ai fait cet anneau. En parfait miroir du mien : deux fines bandes qui, de loin, ressemblent à n'importe quelle alliance en platine brillant. Mais les nôtres sont en acier brossé et en chêne blanc dense, un alliage à la fois rustique et élégant. Owen était resté près de moi, assis sur le plancher, pendant que je travaillais, avec mon plus petit tour.

– Bailey a aussi un voyage de classe à Sacramento, bientôt, dit-il. On pourrait en profiter pour filer au Nouveau-Mexique, juste nous deux, et se perdre parmi les roches blanches.

– J'adorerais. Ça fait une éternité que je ne suis pas allée au Nouveau-Mexique.

– Moi aussi. La dernière fois, c'était au début de la fac. On avait roulé jusqu'à Taos, et passé une semaine dans la montagne.

– Vous aviez roulé depuis le New Jersey ?

Il continuait à faire rouler son alliance, l'air absent.

– Quoi ?

– Vous aviez roulé depuis le New Jersey jusqu'au Nouveau-Mexique ? Le trajet a dû être interminable.

Il se figea, ses doigts lâchèrent l'anneau.

– Ce n'était pas pendant la fac.

– Owen ! Tu viens de dire à l'instant que tu étais allé à Taos à la fac.

– Je ne sais pas. C'était une montagne quelconque. Peut-être dans le Vermont. Tout ce dont je me souviens, c'est qu'on manquait d'air.

Je ris.

– Qu'est-ce qui te prend ?

– Rien. C'est juste que…

Je le regardai, essayant de suivre ce qu'il ne disait pas.

– Juste que ça me rappelle une période de ma vie étrange.

– La fac ?

– La fac. Et après la fac.

Il secoua la tête.

– D'être resté coincé tout ce temps sur une montagne dont je me souviens pas.

– OK... je crois bien que c'est le truc le plus bizarre que tu m'aies jamais dit.

– Je sais.

Il se rassit et alluma la lumière.

– Merde, dit-il. J'ai vraiment besoin de vacances.

– Alors on part.

– D'accord. On part.

Il se rallongea, posa la main sur mon ventre. Et je le sentis se détendre de nouveau. Je le sentis revenir vers moi. Je n'ai donc pas eu envie d'insister. Pas eu envie d'appuyer précisément sur ce qu'il avait failli me confier.

– Inutile de s'attarder là-dessus pour le moment, dis-je, mais juste pour info, pendant la quasi-totalité de mes années de fac, j'ai joué de la guitare dans un groupe qui faisait des reprises de Joni Mitchell, j'ai participé à des ateliers de slam et suis sortie avec un thésard en philo qui bossait sur un manifeste dénonçant la manière dont la télévision représentait un outil aux mains du gouvernement pour contrôler une révolution.

– Pas sûr qu'il ait eu totalement tort, là-dessus, dit-il.

– Peut-être pas, non, mais ce que je veux dire, c'est qu'il n'y a pas grand-chose que tu puisses me dire sur ton passé qui changerait quoi que ce soit, du moins pas entre nous.

– Bien… souffla-t-il. Tant mieux alors.

Une journée pourrie à tout point de vue

Bailey débarque du lycée dans tous ses états.

Je suis assise sur ma banquette, un verre de vin rouge à la main, une couverture étalée sur les genoux. Je m'efforce de faire le point sur ma journée – une journée qui a commencé et se finira sans Owen, aussi impossible que ça me paraisse. Malgré la colère, la tristesse et l'angoisse que cela génère en moi.

Elle zigzague le long des quais, gardant la tête baissée, jusqu'à arriver à la maison. Elle s'arrête alors devant moi, juste devant mon banc, et reste plantée là. Le regard furibond.

– Je n'y retournerai pas demain. Hors de question que je retourne en cours.

Je remarque son regard, sa peur. Nous y voilà – images miroirs l'une de l'autre –, mais dans le pire contexte qui soit.

– Ils font comme s'ils n'en parlaient pas, dit-elle. De mon père. De moi. À la rigueur j'aimerais encore mieux qu'ils viennent me le dire en face. Comme si j'entendais pas leurs messes basses toute la journée.

– Et qu'est-ce qu'ils disent ?

– Qu'est-ce que tu veux que je te raconte ? La fois où Brian Padura a demandé à Bobby en sortant de chimie si mon père était un criminel ? Ou quand Bobby lui a collé son poing dans la figure pour clore la discussion ?

– Il a fait ça ?

– Ouaip.

Je hoche la tête, Bobby m'impressionne un peu, sur ce coup-là.

– Et après, ça n'a fait qu'empirer, dit-elle.

Je me décale d'un rien sur la banquette, pour lui laisser de la place. Elle s'assied, mais tout au bord, comme si elle pouvait changer d'avis et se relever d'un instant à l'autre.

– Tu pourrais sécher la journée de demain, non ?

Elle me regarde, surprise :

– T'es sérieuse ? T'essaies même pas de me dissuader ?

– Ça servirait à quoi ?

– À rien.

– Alors en ce qui me concerne, tu es libre de ne pas aller en cours demain. Si ta journée a ressemblé de près ou de loin à la mienne, c'est amplement justifié.

Elle opine et entreprend de se ronger les ongles.

– Merci.

Je voudrais, d'un geste, lui retirer la main de la bouche, et la garder dans la mienne. Je voudrais lui dire que ça va aller, que ça va s'arranger – que ça finira par s'arranger. Mais même si ça la consolerait de l'entendre, ça ne la consolerait pas de l'entendre de ma bouche.

– Je n'ai pas l'énergie de cuisiner, donc ton unique source d'alimentation ce soir tiendra aux deux pizzas oignons champignons avec double ration de fromage qui devraient nous parvenir d'ici une trentaine de minutes grand max.

Elle sourit presque, ce qui a pour effet de libérer la question – celle que je dois lui poser, je le sais, celle qui m'aidera, je l'espère, à mieux comprendre ce qui tourne en boucle et grossit dans ma tête depuis que j'ai raccroché avec Jake.

– Bailey, dis-je, je n'arrête pas de repenser à ce que tu m'as demandé tout à l'heure, à propos de la signification du message de ton père. Ce qu'il voulait dire par *Tu sais l'essentiel...*

Elle soupire, de toute évidence trop crevée pour la grimace soûlée à laquelle j'aurais dû avoir droit.

– Je sais, mon père m'aime. J'ai compris, c'est bon.

– Peut-être que j'avais tort, dis-je. Pour le sens du message. Il avait peut-être autre chose en tête.

Elle m'observe, interloquée :

– De quoi tu parles ?

– S'il a écrit ça, c'est peut-être parce que tu sais quelque chose. Tu sais un truc à son sujet dont il veut que tu te souviennes.

– Qu'est-ce que je pourrais bien savoir ?

– Je ne sais pas trop.

– Bon, ben je suis contente que le sujet soit clos.

Puis, après une pause :

– Au bahut, tout le monde semble d'accord avec toi, cela dit.

– Comment cela ?

– Ils pensent tous que je suis au courant de ce que fait mon père. Comme s'il allait me dire au petit déj qu'il avait l'intention de piquer cinq cents millions de dollars avant de se tirer.

– On ne sait pas si ton père est lié à tout ça, on n'en sait rien.

– Non, on sait juste qu'il n'est pas là.

Elle a raison, sur ce point. Owen n'est pas là. Pour ce qu'on en sait, il pourrait être n'importe où. Ce qui me ramène à ce que Grady Bradford m'a confié sans le vouloir ce matin – le détail qu'il m'a donné alors qu'il tentait de me convaincre de lui parler, qu'il était de mon côté. Il m'a donné sa ligne directe. Et le numéro de son service. Je n'ai pas reconnu l'indicatif téléphonique. 512. Je plonge la main dans la poche arrière de mon pantalon et en extirpe la serviette de chez Fred. Deux numéros, commençant tous deux par 512. Pas d'adresse.

Je me saisis de mon portable sur la table et compose le numéro de son bureau, le cœur battant tandis que la sonnerie retentit, suivie par un répondeur automatique m'informant que je suis au standard de l'US Marshal.

De l'antenne locale de l'ouest du Texas. Basée à Austin, Texas.

Grady Bradford travaille pour l'antenne d'Austin. Qu'est-ce qui peut bien pousser un capitaine de la police fédérale du Texas à venir se pointer chez moi ? Surtout un capitaine qui, à en croire O'Mackey et Naomi, n'est pas autorisé à enquêter sur l'affaire. Et quand bien même il serait homologué, pourquoi ? Qu'a bien pu faire Owen qui justifierait l'implication de Bradford ? Qu'est-ce que le Texas vient faire là-dedans ?

– Bailey, dis-je, avez-vous déjà passé du temps à Austin, ton père ou toi ?

– Austin… au Texas ? Non.

– Réfléchis deux secondes. Y êtes-vous déjà passés en route pour quelque part ? Peut-être avant que vous déménagiez à Sausalito ? Quand vous habitiez encore Seattle…

– Tu veux dire quand j'avais, quoi… quatre ans ?

– J'ai bien conscience que les chances sont faibles.

Elle regarde vers le ciel, fouillant sa mémoire en quête d'un jour ou d'un moment depuis longtemps oublié dont on vient de lui dire qu'il était trop important pour se laisser remiser ainsi. Elle ne trouve pas et on voit que ça la dépite. Ce qui est bien la dernière chose que je veux.

– Pourquoi tu me demandes ça, au fait ?

– Un type de la police fédérale est passé ce matin, il venait d'Austin. Je me disais que, si ça se trouve, ton père avait un lien avec cette ville qui expliquerait sa présence.

– Un lien avec Austin ?

– Oui, dis-je.

Elle s'interrompt, se creuse la cervelle, une piste semble se dessiner.

– Peut-être bien. Il y a longtemps… Il est possible que j'y sois allée pour un mariage. Quand j'étais toute petite. Je suis quasi sûre que j'étais demoiselle d'honneur parce qu'on m'a fait poser pour tout un tas de photos. Et je crois que quelqu'un m'a dit qu'on était à Austin.

– À quel point es-tu sûre ?

– Pas très sûre. Aussi peu sûre qu'on peut l'être.

– Et tu te rappelles quoi, de ce mariage ?

J'essaie de faire en sorte que la fenêtre se précise.

– Je sais pas… je me souviens juste qu'on était tous là.

– Ta mère aussi, alors ?

– Je crois, ouais. Mais ce dont je me souviens le mieux, je crois pas qu'elle était là. Avec mon père, on est sortis de l'église et on est allés se promener, il m'a emmenée dans un stade. Il y avait un match. Je n'avais jamais rien vu de pareil. Un stade énorme. Éclairé de partout. Tout était orange.

– Orange ?

– Des lumières orange, des tenues orange. J'adore la couleur orange, j'étais dingue de Garfield, alors tu vois… je me souviens de ça. Mon père qui me montre les lumières et me dit : on dirait Garfield.

– Et tu penses que c'était dans une église ?

– Ouais, une église. Au Texas, ou alors pas du tout au Texas.

– Mais tu n'as jamais demandé à ton père quel était ce mariage, après ça ? Tu ne lui as jamais demandé de précisions ?

– Non. Pourquoi je l'aurais fait ?

– Exact.

– En plus, ça le rend triste quand je parle du passé.

Sa phrase me cueille par surprise.

– Tu as une idée de pourquoi ?

– C'est de voir que j'ai si peu de souvenirs de ma mère.

Je ne commente pas. Mais Owen m'a déjà tenu des propos similaires. Il avait emmené Bailey voir un psy, gamine, parce qu'elle semblait avoir banni sa mère de sa mémoire. Il avait dit à Owen que c'était fréquent. Un mécanisme de défense pour amoindrir la perte, quand on était confronté au deuil d'un parent si jeune. Mais Owen en faisait tout un plat, et, curieusement, paraissait se le reprocher.

Bailey ferme les yeux, comme si ça faisait trop, de repenser à sa mère, et de repenser à son père aussi, maintenant. Elle s'essuie les yeux, mais pas avant que j'aie vu une larme briller. Pas avant qu'elle sache que je l'ai vue. Elle n'essaie même pas de dissimuler combien elle se sent seule. Et une certitude me vient, alors : je ferai tout ce qui est en mon pouvoir pour que ça s'arrête. Pour lui venir en aide. Je ferai n'importe quoi pour qu'elle se sente mieux de nouveau.

– On peut parler d'autre chose ? dit-elle, avant de lever la main. Tu sais quoi ? Je retire ce que j'ai dit. On peut ne pas parler, plutôt ? C'est de ça dont j'ai envie, parler de rien.

– Bailey…

– Non. Tu peux juste me laisser tranquille ?

Et elle se rencogne sur son siège, attendant sa pizza et que je dégage le plancher, quel que soit l'ordre dans lequel elle parviendra à faire advenir ces deux événements.

De quoi ne veux-tu pas te souvenir ?

Je rentre dans la maison, si Bailey veut qu'on la laisse seule, très bien. Je n'ai aucun désir de la pousser. Aucun désir d'exiger qu'elle me suive. Elle est paumée, en colère, et se demande si son père est bien celui qu'elle croit – si elle peut encore faire confiance à la personne qu'elle a toujours vue en lui. Une personne stable, généreuse, entièrement dévouée à elle. Devoir se poser ces questions la met en rogne – contre lui, contre elle-même. C'est un sentiment que je comprends parfaitement.

Protège-la.

Mais de quoi ? De ce dans quoi Owen a trempé au Shop ? De ce qu'il y a laissé faire ? Ou Owen veut-il que je protège Bailey d'autre chose ? Quelque chose que je ne vois pas encore ? Quelque chose que je refuse encore de voir ?

Je fais les cent pas dans ma chambre. Je n'ai pas envie que Bailey se sente tiraillée, mais je ressens un besoin urgent de suivre toutes les pistes qui se présentent, aussi ténues soient-elles. Je n'arrive à penser à rien d'autre qu'à reconsidérer (ou lui demander de reconsidérer) nos jolis souvenirs brumeux d'Owen. À les rapprocher de ces dernières vingt-quatre heures. Quel est le point commun ?

Soudain, un point de rencontre incandescent me revient. Austin. Un autre truc que je sais au sujet d'Austin et d'Owen. Peu de temps avant d'emménager à Sausalito, on m'y a proposé un job. Une star du cinéma installée là voulait refaire sa maison, un ranch sur Westlake Drive, embrassant le lac Austin.

Elle voulait qu'on l'aide à se débarrasser de l'aura de son ex-mari. Son ex adorait tout ce qui était moderne, et détestait tout ce qui était rustique. Son décorateur lui avait présenté mes pièces en bois tourné. Mais elle voulait s'impliquer davantage, résultat : j'allais devoir passer deux semaines à Austin pour l'accompagner tout le long du processus.

J'avais demandé à Owen de venir avec moi et il avait décliné. Il était contrarié que j'aie envie d'accepter un job qui repousse mon arrivée à Sausalito – qui repousse le début de notre vie ensemble, comme nous l'avions prévu.

J'étais pressée de m'installer en Californie – et moins pressée de travailler sous l'œil de cette cliente aux exigences de plus en plus spécifiques. J'avais donc refusé le contrat. Mais l'attitude bizarre d'Owen m'avait marquée. Ce n'était pas son genre de réagir de cette façon – possessive, dirigiste. Quand je l'avais évoqué plus tard avec lui, il s'était excusé d'avoir mal réagi. Il était stressé à la perspective de l'emménagement, m'avait-il dit. Stressé de la manière dont Bailey allait s'adapter à ma présence quotidienne. On en revenait toujours à Bailey, avec Owen. Tous les changements qui la concernaient elle, le concernaient lui. Je comprenais que ça l'angoisse. J'avais laissé filer.

Mais je repense à l'autre signe avant-coureur, au sujet d'Austin. Quand je lui ai demandé de m'accompagner à Austin pour mon congrès de tourneurs sur bois, il s'est assombri une minute. Il n'a pas été frontal, et il s'est dérobé. Il s'est carrément dérobé. Donc il n'y avait pas que Bailey en jeu. Ça avait peut-être un lien avec la ville elle-même. Quelque chose que j'aurais risqué de découvrir, là-bas. Quelque chose qu'il aurait fui.

Je prends mon téléphone pour appeler Jake, un fan de football américain, un vrai de vrai : le circuit universitaire, le circuit pro, les matchs classiques qu'on se repasse sur YouTube à 8 heures du matin.

– Il est tard, là où je suis, dit-il, au lieu d'un bonjour.

– Qu'est-ce que tu peux me dire à propos du stade d'Austin ?

– Je peux déjà te dire qu'il s'appelle pas comme ça.

– Tu sais des trucs sur leur équipe de football américain ?

– Les Longhorns ? Tu veux savoir quoi ?

– Leurs couleurs ?

– Pourquoi ?

Je patiente.

Il soupire.

– Orange et blanc, dit-il.

– T'en es certain ?

– Oui, orange foncé et blanc. Les maillots, la mascotte. Les poteaux des cages. La zone de but. Le stade entier. Il est minuit. Minuit passé. Je dors. Pourquoi tu me demandes ça ?

Je ne me vois pas lui dire la vérité, qui semble dingue. Le flic qui s'est pointé chez nous vient de là-bas. Bailey se souvient d'y être allée. Peut-être. Et Owen a réagi bizarrement à l'idée qu'on y aille ensemble, et ce à deux reprises. Deux conversations qui me sont revenues à l'esprit.

Je n'ai pas envie de lui dire qu'Austin est ma seule piste.

Je songe à mon grand-père. S'il était parmi nous, assis à mon côté, je pourrais le lui dire. Il ne me prendrait pas pour une folle. Il resterait assis là et m'aiderait à tout démêler, le temps de savoir quoi faire. C'est pour ça qu'il était si doué dans son travail, qui consistait à m'aider à comprendre quel était le mien. La première leçon qu'il m'ait apprise, c'est qu'il ne s'agissait pas simplement de donner une forme quelconque à un bout de bois. Il s'agissait de peler des couches successives, d'aller voir ce qui gisait sous l'écorce, ce que le bois avait été précédemment. C'était la première étape pour créer quelque chose de beau. Pour créer quelque chose à partir de rien.

Si Owen était là, il le comprendrait, lui aussi. Je pourrais le lui dire. Il me regarderait du style *Et après ? Qu'est-ce que tu as à perdre ?* Il me regarderait et la verrait – la résolution que j'avais déjà prise.

Protège-la.

– Jake ? Je te rappelle.

– Demain ! Tu me rappelles demain.

Je raccroche et retourne dehors. Je trouve Bailey là où je l'ai laissée, qui contemple la baie tout en sirotant mon verre de vin, comme si c'était le sien.

– Qu'est-ce que tu fais ? dis-je.

Le verre est quasiment vide. Il était plein quand je suis partie. Et maintenant il est presque vide. On devine le vin sur ses lèvres, les coins de sa bouche sont teintés de rouge.

– Tu peux éviter ? J'en ai juste bu un peu.

– Je me fiche du vin.

– Alors pourquoi tu me dévisages comme ça ?

– Tu ferais mieux de rentrer et d'aller faire ton sac.

– Pourquoi ?

– J'ai repensé à ce que tu m'as dit, au sujet du mariage. Au sujet d'Austin. Et je crois qu'on devrait y aller.

– À Austin ?

J'acquiesce.

Elle me lance un regard perplexe :

– Ça n'a aucun sens. En quoi aller à Austin va nous aider dans tout ça ?

J'aimerais lui répondre avec sincérité. Si j'essaie de citer mon grand-père et que je lui explique que ça pourrait nous permettre de peler les couches successives, est-ce qu'elle saura l'entendre ? J'en doute. Et si je lui dis le peu que j'ai reconstitué jusqu'à présent – un résumé bancal, au mieux –, elle va se rebeller et refusera de me suivre.

J'opte donc pour une version plus audible, mais qui n'en est pas moins vraie. Une version qui ressemble à ce que son père dirait.

– C'est mieux que rester plantée là.

– Et le lycée ? Tant pis pour les cours demain ?

– Tu ne comptais pas y aller de toute façon. Ce n'est pas ce que tu venais juste de me dire ?

– Si. Je suppose que si.

Je me retourne vers la maison. Je suis déjà en route.

– Alors fais ton sac.

II

« Chaque essence de bois a des motifs et des teintes
qui lui sont propres, et c'est sur le tour
qu'ils se révèlent. »

Philip Moulthrop

Austin reste flou

On embarque à 6 h 55 sur un vol en partance de San José.

Quarante-six heures se sont écoulées depuis qu'Owen est parti travailler, quarante-six heures que je n'ai plus eu de nouvelles de lui.

Je cède le siège côté hublot à Bailey et m'installe le long de l'allée centrale, où je me fais régulièrement bousculer par les passagers se rendant dans les uniques toilettes situées au fond de l'appareil.

Bailey s'est tassée contre la paroi, aussi loin de moi que possible, les bras fermement croisés sur la poitrine. Elle porte un débardeur Fleetwood Mac, sans rien par-dessus, et ses bras sont couverts de chair de poule.

Je ne saurais dire si elle a froid ou si elle est en colère. Ou les deux. On n'a jamais pris l'avion ensemble, et je n'ai pas pensé à lui rappeler de prendre un pull dans son bagage à main. De toute façon, elle ne m'aurait pas écoutée.

Malgré tout, cela m'apparaît soudain comme le plus grand crime d'Owen. Comment a-t-il pu disparaître sans me donner une feuille de route ? Sans me laisser une liste de consignes à suivre pour m'occuper d'elle correctement ? Consigne numéro un : dis-lui de mettre un pull dans son sac quand elle prend l'avion. Dis-lui de se couvrir les bras.

Bailey garde les yeux rivés sur le hublot et évite tout contact visuel. Ce n'est pas plus mal qu'elle n'ait pas envie de parler. Je sors mon carnet et prends quelques notes pendant ce temps. J'essaie d'élaborer une stratégie. On arrive à midi et demi, heure locale, ce qui signifie qu'il sera sans doute près de 14 heures le temps qu'on arrive en ville et qu'on fasse le check-in à l'hôtel.

Je regrette de ne pas mieux connaître Austin, mais je n'y suis venue qu'une fois, avant cela, durant ma dernière année de fac. Jules avait son premier vrai contrat professionnel (rémunéré à hauteur de quatre-vingt-cinq dollars, nuit d'hôtel comprise) et m'avait proposé de me joindre à elle. Un blog culinaire de Boston lui avait commandé des photos du Festival des sauces pimentées organisé par l'*Austin Chronicle*. Nous avions passé la majeure partie du temps au festival à nous brûler la langue sur des centaines de variétés de travers de porc, de frites, de légumes grillés et de sauces jalapeño. Jules avait pris six cents photos.

Ce n'est que peu avant de quitter la ville que nous nous étions aventurées en dehors du parc où avait lieu le festival, à l'est d'Austin. Nous avions déniché une hauteur d'où la vue sur les tours du centre-ville était tout bonnement incroyable. Il y avait autant d'arbres que de gratte-ciel, plus de ciel bleu que de nuages. Et le lac donnait à Austin un aspect apaisant, un air de petite ville et non de gros centre urbain.

Avec Jules, nous avions décidé sur l'instant que nous nous installerions à Austin une fois diplômées. La vie y était bien moins chère qu'à New York et bien plus simple qu'à Los Angeles. Une fois l'heure venue, nous n'y avons même plus vraiment songé, mais sur le moment, c'est ce qu'on avait ressenti, en contemplant la ville étendue à nos pieds. On avait eu le sentiment de contempler notre avenir.

Ceci n'est certainement pas l'avenir que je projetais.

Je ferme les paupières, tâchant de ne pas me laisser submerger – par les points d'interrogation qui tournent à l'infini dans ma tête, la boucle terrible des questions auxquelles je dois trouver une réponse : Où est Owen ? Qu'est-ce qui l'a poussé à s'enfuir ? Et qu'ai-je loupé qu'il avait trop peur de me confier lui-même ?

C'est en partie pour cela que je suis dans cet avion. J'ai ce fantasme qu'en quittant la maison je vais déclencher une réaction en chaîne qui me ramènera Owen, qui à son tour m'apportera toutes les réponses en personne. Ça se passe toujours comme ça, il suffit de tourner le dos pour que la bouilloire siffle. Dès qu'on aura atterri à Austin, je trouverai un message d'Owen demandant où on est, il me dira qu'il est assis dans notre cuisine déserte et qu'il nous attend, et non le contraire.

– Que puis-je vous offrir, mesdames ?

L'hôtesse nous surplombe, dans l'allée centrale, derrière le chariot métallique avec les boissons.

Bailey ne détache pas son regard de la vitre et nous n'avons droit qu'à sa queue-de-cheval mauve.

– Un Coca normal, dit-elle. Avec beaucoup de glaçons.

J'arbore une mine contrite, une offrande de paix pour compenser la sécheresse de son ton :

– Et un Coca Zéro, s'il vous plaît.

L'hôtesse se contente d'un petit rire indulgent, elle en a vu d'autres.

– Seize ans ? me souffle-t-elle à mi-voix.

J'opine du chef.

– J'en ai une de cet âge, moi aussi. Deux, même, des jumeaux. Je sais ce que c'est, vous pouvez me croire.

Bailey tourne alors la tête :

– Je ne suis pas sa fille.

C'est la vérité. C'est aussi une phrase que Bailey aurait pu prononcer en d'autres circonstances, par souci d'exactitude. Mais là, ça sonne tout autrement et ça m'atteint avec une violence telle que j'ai du mal à me composer une contenance. Ce n'est pas juste que ça me blesse. C'est aussi tout ce que ça implique pour elle dans la foulée – je prends conscience avec effroi que me détester ou m'envoyer bouler est beaucoup moins marrant pour elle sachant qu'elle n'a, pour l'heure, personne d'autre que moi.

Son visage se tend quand elle s'en rend compte. Je me fais discrète, garde les yeux rivés sur le petit écran dans le siège devant moi, où un épisode de *Friends* passe en silence, Rachel et Joey échangeant un baiser dans une chambre d'hôtel.

Je feins de ne pas remarquer la détresse de Bailey, mais pour autant je ne mets pas mes écouteurs. Je n'ai rien trouvé de mieux pour lui laisser un peu d'air tout en lui faisant savoir que je suis là, si elle le souhaite.

Bailey frotte ses bras hérissés de chair de poule, sans dire un mot pendant un moment. Elle finit par prendre une gorgée de son Coca. Puis grimace :

– Je crois qu'elle s'est plantée dans nos boissons.

Je me tourne vers elle :

– Tu as quoi ?

Elle désigne son verre rempli à ras bord de glace et de Coca.

– C'est du light. L'hôtesse a dû me filer le tien.

Je m'efforce de ne pas paraître surprise tandis qu'elle me tend son verre. Et je ne proteste pas. Je donne mon Coca à Bailey et attends qu'elle goûte.

Elle hoche la tête, fait mine d'être soulagée de retrouver le goût qu'elle attendait. Sauf qu'on sait pertinemment toutes les deux que l'hôtesse ne s'est pas mélangé les pinceaux. Et c'est maintenant seulement – depuis que Bailey a fait ça, pour essayer de faire baisser la tension – que les verres sont inversés.

Si c'est sa manière de faire un pas vers moi, soit, j'en ferai un moi aussi.

Je bois un peu de Coca :

– Merci, dis-je. Je me disais bien qu'il avait un drôle de goût.

– Pas de quoi, fait-elle en se replongeant dans son hublot, c'est normal.

*

* *

On prend un Uber à l'aéroport et je fais défiler les infos sur mon portable.

La page d'accueil du site de CNN déborde d'articles sur le Shop, idem pour le *New York Times* et le *Wall Street Journal.* La plupart des titres récents tournent autour d'une conférence de presse qu'a donnée le chef du SEC, et proposent des accroches putaclic du genre LE SHOP SE FAIT CHOPER LA MAIN DANS LE SAC.

Je clique sur le dernier article en date sur la page du *New York Times,* qui reprend les annonces du SEC : une enquête est ouverte pour fraude à l'encontre d'Avett Thompson. On y cite une source au FBI, selon laquelle les membres du comité exécutif et les cadres dirigeants seront très certainement désignés comme suspects potentiels.

Pas de mention d'Owen. Du moins pas encore.

Le véhicule s'engage sur Presidential Boulevard, en direction de l'hôtel qui se situe au bord du lac Lady Bird, tout près du pont de Congress Avenue. Loin de l'agitation frénétique du centre, sur la rive opposée.

Je fouille dans mon sac, en extirpe une copie de notre réservation et passe les détails en revue. Les nom et prénoms de Jules, Julia Alexandra Nichols, me sautent aux yeux. Elle m'a proposé de réserver la chambre avec sa carte bancaire, par mesure de sûreté. Sa carte et sa pièce d'identité sont rangées dans mon portefeuille, encore des précautions, au cas où nous serions suivies.

Bien entendu, notre vol pour Austin est enregistré quelque part. C'est Jules qui a payé, mais les billets sont à nos noms. Il serait facile de nous pister, avec ça, si on le souhaitait. Mais même s'ils nous savent à Austin, ils n'ont nul besoin de savoir où exactement. Pas question d'aider un autre Grady, une autre Naomi à se pointer devant ma porte à l'improviste.

Le chauffeur, un jeune type avec un bandana, jette un œil à Bailey dans le rétroviseur central. Il n'est guère plus âgé qu'elle et tente désespérément de croiser son regard. D'attirer son attention.

– C'est votre première fois à Austin ?

– Ouaip.

– Et vous en pensez quoi, pour l'instant ?

– En me basant sur les quatorze minutes depuis que j'ai quitté l'aéroport ? dit-elle.

Il rit, comme si elle plaisantait avec lui, comme si elle l'invitait à poursuivre le dialogue.

– J'ai grandi ici, dit-il. Vous pouvez me poser n'importe quelle question sur la ville et je vous en dirai plus que vous ne voulez en savoir.

– C'est noté, dit Bailey.

Elle est complètement apathique, alors j'essaie de faire la conversation au cas où ça s'avérerait utile plus tard.

– Alors comme ça vous êtes d'ici ?

– Ouais, pur produit local. Je vivais déjà ici quand c'était un petit bled. C'est toujours un bled, dans un certain sens, mais il y a mille fois plus de gens, et des tours mille fois plus hautes.

Il quitte la voie rapide et Austin apparaît en ligne de mire : aussitôt, ma poitrine se comprime. Je sais que c'était le plan, mais à contempler cette ville étrange depuis ma vitre, tout ça me paraît soudain complètement tordu.

Il tend le bras au-dehors et désigne un gratte-ciel :

– Voici la Frost Bank Tower. Ça a longtemps été la plus haute tour d'Austin. Maintenant, j'suis même pas sûr qu'elle entre dans le top cinq. Vous connaissez ?

– Pas vraiment, non.

– Ouais, drôle d'histoire tout ça. Si on la regarde sous certains angles, on dirait une chouette. Mais carrément, hein : une vraie chouette. C'est sans doute dur à voir d'ici, mais si vous arrivez à le repérer, c'est dément…

Je descends ma vitre et observe le bâtiment – les derniers niveaux, semblables à des oreilles, les deux fenêtres qui font comme des yeux. Il y a décidément quelque chose d'une chouette.

– Ici, la fac, c'est l'université du Texas, mais les architectes viennent tous de Rice University, à Houston, dont la mascotte est une chouette. Alors c'est comme un doigt d'honneur adressé à notre mascotte et à l'équipe des Longhorns en général, dit-il. Et c'est vrai, quoi, y en a qui disent que c'est juste un délire complotiste, mais regardez. Ça ressemble bien à une chouette ! Comment imaginer que ce soit une coïncidence ?

Il s'engage sur le pont de South Congress et j'aperçois au loin notre hôtel.

– Vous êtes venues visiter la fac ?

La question s'adresse à Bailey, il tente de nouveau de capter son regard dans le rétro.

– Pas tout à fait.

– Alors… qu'est-ce qui vous amène dans le coin ?

Elle ne répond pas. Elle ouvre la fenêtre, espérant le décourager de poursuivre l'interrogatoire. Je ne peux pas lui en vouloir. On ne peut pas lui en vouloir de n'être pas spécialement pressée d'expliquer à un inconnu ce qu'elle fait ici – dans une ville dont elle essaie de se souvenir, en quête d'informations sur son père disparu.

– On adore Austin, c'est tout, dis-je.

– Cool. Une petite virée sympa, quoi. Si je peux vous être utile…

Il va pour se garer devant l'hôtel et Bailey ouvre la portière avant même que la berline s'immobilise.

– Attendez, attendez. Laissez-moi vous donner ma carte. Au cas où je pourrais vous faire visiter un coin de la ville, pendant votre séjour.

– J'crois pas, non, fait Bailey.

Elle remonte la lanière de son sac haut sur l'épaule. Et se dirige vers l'entrée de l'établissement.

Je sors les valises du coffre et me précipite à sa suite. Je la rattrape juste avant la porte à tambour.

– Il était gonflant, ce type, dit-elle.

Je suis sur le point de dire qu'il essayait juste d'être sympa, mais la sympathie ne l'intéresse pas. Et puisque je dois choisir mes combats, je décide de passer celui-ci par pertes et profits.

Nous pénétrons dans le hall, que je scrute de part en part : l'atrium au plafond vertigineux, le bar, un café Starbucks sur le côté. Des chambres par centaines. Pile le type d'hôtel impersonnel que j'espérais, un lieu où on se fond aisément dans le décor. Sauf que je dois rester trop longtemps à examiner ledit décor parce qu'une employée me repère.

Elle porte une étiquette au revers de sa veste, AMY, et une coupe au bol courte.

On se met dans la file, à la réception, mais trop tard : elle fonce sur nous, un large sourire plaqué sur le visage.

– Bonjour bonjour. Je m'appelle Amy, je suis la concierge de l'hôtel. Bienvenue à Austin ! Y a-t-il quoi que ce soit que je puisse faire pour vous en attendant qu'on vous donne votre chambre ?

– Non rien, merci, ça ira. À moins que vous ayez un plan du campus ? dis-je.

– De l'université du Texas ? Absolument, oui. Je pourrais aussi vous proposer d'organiser une visite du site. Et il y a un café extraordinaire que vous ne pouvez pas manquer si vous vous baladez par là-bas. Vous êtes amatrices de café ?

Bailey me regarde comme si c'était ma faute si Amy s'éternise ici et nous tient la jambe – elle n'a peut-être pas tort. Le fait est que j'ai demandé un plan à cette Amy trop amicale au lieu de l'esquiver. Mais j'en ai besoin. Besoin de me raccrocher à quelque chose qui me donnera un petit peu plus l'impression de savoir ce que je fais.

– Je pourrais vous réserver un véhicule pour vous y rendre ?

On avance jusqu'au guichet, où un réceptionniste du nom de Steve nous tend deux verres de citronnade.

– Salut, Amy.

– Steve ! J'étais justement sur le point d'offrir à ces dames un plan du campus et de délicieux cafés au lait.

– Excellent, fait Steve. Et moi, mesdemoiselles, je vais vous montrer votre chambre d'étudiantes. Quel bon vent vous amène par chez nous ? Et que puis-je faire pour agrémenter votre séjour, pour que vous voyiez Austin sous son meilleur jour ?

Bailey a eu sa dose. Elle lâche l'affaire et s'éloigne – overdose d'attentions. Elle avance vers les ascenseurs, me gratifiant d'un dernier regard assassin avant de tourner les talons pour de bon. Un regard de reproche pour toutes ces conversations qu'elle ne sait pas gérer, pour être si loin de chez elle, pour être à Austin, tout simplement. Toute la sympathie que j'avais réussi à me gagner dans l'avion s'est évanouie.

– Alors, voyons voir, Mme Nichols, votre chambre se situe au huitième étage et vous disposez d'une vue plongeante sur le lac Lady Bird, dit-il. Si vous souhaitez vous rafraîchir, après votre vol, l'hôtel dispose d'un spa sensationnel. À moins que vous ne souhaitiez commander un déjeuner tardif ?

Je lève les paumes en signe de reddition :

– La clé de la chambre, Steve. Je me contenterai de la clé. Et le plus tôt sera le mieux.

*

* *

On monte déposer les bagages. On ne s'arrête pas manger un morceau.

À 14 h 30, on quitte l'établissement et on se dirige de nouveau vers le pont de Congress Avenue. J'opte pour la marche. Il me semble qu'une longue balade pourrait être propice à la résurgence d'un souvenir, chez Bailey, si tant est qu'il y ait un souvenir à ressusciter. L'itinéraire prévoit qu'on traverse le centre d'Austin, pour remonter ensuite vers le campus universitaire et le Darrel K. Royal Stadium, l'unique stade de football américain de la ville.

Sitôt le pont franchi, le centre-ville s'offre à nos yeux – vibrionnant, tourbillonnant, même en ce début d'après-midi. Curieusement, on se croirait plutôt le soir : on entend de la musique, les bars sont ouverts, les terrasses bondées.

Bailey garde la nuque baissée, les yeux collés à son écran. Comment pourrait-elle se rappeler quoi que ce soit si elle n'est pas un minimum attentive ? Arrivées à un croisement sur la 5e Rue, devant le feu clignotant intimant aux piétons de patienter, elle finit par regarder autour d'elle.

Aussitôt je la vois qui tressaille.

– Quoi ? dis-je.

– Rien.

Elle secoue la tête. Mais ses yeux ne bougent pas d'un iota.

Son regard me guide jusqu'à l'enseigne de chez Antone, en lettres bleues rondouillardes. Dessous, il est écrit LE BERCEAU DU BLUES. Un couple s'enlace devant la porte, en plein selfie.

Elle me montre le club de jazz.

– Je suis quasi certaine que mon père a un disque de John Lee Hooker qui vient d'ici.

Elle a raison, ça me revient aussi sec, je revois la pochette : le logo d'Antone – avec cette belle écriture toute lisse. Et Hooker qui chante au micro, chapeau, lunettes noires, guitare à la main. Je nous revois la semaine dernière – comment ça peut déjà faire une semaine ? –, Bailey était à son entraînement du soir, et on était seuls tous les deux à la maison. Owen grattouillait sa guitare. Les paroles de la chanson m'échappent, mais l'expression d'Owen tandis qu'il chantait, ça oui, je m'en souviens.

– Oui, il en a un. Tu as raison.

– Bref, aucune importance, de toute façon.

– Pour le moment, je crois qu'on ne sait pas ce qui a ou non de l'importance.

– C'est censé être une parole encourageante ou bien ?

Encourageante ? Trois jours plus tôt, nous étions tous ensemble dans la cuisine, à un million de kilomètres de cette réalité. Bailey prenait un bol de céréales tout en discutant avec son père du week-end à venir. Elle voulait qu'Owen l'autorise à partir en virée avec Bobby, qui projetait une grande balade à vélo dans les environs de Monterey. « On pourrait y aller tous ensemble », avait dit Owen. Bailey avait roulé les yeux au ciel, mais de toute évidence l'idée faisait son chemin, surtout après qu'Owen avait proposé de s'arrêter à Carmel sur la route du retour. Il avait envie d'aller manger une soupe de palourdes dans un petit restaurant qu'elle adorait, sur la plage, un endroit où il l'emmenait grosso modo depuis qu'ils s'étaient installés à Sausalito.

Ça, c'était il y a trois jours. Et maintenant nous étions plongées dans une nouvelle réalité, d'où Owen était absent, où nous passions notre temps à essayer de comprendre où il avait fui. Et pourquoi. Une nouvelle réalité où je devais constamment me demander si j'avais tort de m'accrocher à la certitude que les réponses à ces questions n'allaient pas remettre en cause ma perception fondamentale de l'homme qu'était Owen.

Je ne cherche pas à être encourageante. J'essaie simplement de prononcer des paroles neutres, afin qu'elle ne puisse pas deviner combien je suis en colère.

Le feu passe au vert et je traverse en hâte, tourne sur Congress Boulevard, forçant l'allure.

– Essaie de marcher plus vite, dis-je.

– On va où ?

– Je sais pas, mais on y va.

*

* *

Environ une heure après, nous arrivons devant le Capitole, que nous contournons, toujours en suivant San Jacinto Boulevard. Après la courbe, le stade nous apparaît. Il est énorme, imposant – même à plusieurs rues de distance.

Nous dépassons ensuite le complexe sportif Caven-Clark. A priori, c'est là que les étudiants viennent se défouler. Cela consiste en une série de bâtiments striés de bandes orange et un terrain de foot, Clark Field, cerclé d'une piste d'athlétisme. Des jeunes y répètent des plaquages, trottinent à petites foulées dans les gradins ; cette partie du campus semble vivre dans une bulle en plein milieu de la ville. Une intégration sans heurts.

Un coup d'œil au plan et je me dirige vers l'entrée la plus proche.

Quand soudain Bailey s'immobilise :

– J'ai pas envie d'y aller.

Je la regarde droit dans les yeux.

– Même si j'étais bien dans ce stade, qu'est-ce que ça change ? Qu'est-ce que ça va nous apprendre ?

– Bailey…

– Sérieux, qu'est-ce qu'on fout là ?

Je n'obtiendrai rien en lui confessant que j'ai passé une bonne partie de la nuit à m'informer sur le fonctionnement des souvenirs d'enfance – la manière dont on les oublie. Et la manière de les reconvoquer. Le plus souvent, il faut retourner sur les lieux et faire en sorte de revivre une expérience similaire à l'expérience initiale. C'est ce que nous sommes en train de faire. Nous suivons son instinct. Nous martelons à son cerveau qu'elle est déjà venue ici. Et nous suivons mon instinct à moi qui, à la minute où j'ai réalisé d'où venait Grady Bradford, m'a poussée à venir ici.

– Il y a des choses que ton père ne nous a pas dites, sans rapport avec les événements en cours au Shop, dis-je. J'essaie de comprendre de quoi il s'agit.

– Ça m'a l'air bien vague, tout ça.

– Ça se précisera à mesure que la mémoire te reviendra.

– Alors c'est sur moi que tout repose, c'est ça ?

– Non, sur moi. S'il s'avère que j'ai eu tort de t'amener ici, je serai la première à l'admettre.

Cela lui cloue le bec un instant.

– Écoute, tu veux bien qu'on y entre ? Tu veux bien faire ça ? Maintenant qu'on est là.

– Est-ce que j'ai le choix ?

– Oui, dis-je. Avec moi, oui. Tu as toujours le choix.

Un éclair traverse son visage, la surprise de voir que je suis sincère. Et je le suis. Nous sommes à une trentaine de mètres du portail le plus proche, ENTRÉE N° 2, mais c'est Bailey qui décide. Si elle souhaite faire demi-tour, je ne l'en empêcherai pas. C'est peut-être ça qui lui permet de se lancer, savoir que c'est sa décision à elle.

Elle s'avance jusqu'au guichet, et j'y vois une victoire. Une deuxième victoire s'annonce : apparemment, une visite groupée se prépare de façon imminente, et nous réussissons à nous y faufiler et à passer les contrôles de sécurité sans même que l'étudiant de permanence, peu scrupuleux, nous jette un regard.

– Bienvenue au DKR, commence le guide. Mon nom est Elliot, et c'est moi qui vais vous faire visiter le stade aujourd'hui. Allez, en route, suivez-moi !

Il conduit le groupe dans la zone de but et nous laisse quelques minutes contempler le stade, qui est monumental. Les gradins peuvent accueillir plus de cent mille supporters, le mot TEXAS s'étale en capitales à une extrémité de la pelouse, et LONGHORNS à l'autre. C'est si vaste, si imposant : c'est sûrement le genre d'endroit dont on se souvient, un endroit marquant, surtout à hauteur d'enfant.

Elliot mène ensuite la petite troupe d'une attraction à l'autre, on passe en revue les rituels de soir de match : le coup de canon tiré après chaque *touchdown* ; la mascotte, Bevo, un authentique taureau, escorté et supervisé par d'authentiques cow-boys texans.

Une fois qu'il a fini son speech et se met en marche en direction de la tribune presse, je fais signe à Bailey de rester en retrait, et nous filons vers les gradins.

Je m'assieds au premier rang, et Bailey fait de même. J'observe la pelouse, tout en surveillant Bailey du coin de l'œil tandis qu'elle se familiarise avec le décor. Soudain, elle se redresse abruptement :

– Impossible de dire avec certitude si je suis déjà venue. Je sais pas. Mais je me souviens de mon père me disant qu'un jour, je serais aussi fan de football que lui. Je me souviens qu'il m'avait prévenue qu'il faudrait ne pas avoir peur de la mascotte.

Ça paraît faux, pas l'histoire de la mascotte – ça, c'est du Owen tout craché – mais cette passion du football. Owen se fiche complètement de ce sport. Depuis qu'on est ensemble, du moins, je ne l'ai jamais vu regarder un match de bout en bout. Pas le moindre week-end bloqué par un après-midi devant la télé. Jamais de résumé du palmarès du week-end, le lundi soir. Un des nombreux changements bienvenus, après Jake.

– Mais je dois me rappeler de travers, dit-elle. Mon père ne s'intéresse pas au football, pas vrai ? C'est vrai, quoi… on regarde jamais de match.

– C'est ce que je me disais. Mais peut-être qu'il adorait ça, à l'époque. Quand il pensait qu'il ferait de toi une grande fan.

– Quand j'étais bébé ?

– Qui sait ? Il croyait peut-être qu'il pourrait faire de toi une supportrice des Longhorns ?

Bailey reporte son attention sur la pelouse. Rien qui lui permette de préciser ce souvenir, apparemment.

– Au fond, je crois que c'est bien de ça qu'il s'agissait. C'était pas une histoire de football en soi. Il adorait cette équipe…

Elle marque une pause.

– Cette équipe ou une autre qui porterait de l'orange, va savoir…

– Guide-moi à travers tes souvenirs, en faisant comme si ça s'était passé ici. Vous êtes venus après la cérémonie de mariage ? Il faisait noir ?

– Non, c'était dans l'aprèm. Et je portais ma robe. Ma robe de demoiselle d'honneur. Ça, je le sais. On venait peut-être du mariage. De l'église.

Elle s'interrompt encore :

– Ou alors c'est moi qui imagine tout ça. Ça me paraît tout aussi crédible.

Je sens qu'elle s'énerve. Il est plus que probable que tout ce qui pouvait ressurgir était déjà là à Sausalito, on n'aurait jamais dû en partir. On aurait dû rester sur notre maison flottante, vide sans Owen. Toutes deux bien vivantes dans le vide terrible qu'il a laissé derrière lui.

– Je sais pas quoi dire, reprend-elle. Tous les stades pourraient m'inspirer ça.

– Mais celui-ci te semble familier ?

– Ouais, un peu.

Un truc me vient à l'esprit. Une idée fuse, avec son cortège de conséquences, selon la réponse qu'elle me fera :

– Et donc tu es venue à pied ?

Elle me regarde bizarrement :

– Ben oui, avec toi.

– Mais non, je veux dire : tu es venue à pied après le mariage ? Ce jour-là, avec ton père ? Si on part du principe que c'était ici…

Elle secoue la tête, comme si ma question était absurde, mais ouvre soudain de grands yeux :

– Ouais, je crois bien que oui. Si je portais encore ma robe, alors c'est sans doute qu'on était venus directement après l'église.

J'ignore si notre discussion engendre le souvenir ou non, mais son ton se fait plus affirmatif, tout à coup.

– On est forcément venus à pied. On est juste passés voir un petit bout du match, après la cérémonie ? On a marché. J'en suis presque certaine…

– Donc c'est forcément dans le coin.

– De quoi tu parles ?

Sur le plan ouvert sur mes genoux, plusieurs options s'offrent à nous : une église catholique relativement proche d'ici ; deux salles paroissiales ; une synagogue encore plus proche. Toutes accessibles à pied. Toutes pouvant être le lieu où Owen avait emmené Bailey avant de venir ici.

– Tu ne te souviendrais pas, par chance, du type de cérémonie dont il s'agissait ? Quelle confession ?

– Tu plaisantes, pas vrai ?

Je ne plaisante pas du tout.

– Évidemment.

Qui a besoin d'un guide ?

Je trace un cercle autour des églises sur la carte et nous quittons le stade par une autre issue. Après la volée de marches, derrière une statue en hommage à la fanfare des Longhorns, se dresse le centre Etter-Harbin Alumni, consacré au réseau des anciens de la fac.

– Attends, ralentis une seconde… fait Bailey.

Je me retourne :

– Quoi ?

Elle observe l'édifice, l'enseigne à son fronton : LES EX DU TEXAS, VOUS ÊTES ICI CHEZ VOUS.

Puis se retourne vers le stade :

– Ça me dit un truc.

– Oui, bon, ça ressemble assez à l'autre grille d'entrée.

– Oui, mais l'ensemble me dit quelque chose. Comme si ce coin du campus m'était familier. Comme si j'étais déjà venue plus d'une fois, je sais pas. Ouais, ça me dit vraiment quelque chose.

Là-dessus, elle se met à observer autour d'elle.

– Laisse-moi prendre mes marques, dit-elle. Le temps de piger pourquoi j'ai cette sensation. De toute façon, c'était bien le but, non ? D'identifier concrètement ce qui me rappelle quelque chose ?

– D'accord, prends tout ton temps.

J'essaie de l'encourager même si je n'ai pas envie de m'éterniser dans les parages. J'ai envie d'aller voir les églises avant qu'elles ferment. J'ai envie qu'on trouve quelqu'un à qui parler.

Je reste silencieuse et m'absorbe dans mon téléphone. J'essaie de préciser la chronologie. Si Bailey est sur la bonne piste, si on n'est pas complètement à côté de la plaque, alors c'est en 2008 qu'elle a dû venir ici – Bailey et Owen habitaient encore Seattle, et Olivia était encore en vie. L'année suivante, Bailey et Owen avaient déménagé à Sausalito. Et avant cela, elle aurait été trop jeune pour se rappeler quoi que ce soit.

Donc, notre fenêtre de tir, c'est 2008. Je cherche le calendrier des matchs. La liste exhaustive des matchs à domicile qui ont eu lieu douze ans en arrière.

Mais alors que je m'apprête à ouvrir la page correspondante, mon portable sonne, l'écran barré de la mention NUMÉRO INCONNU. Téléphone en main, que faire ? Ce pourrait être Owen. Sauf que je repense à Jake insistant pour que je ne prenne aucun appel non identifié, et ça me paraît risqué. Qui cela pourrait être, quels problèmes cela pourrait engendrer.

Me désignant mon portable, Bailey demande :

– Tu réponds pas ? Tu vas juste regarder l'écran ?

– J'ai pas encore décidé.

Oui mais, et si c'était Owen ? Alors quoi ? Je décroche. Mais reste muette, attendant de voir ce que l'interlocuteur a à me dire.

– Allô ? Hannah ?

La femme à l'autre bout de la ligne a une voix haut perchée, chuintante, agaçante. Une voix que je reconnais.

– Belle, dis-je.

– Oh, mais quel enfer, dis-moi. C'est honteux, je vois pas d'autre mot. Ça va, toi ? Et la fille d'Owen, comment va-t-elle ?

À sa manière, Belle essaie d'être gentille, mais je remarque qu'elle ne prononce pas son prénom, Bailey. Elle parle de la fille d'Owen parce qu'elle est incapable de se rappeler comment elle s'appelle. Elle ne s'est jamais donné cette peine.

– Ils n'ont pas pu faire ça, tu sais... dit-elle.

Ils.

– Belle, j'ai essayé de te joindre.

– Je sais, je sais, tu dois être dans tous tes états. Je suis dans tous mes états. Figure-toi qu'à St. Helena, je suis cernée comme une vulgaire criminelle. Il y a des caméras plantées devant ma porte. Je peux même pas sortir de chez moi ! J'ai dû envoyer mon assistant chez Bouchon me chercher du poulet rôti et des soufflés au chocolat sinon je serais restée le ventre vide. Où es-tu ?

J'avais l'intention d'esquiver la question, mais c'est inutile. Belle n'attend pas de réponse. Elle veut juste continuer à pérorer.

– C'est vrai quoi, tout ceci est franchement ridicule. Avett est un entrepreneur, pas un criminel. Et Owen est un génie, mais là je ne t'apprends rien. C'est vrai quoi, après tout, Avett n'aurait aucune, mais aucune raison de faire ça, non ? Piquer dans la caisse de sa propre boîte ? C'est quoi… sa huitième start-up ? Et d'un coup, il se mettrait à gonfler les chiffres, à mentir et à détourner du pognon ? Si c'est bien ça dont on l'accuse. Non, mais c'est insensé. Du fric, on en a déjà à plus savoir qu'en faire.

Elle aligne les arguments avec férocité. Il n'en reste pas moins qu'elle omet un détail, un point qu'elle ignore ostensiblement. Les succès précédents d'Owen, l'hybris qu'ils ont pu générer pourraient expliquer son refus actuel de l'échec.

– C'est clair : c'est un coup monté.

– Par qui, Belle ?

– Comment veux-tu que je le sache ? Le gouvernement ? Un concurrent ? Ou alors un hacker qui voudrait être valorisé en Bourse le premier ? Ça, c'est la théorie d'Avett. C'est clair qu'il faut pas se laisser faire. Avett a trimé trop dur pour tomber sur une erreur d'écriture comptable.

Ça y est, je l'entends. Ce que les gens – Patty, Carl, Naomi – doivent se dire quand ils me parlent. J'entends la folie. Elle a l'air folle. C'est peut-être ça qui se passe quand le sol se dérobe sous vos pieds, on perd la capacité à moduler, à formuler un discours sensé aux yeux d'autrui.

– Donc, ce que tu me dis, c'est que c'est soit un coup monté, soit une erreur comptable ?

Je laisse filer un blanc avant de reprendre :

– Ou tu dis simplement que c'est la faute de tout le monde sauf d'Avett ?

– Pardon ?

Elle est furax. Ça m'est bien égal. Je n'ai pas de temps à perdre avec elle, maintenant que j'ai compris que cette conversation n'est pas gratuite et qu'elle attend quelque chose de ma part. Je n'ai plus rien à donner.

Je jette un œil à Bailey, qui me regarde avec des questions plein les yeux : pourquoi est-ce que j'ai l'air de plus en plus énervée ? Qu'est-ce que ça annonce pour son père ?

– Faut que je te laisse.

– Attends, dit-elle.

C'est à ce moment que je commence à piger. De quoi elle a besoin.

– Les avocats d'Avett ne parviennent pas à joindre Owen. On voudrait simplement s'assurer, enfin vérifier que… il ne communique pas avec les services fiscaux ? Parce que ça, ça serait pas malin. Ni pour lui ni pour nous.

– Si Avett n'a rien fait de mal, quelle importance ça a, ce qu'Owen peut bien dire ?

– Ne sois pas naïve. C'est pas comme ça que ça marche.

C'est comme si je la voyais : Belle, assise sur un tabouret dans sa cuisine, celui que j'ai fabriqué pour elle, qui secoue la tête avec incrédulité, les créoles dorées qu'elle ne retire jamais venant gifler ses pommettes hautes.

– Et comment ça marche alors ?

– Tss… ils savent s'y prendre, pour obtenir des aveux forcés. Owen est quand même pas si bête ?

Un temps.

– Il parle à la police ?

J'ai envie de dire *Tout ce que je sais c'est que moi, il ne me parle pas.* Mais je ne vais pas lui offrir ça. Ni rien d'autre d'ailleurs. Nous sommes dans des positions bien distinctes, elle et moi. Elle n'a pas à s'en faire pour la sécurité d'Avett. À se demander si le gouvernement agit délibérément de mauvaise foi ou si Avett est vraiment coupable. Belle *sait* que son mari est coupable. Elle essaie juste de baratiner de son mieux, de manœuvrer pour qu'il échappe à la justice.

Moi, en revanche, mon moteur, c'est que Bailey ne paie pas les pots cassés.

– Il faut absolument que les avocats d'Avett fassent le point avec Owen, le plus tôt sera le mieux, pour éviter que leurs versions diffèrent, dit Belle. On aurait bien besoin de ton aide. Faut se serrer les coudes.

Je ne lui réponds pas.

– Hannah ? Tu es toujours là ?

– Non, dis-je. Terminé.

Et je raccroche. Je raccroche et me remets à fouiller dans les archives des saisons passées de l'équipe d'Austin.

– C'était qui ? veut savoir Bailey.

– Un faux numéro.

– C'est comme ça que tu l'appelles, Belle, maintenant ?

Je la dévisage.

– Pourquoi tu fais semblant, quel intérêt ?

Elle est en colère et elle a peur. Visiblement, je ne fais qu'empirer les choses, au lieu de l'aider.

– J'essaie simplement de t'épargner un peu, Bailey.

– Mais tu pourras pas. Ouvre les yeux, enfin ! Personne peut me protéger de tout ça. Alors faut bien que quelqu'un se décide à me dire la vérité, tu crois pas ?

Elle semble plus vieille que son âge, tout à coup. Elle ne cille pas, lèvres pincées. *Protège-la.* L'unique chose qu'Owen m'a demandée. La chose impossible.

J'opine, soutenant son regard. Elle veut que je lui dise la vérité, comme si c'était simple. C'est peut-être plus simple que je me l'imagine.

– C'était Belle. Pour faire court, ça confirme mon impression qu'Avett est coupable, ou du moins qu'il a des choses à cacher. Et elle paraissait surprise qu'Owen ne soit pas là pour aider Avett à dissimuler ses petites affaires. Le tout me fait me demander ce que ton père peut bien cacher. Et pourquoi…

Après un flottement, j'ajoute :

– C'est pour ça que j'aimerais qu'on trouve ces églises et qu'on voie si ça nous aide à piger pourquoi il n'avait pas d'autre option que de nous quitter. J'aimerais comprendre une fois pour toutes s'il s'agit juste du Shop ou si j'ai raison de soupçonner autre chose.

– C'est-à-dire ?

– Que la raison de sa fuite remonte à bien plus loin. Que ça le concerne, lui. Et toi avec.

Elle ne dit rien. Me fait face, bras croisés sur la poitrine. Quand soudain, elle laisse tomber ses bras. Les laisse tomber et se rapproche un peu de moi.

– Alors en fait… quand je disais de me dire la vérité, je parlais juste de ne pas mentir à propos des personnes avec qui tu parles au téléphone.

– J'ai été un peu loin ?

– Oui, mais c'est bien.

Ce qui est peut-être la chose la plus gentille qu'elle m'ait jamais dite.

– J'essaie d'être à l'écoute.

– Et je t'en remercie, dit-elle, avant de me prendre la carte des mains et de l'examiner à son tour. Maintenant, en route.

Trois mois plus tôt

Il était 3 heures du matin et Owen était assis au comptoir du bar de l'hôtel, devant un grand verre de whisky sec.

Il sentit que je l'observais et leva les yeux.

– Qu'est-ce que tu fais là, tu ne dors pas ?

Je lui souris :

– Je crois que c'est à moi de te poser la question…

Nous étions à San Francisco, dans un boutique hôtel face au Ferry Building. Un orage stupéfiant venait d'éclater. Le genre de pluie diluvienne qui n'arrivait jamais à Sausalito, nous forçant à évacuer les lieux, à quitter notre maison flottante, du fait des risques d'inondation. Nous avions dû nous réfugier de l'autre côté du Golden Gate – l'établissement était plein de gens ayant quitté leur péniche. Même si, apparemment, Owen ne s'y sentait guère à l'abri.

– J'ai eu envie de descendre boire un verre, fit-il sans vraiment répondre à ma question. De bosser un peu…

– Sur quoi ?

Je fis le bilan de la scène. Il n'avait pas son ordinateur avec lui. Aucun document papier en vue. Rien, sur le comptoir, hormis son whisky. Et un autre objet.

– Viens, assieds-toi.

Je pris place sur le tabouret voisin, resserrant davantage mes bras autour de mon buste. Je frissonnais dans l'air frisquet de ce milieu de nuit. Mon débardeur et mon pantalon fluide ne faisaient guère l'affaire.

– Tu es gelée, dit-il.

– Ça va aller.

Il retira son sweat à capuche et me l'enfila :

– Ça ira mieux comme ça.

Je l'observai. Et attendis. Attendis qu'il me dise ce qu'il faisait vraiment là, ce qui l'inquiétait au point qu'il ait quitté notre chambre. Qu'il m'ait laissée au lit, sa fille sur le canapé déplié.

– C'est un peu stressant, au boulot, ces temps-ci. C'est tout. Mais rien de grave. Rien que je ne puisse gérer.

Il hocha la tête, espérant se montrer convaincant. Mais il semblait stressé. Je ne l'avais jamais vu si tendu auparavant. Pendant qu'on faisait nos valises, la veille au soir, je l'avais trouvé dans la chambre de Bailey, qui embarquait la tirelire de sa fille dans son sac de sport. Il avait eu l'air gêné que je l'aie vu, et m'avait expliqué que c'était un des premiers cadeaux qu'il lui avait faits. Il n'avait pas voulu prendre le risque de la perdre. Ce n'était pas ça qui était bizarre – Owen avait emporté tout un tas de choses sentimentales (la première brosse à cheveux de Bailey, des albums photo familiaux) qu'il avait fourrées dans le sac avec ses affaires pour la nuit.

Ce qui était bizarre c'était que, sur le comptoir, à côté de son verre, trônait ladite tirelire.

– Si tu gères si bien que ça, qu'est-ce que tu fais assis ici tout seul au beau milieu de la nuit, à contempler la tirelire de ta fille ?

– J'hésite à la casser. Au cas où on aurait besoin de sous.

– Qu'est-ce qui se passe, Owen ?

– Tu sais ce que Bailey m'a dit, ce soir ? Quand je lui ai dit qu'on devait évacuer ? Elle m'a dit qu'elle préférait aller avec la famille de Bobby. Ils allaient dormir au Ritz et elle voulait être avec lui. Ça a fait toute une histoire.

– J'étais où ?

– Tu fermais ton atelier.

Je haussai les épaules, tâchant de ne pas le brusquer :

– Elle grandit, c'est tout.

– Je sais, c'est complètement normal, je comprends, mais… quand je lui ai dit non, il est arrivé un truc vraiment étrange. Je l'ai regardée qui rejoignait la voiture d'un pas furibard. Et je ne pouvais pas m'empêcher de penser : « Elle va me quitter. » C'est peut-être à force de tout ce temps où j'ai été un père célibataire, occupé à nous garder la tête hors de l'eau, mais je crois que je n'avais jamais vraiment songé au fait que… ou peut-être que je ne me le suis jamais autorisé.

– Et ça explique que tu sois sorti en pleine nuit boire un verre avec cette tirelire ?

– Va savoir. Ou c'est juste que je suis pas habitué au matelas. J'arrive pas à dormir.

Il porta son whisky à ses lèvres et reprit :

– Quand elle était petite, quand on s'est installés à Sausalito, elle avait peur de marcher sur les pontons. Sans doute parce que le lendemain de notre arrivée, Mme Hahn a glissé et s'est cassé la figure, Bailey l'a vue qui manquait de se noyer.

– Pauvre petite !

– Oui, les premiers mois, ensuite, il fallait que je lui donne la main tant qu'on était sur les quais. Depuis le seuil de la porte jusqu'au parking. Et tout du long elle demandait *Papa, je risque rien avec toi, hein ? Papa, tu vas pas me lâcher, hein ?* Le trajet jusqu'à la voiture nous prenait environ six heures et demie.

Je ris.

– Ça me rendait dingue. La centième fois que j'ai dû faire ça, je crois que je suis vraiment devenu un peu dingue… Et tu sais ce qui a été pire encore ? Le jour où elle a arrêté.

Je posai ma main sur son épaule et exerçai une légère pression. Mon cœur explosait à bas bruit devant l'amour qu'il éprouvait pour sa fille.

– Le jour viendra où je ne serai plus en mesure de la protéger, de certaines choses du moins. Je ne pourrai même plus lui dire non.

– Alors là, je comprends parfaitement ce que tu ressens. Moi-même je n'arrive déjà pas à lui dire non.

Il me regarda, son whisky toujours au creux de la paume, et rit. Un rire sincère – mon trait d'humour perçant sa tristesse, la faisant voler en éclats.

Il reposa son verre et se tourna vers moi :

– Sur une échelle de un à dix, à quel point c'est bizarre que je sois assis ici ?

– Si on fait abstraction de la tirelire, je dirais deux, peut-être trois…

– Et avec la tirelire ? Je monte jusqu'à six ?

– Je le crains.

Il déposa la tirelire sur un tabouret libre et fit signe au barman :

– Vous voudrez bien préparer à mon épouse la boisson de son choix ? Et un café pour moi.

Puis, se penchant, il vint appuyer son front contre le mien.

– Désolé.

– Pas de quoi. C'est pas évident, je comprends, mais c'est pas pour demain, tu as le temps avant qu'elle parte. Et elle t'aime tellement. Elle ne te quittera jamais complètement.

– Ça, j'en suis pas sûr.

– Moi si.

Il garda le front baissé, contre moi.

– J'espère juste que Bailey ne va pas se réveiller et s'apercevoir que nous ne sommes pas là. On voit le Ritz, par la fenêtre.

De petites églises blanches

Elenor H. McGovern darde un regard perçant sur Bailey par-dessus ses demi-lunes.

– Que je comprenne bien… dit-elle. Vous voulez savoir quoi ?

Nous sommes installées dans le bureau d'Elenor, dans une église épiscopale. Avec ses cent ans révolus, ce vaste édifice est l'un des plus anciens de la ville d'Austin. Il est situé à un kilomètre et demi du stade, à peine, mais surtout, c'est la seule église dans laquelle nous sommes entrées – la finaliste parmi les six candidates – qui ait paru familière à Bailey.

– Nous cherchons à mettre la main sur la liste des mariages qui se sont déroulés ici durant la saison de football américain de 2008, résume Bailey.

Elenor, femme de soixante-dix ans et des poussières de pas loin d'un mètre quatre-vingts, nous regarde, dépassée.

– Ce n'est pas aussi compliqué que ça en a l'air, dis-je. Concrètement, il nous faut juste la liste des mariages célébrés par votre pasteur les jours où on jouait à domicile, pendant la saison 2008. Nous n'avons pas besoin du planning des autres jours. Uniquement les mariages célébrés au même moment que les matchs à domicile des Longhorns. Rien de plus.

– Oh, au même moment que les matchs à domicile d'il y a douze ans, rien de plus ?

J'ignore le sarcasme et m'incline vers elle, espérant la gagner à notre cause :

– À vrai dire, j'ai déjà dégrossi le travail.

Je fais glisser une liste sur la table. J'ai préparé un tableau avec le calendrier des Longhorns d'il y a douze ans. J'ai chargé Jules de le vérifier dans le *San Francisco Chronicle*, en utilisant leurs outils de recherche, afin de m'assurer que nous n'avions omis aucune rencontre, que nous avions bien coché toutes les cases.

Il reste huit dates potentielles. Huit dates où une petite Bailey a pu accompagner Owen au stade et se retrouver assise ici.

Elenor regarde la liste, l'œil vide. Sans la prendre.

Je scanne la pièce, en quête d'un indice révélateur au sujet d'Elenor – un détail qui me permettrait de me la mettre dans la poche. Des cartes de vœux de Noël et des autocollants divers parsèment la surface de son bureau ; des portraits de sa famille s'alignent sur le manteau de la cheminée ; un large tableau en liège déborde de photos et de messages émanant des paroissiens. Le bureau témoigne des quarante années passées à tisser des liens dans cette église. Elle sait tout ce qui s'est passé ici. Nous, on a seulement besoin de connaître un point de détail.

– Je sais que ça peut vous sembler énorme, mais si vous regardez, vous verrez que nous avons téléchargé le calendrier des matchs à domicile pour cette année-là. La période sur laquelle nous nous concentrons comporte moins de dix week-ends. Tout ceci est à votre disposition. Quand bien même votre pasteur aurait célébré deux mariages par week-end, cela ferait moins de vingt couples.

– Écoutez, je regrette, fait Elenor. Je ne suis tout bonnement pas autorisée à vous communiquer ces informations.

– Je comprends que ce soit la règle et en quoi c'est utile, dis-je, mais vous conviendrez bien qu'il s'agit là de circonstances exceptionnelles.

– Bien entendu. Je suis navrée d'apprendre que votre mari a disparu. Vous avez visiblement beaucoup à gérer du fait de son absence. Mais le règlement, c'est le règlement.

– Et vous ne pourriez pas faire une exception ? demande Bailey, un ton trop haut. On n'est pas des serial killers ni rien, c'est assez clair. On se fiche complètement de savoir qui sont ces gens.

Je pose la main sur la cuisse de Bailey, dans l'optique de la calmer.

– On peut rester dans cette pièce le temps de parcourir les noms, dis-je. On n'imprime rien, on ne note pas d'adresse, rien ne sort d'ici.

Le regard d'Elenor va et vient entre nous deux, comme si elle était tiraillée entre l'envie de nous aider et celle de nous mettre à la porte. Mais on dirait bien qu'elle penche plutôt pour l'option numéro deux. Je ne peux pas laisser faire ça alors que nous tenons peut-être notre première piste. Si on peut cibler la cérémonie à laquelle Owen et Bailey assistaient, alors on comprendra ce qui les rattache à Austin. Et peut-être ce lien nous expliquera-t-il ce que Grady faisait devant ma porte, et ce qu'Owen fait si loin, pour sa part.

– Je suis persuadée que Bailey est déjà venue ici, dis-je. Cela l'aiderait vraiment beaucoup, nous aiderait vraiment beaucoup de pouvoir l'établir avec certitude. Si vous saviez ce que nous venons d'endurer cette semaine, sans son père… disons simplement que ce serait un acte de bonté.

Je vois une lueur de sympathie s'éveiller dans la prunelle d'Elenor et me prends soudain à espérer que ma plaidoirie l'a fait pencher vers l'option numéro un.

– J'aimerais pouvoir vous aider. Si c'était en mon pouvoir, je le ferais. Mais je n'y peux malheureusement rien, ma chère. Si vous voulez me laisser votre numéro, j'en toucherai un mot au pasteur, mais je ne crois pas qu'il sera d'accord pour divulguer des informations confidentielles au sujet de nos paroissiens.

– Putain, mais c'est pas vrai, la meuf va pas se bouger ?

Ce qui, il faut bien l'admettre, n'est pas un niveau de langue très approprié de la part de Bailey.

Elenor se lève, sa tête à deux doigts de cogner le plafond.

– Écoutez, chères amies, je vais devoir vous quitter, vous m'en voyez désolée. Je dois préparer une session d'étude de la Bible pour ce soir, en salle de réunion. Je vous laisse vous diriger vers la sortie, vous ne m'en voudrez pas ?

– Bailey n'avait pas l'intention de se montrer désagréable, mais son père a disparu et nous essayons simplement de comprendre pourquoi. Tout ceci est extrêmement anxiogène pour notre famille. La famille, c'est essentiel à nos yeux, je suis certaine que vous le comprenez.

Je fais un geste en direction des portraits en rang d'oignons sur la cheminée – ses enfants et petits-enfants à Noël, les photos plus spontanées de son mari, de leurs chiens, d'une ferme. Plusieurs portraits d'Elenor et, peut-être, de son petit-fils favori, arborant une coiffure avec des mèches démentes. Le tout dans les tons verts.

– Je ne doute pas que vous seriez la première à remuer ciel et terre pour votre famille. Ça se voit. Je vous en prie, réfléchissez-y un instant. Si j'étais assise à votre place et vous à la mienne, je vous pose simplement la question, qu'attendriez-vous de moi ? Parce que j'essaierai de le faire.

Elenor s'interrompt et lisse le devant de sa robe. Puis, miracle : elle se rassied, renfourchant ses demi-lunes :

– Voyons voir ce que je peux faire.

Un sourire soulagé naît sur le visage de Bailey.

– Aucun nom ne doit sortir de cette pièce.

– Rien ne filtrera, dis-je. Nous cherchons simplement quelqu'un qui puisse nous venir en aide. Rien de plus.

Elenor opine et se saisit de mon document sur le bureau. Le parcourt, l'air consternée. Elle soupire pour bien nous montrer qu'elle n'en revient pas de ce qu'on lui fait faire.

Pivotant vers son ordinateur, elle se met à taper.

– Merci, fait Bailey. Vraiment, merci.

– Tu peux remercier ta belle-mère, dit Elenor.

Et là, l'incroyable se produit. Bailey ne tique pas en entendant ce mot. Elle ne me remercie pas. Elle ne m'accorde même pas un regard. Mais elle ne tique pas, ce qui pour moi est tout aussi significatif.

Cela dit, je n'ai guère le temps de savourer, car mon portable se met à vibrer. Je baisse les yeux, c'est un texto.

CARL : Je suis devant chez toi, tu m'ouvres ? Ça fait un moment que je sonne…

Je regarde Bailey, lui touche la main :

– C'est Carl. Je vais voir ce qu'il veut.

Bailey acquiesce, faisant à peine gaffe à moi, les yeux rivés sur Elenor. Je rappelle Carl.

– Salut, fait-il en décrochant. Je peux entrer ? Sarah est avec moi. On se baladait.

Je l'imagine, debout devant ma porte, avec, dans le porte-bébé, Sarah arborant un de ces énormes nœuds-nœuds que Patty aime lui coller sur la tête, Carl qui prétexte de faire prendre l'air au bébé pour venir me parler – sans que Patty le sache.

– On n'est pas à la maison, Carl. Qu'est-ce qui se passe ?

– Ce n'est vraiment pas un truc dont on peut parler au téléphone. J'aimerais mieux en discuter de visu. Je peux repasser plus tard, si ça t'arrange. Je sors avec Sarah à 17 h 15, pour l'aérer un peu avant le dîner.

– Je préférerais que tu me dises ce que tu as à me dire maintenant.

Il marque une pause, faute de savoir que faire. Je le vois tout à fait qui se demande s'il doit insister pour poursuivre la conversation plus tard en face à face, quand ce sera plus facile pour lui de dire ce qu'il a à dire. Parce qu'il est on ne peut plus clair – ça l'était déjà la veille, quand j'ai vu la tête qu'il tirait – qu'il sait quelque chose, et qu'il a peur de me le révéler.

– Bon, écoute, je me sens vraiment mal pour ce qui s'est passé hier à la maison. J'ai été pris au dépourvu et Patty était dans un tel état de nerfs. Mais je te dois des excuses. Ce n'était pas juste, surtout sachant que…

De nouveau un temps d'arrêt, comme s'il essayait de démêler s'il devait ou non cracher le morceau.

– Je devrais peut-être pas, je veux dire… je ne sais pas au juste ce qu'Owen t'a dit, mais c'était vraiment pas facile, au boulot. Avec Avett, principalement.

– C'est lui qui t'a dit ça ?

– Ouais. Il s'est pas attardé sur les détails, mais il a dit qu'il subissait une pression de malade pour faire en sorte que le logiciel soit opérationnel. Ça, il me l'a dit franco. Et que ça se passait pas aussi bien qu'Avett voulait bien le faire croire. Mais qu'il avait le dos au mur…

Ce détail m'arrête net.

– Comment ça, il avait le dos au mur ?

– Il a dit qu'il ne pouvait pas se barrer. Se trouver un autre job. Qu'il devait régler le problème.

– Il t'a dit pourquoi ?

– Non, il a pas développé. Je te le jure. Pourtant j'ai essayé de le faire parler. Aucun boulot ne mérite qu'on subisse une pression pareille.

Mon regard se porte de nouveau vers le bureau d'Elenor, Elenor toujours rivée à son écran d'ordinateur, tandis que Bailey fait les cent pas.

– Merci de m'en avoir parlé.

– Attends… c'est pas tout.

Je l'entends qui s'agite. Qui se débat pour savoir comment réussir à aligner ces mots.

– Il y a autre chose que je dois te dire.

– Dis-le, Carl. Qu'on en finisse.

– On n'a pas investi dans le Shop, Patty et moi.

Je repense à ce que Patty m'a dit – Owen qu'elle a traité d'escroc, qu'elle a accusé de leur avoir volé leurs économies.

– Je ne comprends pas.

– J'avais besoin de ce fric pour autre chose, un truc dont je pouvais pas parler à Patty, un truc en rapport avec Cara.

Cara. La collègue avec qui il fricote depuis bien avant la naissance de Sarah.

– Quoi exactement ?

– J'aimerais mieux ne pas entrer dans les détails, mais j'ai pensé que tu devais savoir que…

Je peux imaginer tout un éventail de scénarios qui lui coûteraient quelques dizaines de milliers de dollars – celui qui surnage implique un autre bébé, dans un autre porte-bébé, qui serait aussi le sien. Qui serait à eux deux.

Mais c'est une supposition et je n'ai pas le temps pour ça. Sans compter que je m'en fiche pas mal. Ce qui m'importe, c'est qu'Owen n'a pas fait ce dont Patty l'accuse. J'y vois presque une espèce de preuve – un élément venant s'imbriquer pour me prouver, à moi-même, qu'Owen est toujours Owen.

– Et donc avec tout ce qui se passe, tu continues à faire croire à ta femme que c'est Owen qui t'a piqué ton fric ? Qu'il t'a convaincu d'investir tes économies dans une boîte pourrie jusqu'à l'os ?

– J'ai bien conscience que c'est pas glorieux.

– Sans blague ?

– Est-ce qu'au moins le fait d'avoir dit la vérité me fait regagner quelques points ? Crois-moi, toute cette discussion me désole.

J'imagine Patty, si sûre de son bon droit, en train de dire à son club de lecture, à son cours d'œnologie, à ses partenaires de tennis – à qui veut l'entendre – qu'Owen est un escroc. De disséminer aux quatre vents les informations bidons que son mari lui sert.

– Non, Carl. Ce qui va te désoler, c'est la discussion qui va avoir lieu maintenant. Avec ta femme. Parce que soit tu lui dis la vérité, soit c'est moi qui m'en charge.

Je clos l'échange sur ces mots, le cœur en cavalcade. Je ne me laisse pas le temps de digérer ce que ça implique, car Bailey me fait signe de la rejoindre.

Je me ressaisis et retourne dans le bureau d'Elenor.

– Désolée de cet appel.

– Ça ne fait rien, dit Elenor. Je suis en train de tout passer en revue et…

Alors que Bailey s'apprête à faire le tour de la table pour se placer près d'Elenor, celle-ci l'arrête d'un geste.

– Attendez juste que j'imprime les registres. Et vous pourrez y jeter un œil. Mais il faut vraiment que j'aille à ma réunion, donc vous allez devoir faire vite.

– Sans faute, dis-je.

Elenor s'arrête soudain de taper. Regarde l'écran d'un air confus.

– C'est bien la saison 2008 qui vous intéresse ?

Hochement de tête :

– Oui, le match à domicile ouvrant la saison a eu lieu le premier week-end de septembre.

– C'est ce que je lis ici, en effet. Ce que je vous demande, c'est : vous êtes bien sûre de l'année ?

– Quasi certaine, oui. Pourquoi ?

– 2008 ?

Bailey essaie de ne pas laisser transparaître son agacement.

– Ben oui, 2008 !

– Nous étions fermés, cet automne-là, pour rénovation. C'étaient d'importants travaux, qui faisaient suite à un incendie. Nous avons fermé le 1er septembre et n'avons pas rouvert avant le mois de mars. Il n'y a eu ni messe ni célébration d'aucune sorte. Encore moins de mariage.

Elenor fait pivoter l'écran pour que nous voyions le calendrier de nos propres yeux : que des cases vierges. Mon cœur manque un battement.

– Vous ne vous êtes pas trompées d'année ? demande Elenor à Bailey. Laissez-moi jeter un œil à 2009.

Je tends la main dans l'idée de la stopper. Aucune raison de vérifier pour 2009. Owen et Bailey ont déménagé à Sausalito en 2009. J'en ai la preuve, et en 2007 Bailey était trop jeune pour se rappeler quoi que ce soit. Elle n'a aucun souvenir de Seattle de cette époque, alors un unique week-end à Austin… Quitte à être franche,

2008, c'est déjà bien loin en arrière. Mais si sa mère était présente au mariage – et Bailey semble portée à le croire – alors ce ne peut être qu'en 2008.

– Non, non, c'était forcément en 2008.

La voix de Bailey se brise tandis qu'elle fixe l'écran vide.

– J'étais ici. C'était forcément à ce moment-là. On a déjà vu tout ça. C'était cet automne-là. C'était forcément à ce moment-là si ma mère était là.

– Et 2007, c'est pas possible ? propose Elenor.

– J'aurais été trop jeune pour m'en souvenir.

– Alors ce n'était pas ici.

– Mais ça n'a aucun sens. C'est vrai, quoi, je reconnais l'autel. Je m'en souviens.

Je fais un pas vers Bailey qui s'écarte aussitôt. Elle ne souhaite pas qu'on l'apaise. Elle souhaite aller au fond des choses.

– Elenor, dis-je. Y a-t-il d'autres églises accessibles à pied depuis le campus qui ressemblent à la vôtre ? Un lieu qui aurait pu nous échapper, susceptible de rappeler votre église à Bailey ?

Elenor secoue la tête :

– Non, pas qui ressemble à ici.

– Ou bien une église qui aurait fermé depuis ?

– Je ne crois pas. Mais vous devriez me laisser votre numéro. Je vais interroger le pasteur, et certains de nos paroissiens. Et je vous appellerai si quelque chose me revient. Vous avez ma parole.

– Qu'est-ce qui pourrait bien vous revenir ? fait Bailey. Pourquoi ne pas nous dire directement que vous ne pouvez rien pour nous ?

– Bailey, ça suffit…

– Ça suffit ? C'est toi qui m'as dit que si je me souvenais d'un truc, on devait remonter la piste et rien lâcher, et maintenant tu me dis que ça suffit ? Rien à foutre, je veux plus en entendre parler.

Elle se lève subitement et sort en trombe du bureau d'Elenor.

Elenor et moi assistons à son départ sans dire un mot. Une fois Bailey dehors, elle m'offre un regard compatissant.

– Ce n'est rien, dit-elle, je sais que ce n'est pas après moi qu'elle en a.

– Je n'en suis pas si sûre, mais c'est déplacé. Elle a besoin d'exprimer sa colère envers son père et il n'est pas là pour l'entendre. Alors elle reporte ça sur les autres.

– Compris, fit Elenor.

– En tout cas, merci d'avoir pris le temps de nous recevoir. Si un détail vous effleure, même si ça a l'air mineur, appelez-nous, s'il vous plaît.

Je note mon numéro de portable.

– Je n'y manquerai pas, fait-elle en hochant la tête, tout en empochant le petit bout de papier alors que je me dirige vers la porte.

– Qui fait subir ça à sa famille… ?

Je fais volte-face, plante mon regard dans le sien :

– Quoi ?

– Qui fait subir *ça* à sa famille… ? répète-t-elle.

Le meilleur père qui soit, ai-je envie de répondre.

– Quelqu'un qui n'a pas le choix, dis-je. Voilà la réponse. Voilà qui peut faire un truc pareil à sa famille.

– On a toujours le choix, dit Elenor.

On a toujours le choix. Grady l'a dit, lui aussi. Mais qu'est-ce que ça veut dire, au juste… ? Qu'il y a toujours une bonne et une mauvaise décision ? C'est trop simple. Manichéen. Et si c'est à votre sujet qu'on s'interroge, c'est que vous avez pris la mauvaise : comme si le monde était divisé entre les gens qui n'ont jamais fait de grosse erreur. Et les autres.

Je repense à ce que Carl m'a dit au téléphone, que ça n'avait pas été facile pour Owen. Je ne sais pas où il se trouve, mais ça ne doit pas être facile pour lui non plus, à l'heure actuelle.

Je sens monter la colère :

– Je tâcherai de m'en souvenir, dis-je, d'un ton proche de celui de Bailey.

Et je prends la porte à mon tour.

Tout le monde n'est pas d'une grande aide

De retour à l'hôtel, on s'offre un room service : sandwichs au fromage toastés et frites de patate douce. J'allume la télé et tombe sur une vieille comédie romantique – les chemins de Tom Hanks et Meg Ryan vont se croiser contre toute probabilité – qui fait l'effet d'un vieux doudou. On se laisse bercer et Bailey s'endort sur son lit.

Je reste éveillée jusqu'au bout, dans l'attente du moment que je sais imminent : Tom Hanks va promettre à Meg Ryan qu'il l'a dans la peau et qu'il va l'aimer. Jusqu'à ce que la mort les sépare. Puis, le générique défile. Je replonge dans ma chambre obscure dans cette drôle de ville, et ça me revient dans un soubresaut terrifiant : Owen a disparu. Sans explication. Disparu.

C'est ce qui est terrible, avec les tragédies. On ne vit pas avec à chaque instant. On oublie, et ensuite on se souvient. Et on voit les choses avec une acuité nouvelle : c'est ce qu'il faut faire désormais, s'ajuster, simplement pour ne pas s'effondrer.

Je suis trop épuisée pour dormir, alors je reprends mes notes du jour, m'efforçant d'envisager ce week-end de mariage sous un autre angle pour raviver la mémoire de Bailey. Qu'ont-ils bien pu faire à Austin, à part assister à ce mariage ? Est-il possible qu'ils soient restés plus longtemps ? Bailey peut se tromper. Ça expliquerait pourquoi le campus lui est familier. Est-elle venue ici à plusieurs reprises ? Mais, dans ce cas, pourquoi ?

La sonnerie de mon téléphone m'arrache à mes pensées. Soulagement. Je n'ai aucune réponse satisfaisante.

J'attrape mon portable, JAKE s'affiche à l'écran.

– Ça fait des heures que j'essaie de te joindre.

– Désolée, dis-je tout bas. La journée a été longue.

– Où es-tu ?

– À Austin.

– Au Texas ?

Je sors dans le couloir, refermant précautionneusement la porte derrière moi afin de ne pas réveiller Bailey.

– Je te la fais courte : en gros, Bailey se souvient d'être venue à Austin quand elle était petite. Je ne sais pas, c'est peut-être moi qui l'ai poussée à croire qu'elle était venue ici. Mais ça, plus Grady Bradford… je me suis dit qu'on ferait mieux de venir.

– Alors comme ça, tu mènes ton enquête ?

– Avec peu de résultats, visiblement. On reprend l'avion demain.

Je déteste ce que dégagent mes paroles. Et la perspective de retrouver une maison sans Owen m'afflige. Ici, au moins, je peux cultiver l'illusion qu'on peut aider à faire revenir Owen, que Bailey et moi, ensemble, on a ce pouvoir.

– Bon, écoute, il faut que je te parle d'un truc, dit Jake. Ça ne va pas te plaire.

– Il va falloir que tu commences par une bonne nouvelle, Jake, sinon je vais te raccrocher au nez.

– Ton ami Grady Bradford n'est pas bidon. Il jouit d'une réputation impeccable dans son service. C'est un des gars les plus en vue du bureau texan. Le FBI fait souvent appel à lui quand un suspect s'évanouit dans la nature. M'est avis que s'il veut retrouver Owen, il y parviendra.

– En quoi c'est une bonne nouvelle ?

– Je crains que personne d'autre ne soit capable de le localiser, dit Jake.

– Comment ça ?

– Owen Michaels n'existe pas.

Je ris presque. Ces mots me semblent tellement ridicules – ridicules et, cela va de soi, mensongers.

– Je ne dis pas que tu ne sais pas de quoi tu parles, Jake, mais je peux te certifier qu'il existe. Sa fille dort présentement à trois mètres de moi.

– Laisse-moi reformuler les choses. *Ton* Owen Michaels n'existe pas. Exception faite du certificat de naissance et du numéro de sécurité sociale associé, tant pour Owen que pour sa fille, le reste des informations est inconsistant.

– Mais qu'est-ce que tu racontes ?

– L'enquêteur dont je te parlais m'affirme qu'il n'existe pas d'Owen Michaels correspondant à la biographie de ton mari – et le gars est un pro. On trouve plusieurs Owen Michaels ayant grandi à Princeton, dans le Massachusetts, et quelques-uns qui sont allés à l'université de Princeton. Mais le seul Owen Michaels attesté qui ait grandi dans la ville natale d'Owen et soit allé à

Princeton a soixante-dix-huit ans et vit avec son compagnon, Theo Silverstein, à Provincetown, près de Cape Cod.

J'ai du mal à respirer. Je m'assieds sur la moquette du couloir, dos au mur. Les mots prennent vie. Ça martèle dans ma tête, ça martèle dans mon cœur. *Aucun Owen Michaels n'est ton Owen Michaels.* Les mots me traversent, incapables de s'ancrer en moi.

– Je continue ?

– Ça ira merci.

– Aucun Owen Michaels n'a acheté ni possédé de domicile à Seattle en 2006, aucun n'a inscrit sa fille Bailey à la maternelle cette année-là et les services fiscaux n'identifient pas d'Owen Michaels avant 2009…

Coup d'arrêt.

– C'est l'année où il a emménagé à Sausalito avec Bailey.

– Précisément. C'est là que prennent racine les traces administratives de ton Owen Michaels. À partir de là, ça colle grosso modo avec ce que tu m'as raconté. La maison, la scolarité de Bailey. Le travail d'Owen. Et, évidemment, c'était bien vu de sa part d'acheter un genre de péniche, et pas un bâtiment en dur. Moins de paperasse, moins de traces. Il n'est même pas propriétaire du terrain. C'est presque comme une location. Plus dur à pister.

Je me couvre les yeux des mains, pour tenter de faire cesser le vertige qui m'assaille, de reprendre mon équilibre.

– Avant leur arrivée à Sausalito, je n'ai pas trouvé le moindre indice qui concorde avec ce que ton mari t'a raconté de sa vie antérieure. Soit il vivait sous un autre nom, soit il portait le même nom, mais il t'a menti au sujet de tout le reste. Au sujet de son identité.

D'abord, je ne dis rien. Puis je réussis à articuler la question :

– Pourquoi ?

– Pourquoi aurait-il changé de nom ? Menti sur tout son parcours ?

Je hoche la tête comme s'il pouvait me voir.

– J'ai demandé la même chose à mon enquêteur, dit Jake. Selon lui, deux raisons expliquent généralement qu'on change de nom, et aucune ne va te faire plaisir.

– Sans blague ?

– La plus courante, crois-le ou non, c'est quand la personne a déjà une première famille quelque part. Un autre conjoint. Un autre enfant. Ou même plusieurs. Et qu'elle ne veut pas que ces deux vies puissent un jour se croiser.

– C'est impossible, Jake.

– Va dire ça à un de mes clients, un magnat du pétrole, un milliardaire qui a une épouse dans le Dakota du Nord, dans son ranch familial, et une autre à San Francisco, dans un manoir sur Pacific Heights. Dans la même rue que Danielle Steel. Ça fait vingt-neuf ans qu'il est avec ces deux femmes. Cinq enfants d'un lit, cinq de l'autre. Et personne ne soupçonne rien. Monsieur voyage beaucoup pour son boulot, voilà ce qu'ils pensent tous. À les écouter, c'est un mari formidable. Si on est au courant de sa double vie, c'est uniquement parce qu'on s'occupe de son testament… qui promet d'être une expérience étonnante.

– Et l'autre raison qui pourrait expliquer qu'Owen ait fait ça ?

– En partant du principe qu'il n'a pas de deuxième épouse planquée quelque part ?

– En partant de ce principe, oui.

– L'autre raison pour laquelle on adopte une seconde identité, qui est notre théorie à l'heure actuelle, c'est qu'on est d'une façon ou d'une autre impliqué dans des agissements criminels. On se retrouve acculé à fuir, pour éviter les ennuis, redémarrer de zéro, protéger sa famille. Sauf que généralement, le criminel en question retombe dans ses travers, ce qui cause sa perte.

– Ça voudrait dire qu'Owen était déjà en délicatesse avec la justice ? Qu'il n'est pas seulement coupable de ce dont on l'accuse au Shop, mais qu'il avait déjà dérapé avant ?

– Ça expliquerait sa fuite, en tout cas. Il savait qu'avec l'implosion de la boîte, il serait démasqué. Le fait que son passé puisse le rattraper l'inquiétait plus que tout le reste.

– Mais, si on pousse le raisonnement, on ne peut pas envisager qu'il ne soit pas un criminel ? Qu'il ait changé de nom pour échapper à quelqu'un ? Quelqu'un qui lui aurait voulu du mal, ou même à Bailey ?

Protège-la.

– Ouais, on ne peut pas l'exclure. Mais, dans ce cas, pourquoi ne pas t'en avoir parlé ?

Je n'ai aucune réponse valable à proposer. Mais j'ai besoin d'une alternative – une autre version pour expliquer qu'Owen s'avère n'être pas Owen.

– Je ne sais pas. Il fait peut-être partie d'un programme de protection des témoins ? Ça expliquerait Grady Bradford.

– J'y ai bien pensé. Mais tu te souviens de mon pote Alex ? Il a un copain assez haut placé au bureau des US Marshals, et il a jeté un œil pour moi. Owen n'est pas sous protection.

– Il te le dirait ?

– Oui.

– C'est quel genre de programme de protection ?

– Du genre basique. De toute façon, il n'a pas le profil d'un témoin sous protection. Rien ne colle. Ni son job, trop capé, ni Sausalito. Les témoins se retrouvent plutôt à vendre des pneus dans un trou paumé de l'Idaho. Et encore, ça, c'est ceux qu'ont du bol. La plupart se font larguer au milieu de nulle part avec quelques billets en poche et de nouveaux papiers d'identité, et on leur souhaite bonne chance.

– Bon… alors ?

– Mon instinct ? C'est l'option numéro deux. Il a fait quelque chose et il est en cavale depuis longtemps. Peut-être que c'est pour ça qu'il s'est retrouvé mêlé à ce bordel au Shop, ou peut-être pas. Dur à dire. Mais son passé l'aurait rattrapé s'il s'était fait arrêter, donc il a fui pour sauver sa peau. Ou alors, comme tu l'as dit, il a filé parce qu'il a pensé que c'était le meilleur moyen de protéger Bailey. Qu'elle ne se retrouve pas mêlée à cette affaire – quelle qu'elle soit.

C'est la première phrase de Jake qui fait son chemin. Je n'arrête pas d'y revenir, pour ma part. Si les agissements d'Owen devaient le rattraper, alors il serait resté avec nous. Il aurait fait face aux emmerdes. En revanche, si tout cela devait risquer d'entraîner Bailey dans sa chute, il aurait pris une tout autre décision.

– Jake, même si tu as raison, même si je ne connais rien du passé de l'homme que j'ai épousé... je sais que s'il a abandonné Bailey, c'est qu'il n'avait absolument pas le choix. On m'oublie pour une seconde. S'il avait dû partir, sans intention de revenir, il l'aurait emmenée. Elle est tout pour lui. Owen ne peut pas l'avoir abandonnée, c'est impensable. Ça ne lui ressemble pas, de s'évanouir dans la nature.

– Il y a deux jours, aurais-tu pu imaginer qu'il avait bidonné toute l'histoire de sa vie ? Parce qu'il l'a fait, c'est indéniable.

Je fixe la moquette hideuse, avec ses motifs floraux fuchsia, tâchant d'y puiser une source de réconfort.

Tout paraît impossible. Chaque point de détail de cette histoire est impossible. Par où on commence, pour apprivoiser peu à peu l'idée que son mari a fui la personne qu'il était, une personne dont on ne connaît même pas le nom véritable ? On voudrait arguer qu'il y a une erreur quelque part. Erreur sur la personne. Sur l'histoire. Dans l'histoire qu'on connaît par cœur, rien de tout cela n'a de sens. Ni le début ni la suite. Et surtout pas la direction dans laquelle ça menace de finir.

– Jake, comment je fais, moi, pour revenir dans la chambre et annoncer à Bailey que rien de ce qu'elle croit savoir de son père n'est vrai ? Je ne sais pas comment lui dire.

Silence de Jake – hautement inhabituel.

– Essaie peut-être de lui dire autre chose.

– Du genre ?

– Du genre : j'ai un plan pour te tirer de là. Au moins le temps que les choses s'éclaircissent.

– Sauf que j'en ai pas.

– Tu pourrais. Tu pourrais parfaitement la sortir de là. Venez à New York. Chez moi. Je vous héberge toutes les deux, le temps que ça soit tiré au clair. J'ai des amis au conseil d'administration de Dalton. Bailey pourrait y finir son année.

Je ferme les paupières. Comment en suis-je arrivée là ? À me retrouver de nouveau au téléphone avec Jake ? Je vois mal comment *lui* pourrait m'aider. Quand on a rompu, Jake m'avait dit que je lui avais toujours paru absente. Je n'avais rien rétorqué – et pour cause. J'étais un peu absente. J'avais toujours eu le sentiment qu'il me manquait quelque chose, avec Jake. Exactement ce que j'avais cru trouver avec Owen. Mais si Jake a raison au sujet d'Owen, alors Owen et moi ne vivions pas du tout en osmose, comme je l'ai toujours pensé. Tout n'était peut-être que mensonge, après tout.

– Merci de ta proposition. Pour l'heure, ça ne m'a pas l'air si terrible.

– Mais…

– Tu viens de me dire que si on en est là, c'est parce qu'Owen a fui. Je ne vais pas fuir à mon tour, pas tant que je n'aurais pas démêlé la situation.

– Hannah, pense à Bailey, pense à elle.

J'ouvre la porte de la chambre et m'y faufile. Bailey dort à poings fermés sur son lit. Elle est pelotonnée, dos rond, une auréole de mèches mauves étalée sur l'oreiller, comme une boule disco. Je referme la porte, regagne le couloir.

– C'est justement à elle que je pense, Jake.

– Je ne peux pas te laisser dire ça. Sinon tu n'essaierais pas à toute force de trouver la seule personne dont, selon moi, tu devrais la préserver.

– Jake, c'est son père.

– Faudrait peut-être que quelqu'un le lui rappelle.

Je ne relève pas. Je m'approche des baies vitrées donnant sur l'atrium en contrebas. Des collègues (parfaits, jusqu'à leurs noms sur l'étiquette plastifiée au revers de la veste) se détendent au bar, des couples se dirigent vers le restaurant main dans la main, deux parents épuisés portent leurs enfants endormis et suffisamment de produits dérivés Legoland pour ouvrir une boutique. Vu de tout là-haut, ils semblent tous heureux. Bien qu'évidemment je n'en sache rien. Mais, l'espace d'un instant, j'aimerais tant être à leur place, et non à la mienne. Celle d'une femme planquée dans un couloir d'hôtel, au huitième étage. En train de se repasser le film du mensonge qu'est son mariage, sa vie.

La colère grossit au creux de mon ventre. Depuis que ma mère m'a abandonnée, je me targue de savoir distinguer les détails, de voir en chacun les indices sous-jacents. Et si on m'avait posé la question trois jours plus tôt, j'aurais affirmé tout connaître de ce qu'il y avait à connaître chez Owen. De ce qui était essentiel, en tout cas. Mais je ne sais peut-être rien. Vu que je suis là, à me débattre pour établir les faits les plus mineurs.

– Excuse-moi, dit Jake. J'y suis allé un peu fort, sur ce coup-là.

– Sur celui-là seulement ?

– Alors écoute-moi, je dis simplement que la porte est ouverte ici, si le besoin se fait sentir. Pour toutes les deux. Sans condition. Mais si tu décides de ne pas prendre cette option, au moins prépares-en une autre. Avant de mettre en pièces la vie de cette jeune fille, convaincs-la que tu sais ce que tu fais.

– Mais personne ne sait quoi faire dans une situation pareille, Jake. Personne ne se retrouve dans ce genre de situation.

– Si, apparemment, toi.

– Hyper utile, merci.

– Viens à New York. C'est toute l'aide que je peux t'apporter.

Huit mois plus tôt

– J'avais pas signé pour ça, dit Bailey.

Nous étions devant le marché aux puces, à Berkeley. Owen et Bailey se disputaient, chose qui n'arrivait jamais. Il voulait y aller. Et Bailey, elle, n'avait qu'une envie : rentrer à la maison.

– Tu étais d'accord, dit Owen. Quand tu as dit oui pour aller à San Francisco. Alors tu pourrais faire un petit effort, non ?

– J'avais dit oui pour des *dim sum.*

– Et les *dim sum* étaient délicieux, non ? Je t'ai sacrifié ma dernière brioche au porc. Et Hannah aussi, d'ailleurs. Ça te fait deux brioches vapeur en rab.

– Et alors, où tu veux en venir ?

– Au fait que tu pourrais à ton tour faire preuve d'un peu de bonne volonté et te balader avec nous une demi-heure, c'est pas le bout du monde, si ?

Elle pivota sur ses talons et entra dans le bâtiment, nous distançant – les trois mètres de rigueur, pour qu'on ne puisse pas deviner que nous étions ensemble.

Elle avait assez discuté avec son père. Et apparemment, elle avait aussi suffisamment fêté mon anniversaire.

Owen me lança un regard confus :

– Bienvenue dans les quarantièmes rugissants.

– Oh, quarante ans c'est loin. J'en ai vingt et un.

– Ah oui, c'est vrai ! Tant mieux. Comme ça, j'ai encore dix-neuf chances de réussir cette journée.

Je lui pris la main, ses doigts se refermèrent sur les miens.

– On n'a qu'à y aller, non ? Le brunch était juste parfait. Si elle a envie de rentrer…

– Elle s'en remettra.

– Owen, je dis juste que c'est pas bien grave.

– Non, ce n'est pas bien grave. Elle peut bien faire un petit effort et prendre sur elle le temps d'une chouette balade dans le marché aux puces. Ça va pas la tuer de se promener pendant trente minutes.

Il se pencha pour m'embrasser et nous entrâmes à notre tour. Pour chercher Bailey. Nous venions tout juste de franchir les grilles quand un grand type qui sortait s'immobilisa devant Owen :

– Incroyable !

Il portait une casquette et un polo assorti qui lui moulait le ventre. Dans ses bras, un abat-jour – un abat-jour jaune et violet, avec encore le prix dessus.

Il s'avança vers Owen, lui donna une accolade, l'abat-jour cognant dans son dos de manière incongrue.

– J'en reviens pas que ce soit toi. Ça fait combien… ?

Owen se détacha, attentif à ne pas abîmer l'abat-jour dans la manœuvre.

– Vingt ans ? Vingt-cinq ? Alors comme ça, le roi de la promo sèche les réunions d'anciens ?

– Ça m'embête, mon vieux, mais je crois que vous vous trompez de personne, fit Owen. Je n'ai jamais été le roi de quoi que ce soit, demandez à ma femme.

Owen me montra du doigt.

Et le type, l'inconnu, sourit dans ma direction :

– Je suis content de faire votre connaissance. Je m'appelle Waylon.

– Hannah, dis-je.

Puis il se retourna vers Owen :

– Un instant. Vous êtes en train de me dire que vous n'êtes jamais allé à Roosevelt ? Promo 1994 ?

– Eh non. J'étais à Newton, dans le Massachusetts. En revanche, l'année est correcte.

– C'est fou, vous êtes le sosie exact de ce gars avec qui j'étais au lycée. Je reconnais que vous avez pas la même coiffure, et qu'il était plus baraqué que vous. Si vous me permettez. J'étais plus costaud, moi aussi, remarquez, à l'époque.

Owen haussa les épaules :

– On l'était tous.

– À part ça, copie conforme, dit-il en secouant la tête. Cela dit c'est pas plus mal que ce soit pas vous. C'était un con, ce gars-là.

Owen rit :

– Allez, bon aprèm.

– Vous de même.

Et il reprit sa marche vers le parking. Mais s'arrêta tout à coup :

– Vous ne connaissez personne au Texas qui serait allé au lycée Roosevelt ? Un cousin ou dans le genre ? C'est forcément quelqu'un de votre famille.

Owen sourit gentiment :

– Désolé, mon vieux. Au risque de vous décevoir, je n'ai pas le moindre lien avec votre type.

Désolé, on est ouvert

Les paroles de Jake tambourinent dans mon cerveau. Owen Michaels n'existe pas. Owen n'est pas Owen. Il m'a menti au sujet des points les plus centraux de son histoire. Il a menti à sa fille au sujet des points les plus centraux de la sienne. Comment est-ce possible ? Ça paraît impossible de bout en bout, connaissant l'homme que je pensais connaître. Que je connais, de fait. Je le crois toujours, malgré tout ce qui laisse accroire le contraire. Et cette foi en lui (en nous) va faire de moi une partenaire loyale, ou une parfaite imbécile. En espérant que les deux ne reviennent pas au même.

Après tout, voici ce que je croyais savoir. Il y a vingt-huit mois de cela, un type est entré dans mon atelier new-yorkais vêtu d'un blouson et d'une paire de Converse. Avant le théâtre, ce soir-là, il m'a invitée à dîner dans un petit restaurant de tapas sur la 10e Avenue et s'est mis à me raconter sa vie. Elle avait commencé à Newton, dans le Massachusetts, incluait quatre années au lycée Newton suivies de quatre autres à l'université de Princeton, un déménagement à Seattle, dans l'État de Washington, avec son amoureuse de la fac, puis un départ pour Sausalito, en Californie, avec sa fille. Il y avait trois emplois, deux diplômes et une femme avant moi, qu'il avait perdue dans un accident de la route. C'est tout juste s'il parvenait à évoquer cet accident de voiture dix ans après les faits, un voile noir assombrissant son visage. Ensuite, il y avait son enfant. Le point culminant de son histoire – de sa vie –, son inimitable fille, si opiniâtre. Ils s'étaient installés dans cette petite ville du nord de la Californie après qu'elle l'avait pointée du doigt sur la carte. En disant *Et si on essayait ici ?* Et ça, c'était un truc qu'il pouvait lui accorder.

Et voici ce que sa fille croyait savoir. Elle avait passé la majeure partie de sa vie à Sausalito, en Californie, dans une maison flottante auprès d'un père qui ne ratait jamais ses matchs de foot ou ses spectacles. Il y avait le dîner du dimanche soir dans les restaurants de son choix, et une sortie au cinéma hebdomadaire. Des tas de virées dans les musées de San Francisco, des tas de repas à la bonne franquette entre voisins et le barbecue annuel. Elle ne se souvenait pas de sa vie avant Sausalito, en dehors de vagues impressions : un goûter d'anniversaire avec un magicien génial ; un mariage quelque part à Austin. Bailey remplissait les blancs avec ce que lui racontait son père. Pourquoi en aurait-il été autrement ? C'est comme ça qu'on comble les blancs : avec les anecdotes et les souvenirs des gens qui nous aiment.

S'ils nous mentent, comme il l'avait fait, alors qui sommes-nous ? Qui est-il ? La personne que l'on croyait connaître, notre personne favorite, commence à disparaître, un mirage, à moins que l'on se persuade que les points essentiels restent valables. L'amour reste vrai. Son amour reste vrai. Parce que, sinon, l'autre option est que tout n'était que mensonge, et dans ce cas que fait-on ? Comment reconstruit-on le puzzle pour ne pas s'évanouir complètement ?

Pour que sa fille n'ait pas le sentiment qu'elle va disparaître complètement à son tour ?

*

* *

Bailey émerge du sommeil, peu après minuit.

Elle se frotte les yeux. Puis regarde autour d'elle, et me trouve assise sur la chaise de bureau pourrie de l'hôtel, qui l'observe.

– Je me suis endormie ?

– Et comment.

– Il est quelle heure ?

– Tard. Tu ferais mieux de te recoucher.

Elle s'assied dans son lit.

– C'est pas franchement évident avec toi qui me mates comme ça.

– Bailey, est-ce que tu es déjà allée dans la maison d'enfance de ton père, à Boston ? T'a-t-il jamais emmenée voir sa maison ?

Elle lève sur moi un regard confus.

– Tu veux dire là où il a grandi ?

J'opine.

– Non. Il ne m'a jamais emmenée à Boston. Il y retournait pratiquement jamais d'ailleurs.

– Et tu n'as jamais connu tes grands-parents ? Tu n'as jamais passé de temps auprès d'eux ?

– Ils sont morts avant ma naissance. Tu le sais. Qu'est-ce qui se passe ?

Qui va remplir ce blanc pour elle ? Un blanc de cette ampleur, un tel précipice ? Je ne sais pas par où commencer.

– Est-ce que tu as faim ? Je pense, hein ? Tu as à peine touché à ton dîner. Moi, je suis affamée.

– Comment c'est possible ? Tu as fini nos deux assiettes à toi toute seule.

– Habille-toi, tu veux ? D'accord ?

Elle jette un œil au réveil fluorescent de l'hôtel :

– Il est minuit.

J'enfile un pull et lui lance le sien. Elle l'observe, étalé sur ses jambes, avec ses Converse qui pointent sous la capuche. Puis l'attrape, le passe par-dessus sa tête et repousse la capuche pour libérer une cascade d'épis mauves.

– Je peux prendre une bière, au moins ?

– Absolument pas.

– J'ai une fausse carte qui dit que je suis majeure, je peux.

– Allez, habille-toi s'il te plaît.

*

* *

Le café Magnolia est une institution à Austin, célèbre pour son service à toute heure de la nuit, qui explique sans doute pourquoi l'activité bat son plein – musique à fond, toutes les banquettes occupées – à 0 h 45.

On se commande deux grands cafés allongés et des pancakes au gingembre. Bailey semble apprécier la pâte sucrée et épicée, qui dégorge d'un coulis de beurre et de sucre de coco. Le tout surmonté de rondelles de banane. Au moins, à la voir engloutir son assiette, j'ai l'impression de lui rendre enfin service.

On s'est assises près de la porte, un néon rouge DÉSOLÉ, ON EST OUVERT clignote au-dessus de nos têtes. La luminosité me fait cligner des yeux tandis que je me démène pour trouver les mots pour lui rapporter ce que m'a dit Jake.

– Apparemment, ton père ne s'est pas toujours appelé Owen Michaels.

Elle me toise :

– Mais de quoi tu parles ?

Je n'y vais pas par quatre chemins. D'une voix calme, je lui apprends que son père ne s'est pas contenté de changer de nom. Les détails de sa vie – l'histoire de sa vie – ont visiblement été modifiés eux aussi. Il n'a pas grandi dans le Massachusetts, il n'est pas diplômé de Princeton, n'a pas emménagé à Seattle à vingt-deux ans. Tout du moins, il n'a pas fait ces choses d'une manière que l'on puisse établir avec certitude.

– Qui t'a dit ça ?

– Un ami à New York. Il travaille avec un détective qui se concentre sur ce genre de détails. Le type est persuadé que ton père a changé d'identité peu avant votre arrivée à Sausalito. Il en est certain.

Elle baisse les yeux sur ses crêpes, perdue, comme si elle entendait tout de travers – comme si l'ensemble refusait de s'ordonner.

– Pourquoi il aurait fait ça ? lance-t-elle, évitant soigneusement mon regard.

– Je suppose qu'il essayait de te protéger de quelque chose, Bailey.

– Comme quoi ? D'un truc qu'il aurait fait ? Parce que mon père serait le premier à te dire que quand on fuit un truc, en général c'est soi-même qu'on fuit.

– Ça, on n'en sait rien.

– D'accord. Tout ce dont on est sûres, c'est qu'il m'a menti.

Et ça y est, je vois que ça monte. La colère, cette colère légitime d'avoir été exclue de sa propre existence. Même si c'était pour son propre bien. Même s'il a fait ça parce qu'il n'avait pas le choix. D'une manière ou d'une autre, elle va devoir décider si c'est ou non pardonnable. On va chacune devoir le faire.

– À moi aussi il a menti.

Elle me regarde.

– Je dis juste qu'à moi aussi il a menti.

Elle incline la tête, comme si elle essayait de trancher – me croire, prendre tout ça pour argent comptant ou non. Quelles raisons aurait-elle de me croire ? De croire quiconque, au point où elle en est ? Mais il me paraît essentiel de tout tenter pour la convaincre malgré tout, la convaincre qu'elle peut me faire confiance, que je ne l'ai pas trompée, pour ma part. J'ai cette impression que tout va dépendre du fait qu'elle me croie ou non.

Elle me regarde avec un air tellement vulnérable, j'ai du mal à parler. Du mal ne serait-ce qu'à soutenir son regard sans craquer.

C'est là que je comprends, dans un flash, mon erreur avec elle – en quoi je me suis plantée dans ma manière d'essayer de nouer un lien avec elle. Je croyais que si j'étais suffisamment sympa, suffisamment douce, elle comprendrait qu'elle pouvait compter sur moi. Mais ça ne marche pas comme ça. C'est dans les moments où les gens sont trop crevés pour être sympas, trop crevés pour faire l'effort, qu'on voit sur qui on peut compter. Là, oui, on voit ce que les gens sont prêts à faire pour vous.

Et ce que je fais pour elle en ce moment, c'est ce que mon grand-père a fait pour moi. Je fais tout ce qui est en mon pouvoir pour qu'elle se sente en sécurité.

– Mais alors… ça ne concerne pas que lui, hein ? S'il a fait ça, alors moi non plus je ne suis pas celle qu'il a dit que j'étais, c'est ça ? Mon nom et tout le reste… il a dû tout changer à un moment donné.

– Oui. Si Jake a raison, alors oui, tu devais toi aussi t'appeler autrement.

– Et tous les détails doivent être différents aussi, c'est ça ? Comme… mon anniversaire ?

Cela m'arrête net. Le chagrin dans sa voix tandis qu'elle me pose cette question.

– En fait même mon anniversaire n'est pas mon vrai anniversaire ?

– Non, probablement pas.

Elle baisse les yeux. Détourne le regard.

– Il me semble quand même qu'on a le droit de connaître sa date de naissance.

Je refoule mes larmes, m'agrippe au plateau de la table, ce petit guéridon dans ce chouette petit restaurant d'Austin – des tableaux au mur, des couleurs vives, le tout à l'opposé de ce que je suis en train de vivre. Je m'exhorte à m'arrêter, bats des paupières pour m'empêcher de pleurer. Une jeune fille de seize ans, qui semble n'avoir personne d'autre que moi à qui se raccrocher, a besoin que je ne pleure pas. Elle a besoin que je sois là pour elle. Alors je me reprends, pour lui laisser la place – la place de s'effondrer. Le rôle lui revient de droit.

Elle tortille ses mains sur la table, ses yeux se gonflent de larmes. Et ça me dévaste, de la voir souffrir autant.

– Bailey, je sais que ça a l'air impossible. Mais tu es toi. Quels que soient les détails autour, quoi que ton père t'ait caché, cela ne change pas qui tu es. Au plus profond de toi.

– Mais comment c'est possible, que je n'aie aucun souvenir de m'être appelée autrement, d'avoir vécu ailleurs ? Je devrais me rappeler, quand même, non ?

– Tu l'as dit toi-même, tu étais toute petite. Tu commençais tout juste à avoir conscience de toi-même quand tu es devenue Bailey Michaels. Rien de tout cela ne change quoi que ce soit pour toi.

– Ça ne concerne que lui ?

Je repense au type du marché aux puces de Berkeley, celui qui avait appelé Owen le « roi de la promo ». À Owen, si stoïque face à lui. Absolument impassible.

Se pouvait-il qu'il ait si bien joué la comédie ? Si oui, qu'est-ce que ça disait de lui ?

– Tu ne te souviens pas d'occasions où des gens auraient appelé ton père par un autre nom, par hasard ? Avant Sausalito ?

– Des surnoms, par exemple ?

– Non, je dirais plutôt… carrément un autre nom.

– Ça ne me dit rien. Je sais pas trop…

Repoussant sa tasse de café sur la table, elle ajoute :

– J'arrive pas à croire ce qui nous arrive.

– Je sais.

Elle se met à tournicoter des mèches de cheveux, le mauve se mêlant au noir de son vernis à ongles, clignant outrageusement des yeux tandis qu'elle s'efforce de réfléchir.

– J'ai pas la moindre idée de comment on pouvait bien l'appeler. J'ai jamais fait attention, y avait pas de raison.

Elle se rencogne dans sa chaise, fatiguée de se creuser la tête, de toutes ces questions au sujet de son père, de son passé, et épuisée de s'y sentir acculée. Et comment lui en vouloir ? Qui voudrait être assis dans ce drôle de restaurant à Austin en train d'essayer de reconstituer le rôle qu'endossait la personne la plus centrale de votre vie ? Et comment on a pu passer à côté. De qui il était vraiment.

– Tu sais quoi ? On laisse tomber. Il est tard. On va rentrer à l'hôtel et tâcher de dormir un peu.

Je vais pour me lever, mais Bailey m'arrête :

– Attends…

Je me rassieds.

– Bobby m'a dit un truc, il y a quelques mois de ça. Il remplissait son dossier de candidature pour l'université et voulait que je demande à mon père de lui écrire une lettre de recommandation pour Princeton. Mais quand il a regardé dans l'annuaire des anciens élèves, il n'a pas trouvé d'Owen Michaels. Ni parmi les diplômés du cursus universitaire classique, ni parmi les ingénieurs, ni parmi les auditeurs libres. Je lui ai dit qu'il avait dû se planter, et comme après il a été pris à la fac à Chicago, il a lâché l'affaire. Je me souviens pas d'en avoir parlé à papa, mais j'ai pensé que Bobby s'y prenait comme un manche pour chercher une info dans une base de données.

Elle reste un instant perdue dans ses pensées.

– J'aurais dû lui en parler.

– Bailey, tu n'avais aucune raison de le faire. Ni de soupçonner qu'il te mentait.

– Tu crois qu'il comptait me le dire un jour ? Qu'il avait prévu, un jour, lors d'une longue promenade, de m'affranchir sur ma véritable identité ? Sois franche : il m'aurait dit que la quasi-totalité de ce que je pensais savoir de ma vie était un mensonge ?

Je l'observe sous l'éclairage tamisé. Et songe à ma discussion avec Owen, à propos des vacances au Nouveau-Mexique. Avait-il vraiment eu l'intention de me confesser unc part de la vérité sur le moment ? Si j'avais insisté, l'aurait-il fait ?

– Je n'en sais rien.

Je m'attends à ce qu'elle proteste devant tant d'injustice. À ce qu'elle se mette de nouveau en colère. Mais elle reste calme :

– De quoi il a peur à ce point ?

Temps d'arrêt. Elle a tout compris. C'est là que réside le nœud central de l'histoire. Owen essaie d'échapper à quelque chose qui le terrifie. Il a passé sa vie en cavale. Et, surtout, surtout, il a passé sa vie à essayer d'en préserver Bailey.

– Je crois que quand on aura répondu à cette question, on saura où le trouver.

– Oh d'accord, fastoche alors.

Et elle rigole. Le rire vire aussitôt aux larmes, qui lui inondent les yeux. Mais pile au moment où je pense qu'elle va me dire qu'elle veut partir d'ici – rentrer à l'hôtel, rentrer à Sausalito –, elle semble se reprendre. Semble trouver une certaine détermination.

– Alors on fait quoi, maintenant ? dit-elle.

On. On fait quoi maintenant. On est dans la même galère, mais on y est ensemble, ce qui me met du baume au cœur, même si pour ça il a fallu aller jusque dans ce bouge ouvert jour et nuit du sud d'Austin, à des années-lumière de chez nous. Même s'il a fallu se laisser embarquer dans des contrées où nous aurions préféré ne jamais mettre les pieds. Je donnerais n'importe quoi pour lui épargner ça. On est là, ensemble, et on veut toutes les deux aller de l'avant. On veut toutes les deux retrouver Owen, quels que soient ses secrets, où qu'il se cache.

– Maintenant, dis-je, on démêle tout ça.

Un jeu qui se joue à deux

J'attends que le jour se lève pour l'appeler. J'attends de me sentir suffisamment calme, d'être certaine d'avoir le courage de mes actes.

Je rassemble mes notes et passe une robe légère. Je referme la porte de la chambre sans bruit afin de ne pas réveiller Bailey. Puis je descends, traverse le hall où l'on s'agite et sors : dans la rue, je pourrai mieux contrôler ce qu'il perçoit en fond sonore.

Dehors, tout est encore tranquille – le lac est placide, paisible – même avec le rush du matin, les banlieusards en route vers le pont de Congress Street, vers leurs bureaux, l'école des enfants, en route vers leur journée d'une normalité bénie.

Dans ma poche, j'ai toujours la serviette de chez Fred, où le numéro de Grady est souligné deux fois.

J'allume mon portable, et compose *67 avant d'entrer le numéro, pour masquer l'identité de l'appelant, espérant que ça évitera que mon appel soit retracé trop rapidement – en supposant qu'il soit enclin à retracer l'appel, à trouver à tout prix où je me trouve.

– Grady, j'écoute, dit-il en décrochant.

Je mobilise toutes mes forces pour le mensonge à venir. De toute façon, je n'ai pas d'autre option en vue :

– C'est Hannah. J'ai eu des nouvelles d'Owen.

Au lieu de dire bonjour.

– Quand ?

– Hier soir, tard, vers 2 heures. Il a dit qu'il ne pouvait pas parler au cas où on serait sur écoute. Pour le localiser. Il appelait d'un téléphone prépayé ou un truc comme ça. C'était en numéro masqué et il parlait à toute vitesse. Il voulait vérifier que ça allait pour moi, pour Bailey, et il a beaucoup insisté sur le fait qu'il n'avait aucun rapport avec ce qui se passe au Shop. Il a dit qu'il se doutait qu'Avett déconnait, mais qu'il était loin d'imaginer que c'était à ce point.

À l'autre bout du fil, j'entends Grady qui fourrage à droite à gauche. Qui doit chercher un carnet, de quoi noter les indices qu'il croit visiblement que je vais lui apporter.

– Dites-moi quels étaient ses mots exacts…

– Il a dit qu'il ne pouvait pas rester au téléphone, que ce n'était pas sûr, mais que je devrais vous appeler. Que vous me diriez la vérité.

Le bruit cesse, il se fige.

– La vérité ? À propos de quoi ?

– J'en sais rien, Grady. Owen avait l'air de dire que vous sauriez de quoi il s'agit.

Après un silence, Grady répond :

– Il est tôt, en Californie. Qu'est-ce que vous faites debout à cette heure ?

– Vous réussiriez à vous rendormir, vous, si votre mari vous appelait à 2 heures du matin pour vous dire qu'il a des ennuis ?

– J'ai un assez bon sommeil, alors…

– J'ai besoin de comprendre, Grady. Ce qu'il se passe réellement. Ce qui fait qu'un policier fédéral de l'antenne d'Austin, au Texas, se déplace jusqu'à San Francisco pour chercher quelqu'un qui n'est à ce jour pas encore un suspect ?

– Et moi j'ai besoin de comprendre pourquoi vous me mentez : il est clair qu'Owen ne vous a pas appelée.

– Pourquoi on ne trouve aucune trace administrative d'Owen Michaels avant Sausalito ?

– Qui vous a dit ça ?

– Un ami.

– Un ami ? Vous avez des amis qui vous renseignent bien mal.

– Je ne crois pas, non.

– Déjà, pour commencer, avez-vous rappelé à votre ami que la fonction première du logiciel développé par le Shop, c'est de modifier, voire d'effacer l'historique qu'on laisse sur Internet. On peut donc effacer les traces qu'on ne veut pas laisser derrière soi… vous m'arrêtez si je me trompe. Absolument toutes les traces. Ça inclut les bases de données universitaires, les actes de propriété, les inscriptions sur les listes électorales…

– Je sais comment ça fonctionne.

– Et vous ne vous êtes pas dit que si le passé d'Owen avait été purgé, il n'y avait pas mille personnes susceptibles de l'avoir fait ?

Owen. Il suggère que c'est Owen lui-même qui a effacé toute trace de son passé.

– Pourquoi ferait-il ça ? dis-je.

– Peut-être pour tester son logiciel ? Je ne sais pas. Je dis simplement que vous avez élaboré une histoire tirée par les cheveux alors qu'il y a tout un tas de raisons rationnelles pouvant expliquer ce que votre ami a trouvé ou non en fouillant dans le passé d'Owen.

Il essaie de me déstabiliser. Je ne vais pas laisser faire ça. Il ne va pas retourner cette histoire dans le sens qui l'arrange, ça me paraît de plus en plus louche.

– Qu'est-ce qu'il a fait, Grady ? Avant tout ça ? Avant le Shop ? Pourquoi a-t-il changé d'identité ? Pourquoi a-t-il changé de nom ?

– Je ne sais pas de quoi vous me parlez.

– Je crois que si. Je crois que ça explique pourquoi vous avez pris la peine de venir jusqu'à San Francisco pour une enquête qui n'est pas de votre ressort.

Il rit.

– Cette enquête est complètement de mon ressort. Je crois, pour ma part, que vous devriez vous inquiéter un peu moins de ce qui me concerne et un peu plus du reste.

– Quoi, par exemple ?

– Comme le fait que votre pote du FBI, là, l'agent spécial Naomi Wu, menace de mettre officiellement Owen sur la liste des suspects.

Je me fige. Je n'ai pas mentionné son nom : il le connaît déjà. C'est comme s'il savait tout.

– Nous ne disposons pas de beaucoup de temps avant qu'elle débarque à votre porte avec un mandat et toute une équipe. Je fais tout mon possible pour la retarder, je me bats, vraiment. Mais je ne peux pas garantir que ça durera encore longtemps.

Je songe à Bailey, trouvant à son retour sa chambre sens dessus dessous – son monde sens dessus dessous.

– Pourquoi, Grady ?

– Pardon ?

– Pourquoi vous vous battez autant pour empêcher que ça arrive ?

– C'est mon boulot.

Il le dit avec assurance, mais je ne suis pas convaincue. Parce que j'ai eu un déclic. Tout comme moi, Grady ne veut pas qu'Owen soit mêlé à tout ça. Grady veut aider Owen à échapper à tout ça. Et pour quelle raison ? Si Grady enquêtait juste sur Owen, s'il essayait juste de le retrouver, s'il essayait juste de mettre fin à tout ça, il n'y mettrait pas autant d'ardeur. Il y a autre chose en jeu – de bien plus grave qu'une simple fraude. Tout à coup, je suis terrifiée à l'idée que ce soit encore bien pire que tout ce que j'ai pu imaginer jusqu'alors.

Protège-la.

– Owen nous a laissé un sac encombrant.

– De quoi parlez-vous ?

– Il a laissé à Bailey un sac rempli de billets. Ça représente une sacrée somme et si quelqu'un se pointe chez nous avec un de ces mandats dont vous ne cessez de me menacer, je n'ai aucune envie qu'ils le trouvent. Aucune envie qu'ils s'en servent contre moi ou comme prétexte pour me prendre Bailey, dis-je.

– C'est pas comme ça que ça marche.

– C'est nouveau, pour moi, tout ça, donc j'aime autant vous prévenir, pour l'argent. Il est dissimulé sous l'évier de la cuisine. Je ne veux rien avoir à faire avec ça.

Il me répond d'un ton posé :

– Oui, oui, je comprends, mieux vaut que je le récupère avant qu'ils tombent dessus. Je peux mandater quelqu'un de notre antenne de San Francisco pour venir le chercher.

Mon regard se pose au loin, bien au-delà du lac Lady Bird, sur le centre-ville d'Austin, ses immeubles plaisants, la lumière matinale qui filtre à travers les arbres. Grady se trouve sans doute déjà à pied d'œuvre, dans l'un de ces bâtiments. Grady est plus proche que je le voudrais, soudainement.

– Oui mais pas maintenant, le moment est mal choisi.

– Ah bon, pourquoi ?

Tout, dans mon corps, me dit de jouer franc-jeu avec lui. Nous sommes à Austin. Mais je ne saurais toujours pas dire s'il est dans mon camp ou dans le camp adverse. Ou les deux à la fois. Peut-être que tout le monde a un pied dans chaque camp, y compris Owen.

– J'ai encore des trucs à faire avant que Bailey se lève. Et puis je me disais… Je ferais peut-être mieux d'éloigner Bailey de là-bas le temps que les choses se tassent.

– Pour aller où ?

Je songe à la proposition de Jack. À New York.

– Je sais pas trop. Après tout, rien ne nous oblige à rester à Sausalito. D'un point de vue légal, rien ne nous oblige à rester là-bas, si ?

– Pas officiellement, non, mais c'est vivement conseillé.

Grady marque un temps d'arrêt. Comme si quelque chose l'avait subitement frappé.

– Attendez. Pourquoi vous avez parlé de rester *là-bas* ?

– Comment ça ?

– Vous avez dit : *rien ne nous oblige à rester là-bas.* Vous parliez de Sausalito, de chez vous. Si vous vous trouviez chez vous, vous auriez dit : *ici.* Rien ne nous oblige à rester ici.

Je garde le silence.

– Hannah, je vais envoyer un de mes collègues pour m'assurer que vous êtes en sécurité.

– Je lance la cafetière.

– Je ne plaisante pas.

– Moi non plus.

– Alors où êtes-vous ? me dit Grady.

Si Grady veut tracer mon appel, il en a les moyens. Pour ce que j'en sais, la procédure est sans doute déjà enclenchée. Je contemple la ville de Grady, me demandant ce qu'elle peut bien représenter pour mon mari.

– Où craignez-vous que je sois, Grady ?

Et je raccroche sans lui laisser le temps de répondre.

Un an plus tôt

– Tu crois que tu peux passer quand ça te chante ?

Je plaisantais. Mais j'avais été surprise qu'Owen débarque sans prévenir à mon atelier, en plein milieu de la journée, comme s'il me fliquait. Ce n'était pas dans ses manières. Il était toute la journée à Palo Alto, où se trouvaient ses bureaux, et se rendait parfois à San Francisco pour un rendez-vous. Il était rare qu'il soit à la maison en semaine, sauf quand Bailey avait besoin de lui pour une raison ou une autre.

– Si je passais chaque fois que j'en avais envie, je serais ici en permanence, dit-il. Sur quoi tu travailles ?

Il se frotta les mains, heureux d'être là avec moi. Il adorait mon travail, adorait en faire partie. Et chaque fois que je voyais à quel point c'était sincère, je me souvenais combien j'avais de la chance de l'aimer.

– Comment ça se fait que tu sois rentré si tôt ? Tout va bien ?

– Ça dépend.

Il souleva mon masque de protection pour m'embrasser – un bonjour. Je portais ma tenue de travail – une veste à col montant et cette visière –, une combinaison qui me donnait l'air d'appartenir au futur et au passé à la fois.

– Ma chaise est terminée ?

Je lui rendis son baiser, enroulant mes bras autour de ses épaules.

– Pas tout à fait. Et ce n'est pas ta chaise.

C'était un siège Windsor que je fabriquais pour une cliente de Santa Barbara, pour son bureau de décoratrice d'intérieur, mais sitôt qu'il l'avait vu en progression – la teinte sombre de l'orme finement ciselé, le dossier courbe bien haut – il avait décidé qu'on ne pouvait pas s'en séparer. Que cette chaise était faite pour lui.

– Ça, on en reparlera, dit-il.

Sur ces entrefaites son téléphone sonna. Owen regarda qui c'était, et son visage s'assombrit. Il refusa l'appel.

– C'était qui ?

– Avett. Je le rappellerai plus tard.

Il n'avait clairement aucune envie d'en parler, mais je ne pouvais pas en rester là – pas avec la rage que je sentais bouillir en lui. Pas quand un simple appel, décliné qui plus est, pouvait le mettre dans un état pareil.

– Qu'est-ce qui se passe, avec lui ?

– Il est un peu irrationnel. C'est tout.

– À quel sujet ?

– Au sujet de l'introduction en Bourse. C'est pas grand-chose.

Mais ses yeux lançaient des éclairs, un mélange de colère et d'agacement. Deux choses rares chez lui. Deux choses qui s'étaient faites plus fréquentes récemment.

Sans compter qu'il était dans mon atelier, et pas dans son bureau.

Je fus attentive à choisir les bons mots, je voulais l'aider, pas le plomber. Je ne travaillais pas dans les locaux d'une boîte, n'avais pas à gérer un supérieur à qui rendre des comptes – quelqu'un avec qui, à l'image d'Avett Thompson, j'aurais pu avoir des désaccords. Pour autant, je voulais trouver la formulation adéquate pour le dire – que je voyais bien que le niveau de stress d'Owen montait en flèche. Que ce n'était qu'un boulot. Que, pour ma part, il pouvait toujours en chercher un autre.

Mais avant que j'aie dit quoi que ce soit, le portable vibra derechef. Owen regarda son portable, où s'affichait : AVETT. Il le contempla, les doigts suspendus au-dessus de l'écran, comme s'il allait décrocher. Mais de nouveau, il refusa l'appel et rempocha l'appareil.

– Je pourrais le dire mille fois, dit-il en secouant la tête, rien n'y fait. Avett ne veut rien entendre. Il n'y a pourtant pas deux façons pour que ça marche.

– Mon grand-père disait toujours que la plupart des gens refusent d'écouter quand on leur explique comment améliorer les choses. Ils veulent juste qu'on leur dise comment se faciliter les choses.

– Et qu'est-ce qu'il conseillait de faire, dans ces cas-là ?

– De parler à d'autres gens. C'est déjà un début.

Il prit un air songeur.

– Comment fais-tu pour toujours savoir quoi me répondre ?

– En l'occurrence je ne fais que répéter ce que disait mon grand-père, mais…

Il me prit la main, et un grand sourire éclaira son visage. Comme si de rien n'était, ou du moins comme si ce n'était pas si important qu'il l'avait cru.

– Assez parlé de ça. Allons voir ma chaise.

Il commença à m'attirer vers la porte, vers la cour à l'arrière du bâtiment, vers la terrasse où séchait la chaise – sablée, vernie de frais.

– Tu ne peux pas avoir cette chaise, tu le sais. C'est une commande. Cette femme me paye assez cher pour ça.

– Grand bien lui fasse. La force l'emporte sur le droit.

Je souris :

– Qu'est-ce que tu y connais, toi, en droit ?

– Suffisamment pour savoir que si je m'assois sur cette chaise, personne ne pourra me la prendre.

Supprimer l'historique

À 10 heures, le café de l'hôtel est déjà fourmillant d'activité, l'éclairage tamisé.

Je m'assieds au bar, devant un jus d'orange, au milieu d'une foule de gens qui en sont déjà aux cocktails matinaux – mimosa, bloody mary, champagne, white russian.

Je contemple la rangée de télévisions, chacune branchée sur une chaîne d'info distincte. Les sous-titres défilent, dont la majeure partie concerne le Shop. PBS diffuse des images d'Avett, menottes aux poignets, se faisant embarquer. MSNBC passe un extrait de l'interview que Belle a donnée à l'émission *Today*, dans laquelle elle qualifie l'arrestation d'Avett de « parodie de justice ». Le bandeau qui tourne sur CNN annonce perpétuellement de nouveaux éléments à venir. C'est presque une promesse, reflet de celle de Grady disant que les ennuis d'Owen vont aller croissant. Que ce qu'il fuit le rattrapera bientôt.

Voilà ce qui me tracasse en boucle quand je pense à mon mari – quand j'essaie de me remémorer tous les détails, de creuser ce qui pourrait receler une information. Je reviens sans cesse au fait qu'Owen a pu effacer lui-même ses traces sur Internet. Et, aussi bancal que ça me paraisse, j'essaie d'en arriver là, à cette hypothèse, de voir l'idée qui me vient. Qu'il y a des choses que l'on ne peut effacer, que l'on révèle à ses proches, y compris malgré soi.

Il y a des choses que, sans le vouloir, Owen n'a dites qu'à moi.

J'attaque de ce pas une autre liste. Une liste de tout ce que je sais du passé d'Owen. Pas les faits mensongers – Newton, Princeton, Seattle. Les autres faits – les non-faits : les trucs appris par hasard, au détour d'une conversation ou d'une rencontre, qui me paraissent étranges avec le recul. Comme ce type, là, du lycée Roosevelt. Je cherche les lycées de ce nom, j'en trouve quatre-vingt-six répartis aux quatre coins du pays. Aucun qui soit près du Massachusetts. Mais, dans le tas, huit se trouvent au Texas – dans des lieux comme San Antonio ou Dallas.

Je le note pour plus tard et reprends ma réflexion, pour arriver à cette nuit à l'hôtel avec Owen et sa tirelire sur le comptoir. Soudain je prends conscience d'un truc, au sujet de cette tirelire – un truc qui me taraudait depuis un bon bout de temps. Est-ce que je me souviens de tout clairement, ou est-ce que je déforme ce souvenir en désespoir de cause ? J'envoie un texto à Jules pour qu'elle aille vérifier ça pour moi, et reprends le cours de mes pensées.

Je repasse en revue une énième fois les choses que moi seule sais : les anecdotes et les histoires qu'Owen m'a racontées au creux de la nuit. Dans l'intimité du couple. Comme on le fait avec l'élue de son cœur, le témoin de sa vie.

Ces histoires, celles qu'il m'a confiées sans même en avoir conscience, ne peuvent toutes être fausses. Je refuse de le croire. Je refuserai de le croire tant qu'on ne m'aura pas prouvé le contraire.

Je passe en revue le *best of* d'Owen : la croisière avec son père le long de la côte Est, il avait à peine seize ans, c'était la première et la dernière fois qu'il avait passé plusieurs jours en tête à tête avec son père. La fois, en terminale, où il avait laissé sortir le chien de sa copine ; le chien s'était fait la malle et Owen avait passé l'après-midi à le chercher. Résultat, il s'était fait virer de son boulot. La fois où il avait fait le mur pour aller voir *La Guerre des étoiles* à la séance de minuit avec sa bande de potes : en rentrant à 2 h 45, il avait trouvé ses parents debout, à l'attendre.

Et une anecdote du temps de la fac, qui expliquait sa passion pour les sciences de l'ingénieur et la technologie. C'était sa première année, il avait tout juste dix-neuf ans, et il suivait un cours de maths avec un enseignant qu'il révérait, à qui il devait, disait-il, son parcours académique. Alors que le prof disait à Owen qu'il était le pire élève qu'il ait jamais eu. M'avait-il dit comment s'appelait ce prof ? Tobias quelque chose. Était-ce Newton ? Ou était-ce professeur Newhouse ? N'avait-il pas un surnom ?

Je fonce à l'étage, m'engouffre dans la chambre et réveille Bailey – la seule personne qui puisse avoir entendu cette histoire plus souvent que moi.

Je repousse le dessus-de-lit et m'assieds sur le bord du matelas.

– Je dors, dit-elle.

– Plus maintenant.

Elle se redresse à contrecœur contre la tête de lit.

– Qu'est-ce qu'il y a ?

– Tu te souviens du nom du prof de ton père ? Celui qu'il aimait tellement, en première année de fac ?

– Je n'ai pas la moindre idée de qui tu parles.

Je refrène mon impatience, songeant à toutes les fois où Bailey a levé les yeux au ciel en entendant cette anecdote dont Owen avait fait un exemple édifiant. Il s'en servait pour convaincre Bailey de persévérer quand quelque chose lui tenait à cœur, de suivre ses envies. Il s'en servait quand il essayait de la convaincre du contraire.

– Tu connais cette histoire, Bailey. Le prof faisait ce cours impossible, sur la théorie de jauge et l'analyse. Ton père en parle très souvent, de ce prof qui lui a dit qu'il était le pire élève qu'il ait jamais eu. Et, bizarrement, ça lui a donné envie de s'améliorer. Ça l'a forcé à se mobiliser.

Bailey hoche lentement la tête, une vague réminiscence.

– Ah tu veux parler du gars qui a épinglé le relevé de notes de papa sur le tableau d'affichage, c'est ça ? Pour lui rappeler que la marge de progression était immense ?

– Oui, c'est exactement ça !

– « Il arrive parfois qu'il faille travailler pour assouvir sa passion, tu ne dois jamais renoncer simplement parce que c'est difficile… »

Elle imite la voix d'Owen.

– « Parfois, ma puce, il faut travailler d'arrache-pied et viser plus haut. »

– C'est ça. Oui. C'est lui. Je crois que son prénom c'était Tobias, mais il me faut son nom de famille. Dis-moi que tu t'en souviens, je t'en supplie.

– Pourquoi ?

– Allez, faut que tu t'en souviennes, allez, allez, Bailey.

– Il l'appelait quelquefois par son nom. Non, c'était un nom de famille bidon, un surnom. Mais ça commençait par un J… non ?

– Peut-être. Je sais pas.

– Non, je crois pas que c'était ça… c'était Cook… Il l'appelait Cook. Alors peut-être que c'était Cooker, son nom ? Ou Cookman, plutôt ?

Je souris, j'en rirais presque. Elle a raison. Je le sais aussitôt. Ça fait du bien de se dire que j'étais loin du compte.

– En quoi c'est marrant ? Tu me fais flipper, là.

– Rien, non, c'est génial. C'est juste ce que j'avais besoin de savoir. Tu peux te rendormir.

– J'ai plus sommeil. Dis-moi ce que t'as découvert.

J'allume mon téléphone et tape son nom dans le moteur de recherche. Combien de profs du nom de Tobias Cookman peut-il bien y avoir qui enseignent les maths au niveau universitaire ? Et plus spécifiquement la théorie de jauge et l'analyse ?

Un. J'en trouve un, qui enseigne les mathématiques fondamentales. Qui a reçu des dizaines de distinctions et de médailles pour son enseignement. Un qui, si j'en juge par la série de photos qui surgissent à l'écran, correspond tout à fait au portrait revêche qu'en faisait Owen. Le front barré de plis, les sourcils froncés. Et qui porte, sur la majeure partie des photos, une improbable paire de santiags rouges.

Le professeur Tobias Cookman, surnommé Cook.

Il n'a jamais travaillé à Princeton.

Mais cela fait vingt-neuf ans qu'il enseigne à l'université du Texas, à Austin.

C’est scientifique, non ?

Cette fois, on prend un taxi.

Bailey est absorbée dans la contemplation de ses mains, le regard fixe, l’air plus que sonnée. Moi aussi je suis au bord du vertige, et je dois me concentrer pour ne pas basculer. C’est une chose qu’un détective privé vous laisse entendre que le nom de votre mari est différent, que les détails de sa vie passée sont différents. Mais si ça se vérifie – si Owen a suivi les cours du professeur Cookman – ce sera notre premier indice probant, le premier indice prouvant qu’Owen a menti sur son parcours. Prouvant que mon instinct disait vrai, que son histoire, l’histoire d’Owen, commence et finit à Austin, d’une manière ou d’une autre. Ça ressemble à une victoire, de se rapprocher de la vérité. Mais quand la vérité vous entraîne là où vous n’avez pas envie d’aller, ce n’est plus si évident. On n’est plus si sûr de désirer cette victoire.

Le taxi s’arrête devant le bâtiment des Sciences naturelles – un ensemble de bâtiments plus massifs et plus étendus que toute la fac de sciences humaines où je suis allée, en incluant le campus et les résidences étudiantes.

Je tourne la tête vers Bailey. Elle observe les bâtiments – le vert qui coule tranquillement autour d'eux, entre eux.

Même dans les circonstances présentes, difficile de ne pas être impressionné, surtout quand, sortant du véhicule, on traverse la pelouse pour franchir le petit pont qui mène au département des mathématiques.

Ici, on enseigne les maths, la physique et l'astronomie. Les murs sont pavoisés de centaines d'exemples prouvant qu'entre ces murs on forme chaque année les meilleurs étudiants d'Amérique en maths et en sciences. Et notamment des récipiendaires du prix Nobel, des lauréats du prix Wolf, du prix Abel, des médailles de Turing et des médailles Fields.

Parmi lesquels notre médaille Fields, le professeur Cookman.

Dans l'Escalator qui nous mène à son bureau, son visage s'affiche en grand sur le mur. Le même pli soucieux barre son front.

Sur l'affiche, on lit : LES SCIENTIFIQUES TEXANS CHANGENT LE MONDE. Y sont détaillés une partie des accomplissements du professeur Cookman et certaines de ses distinctions. Lauréat de la médaille Fields. Dernière sélection du prix Wolf.

Une fois devant sa porte, Bailey prépare sur son portable une photo d'Owen, la plus ancienne qu'on ait avec nous ici – dans l'espoir que le professeur Cookman veuille bien y jeter un œil.

Le portrait date d'il y a dix ans. On y voit Owen qui serre Bailey dans ses bras après son premier spectacle à l'école. Elle est encore en costume, et Owen l'enlace fièrement. Le visage de Bailey est partiellement dissimulé par la masse de fleurs qu'il lui avait apportées – des gerberas, des œillets et des lilas, un bouquet plus large que son corps à elle. On entraperçoit Bailey derrière les fleurs, un sourire jusqu'aux oreilles. Owen regarde l'objectif. Heureux. Radieux.

Regarder cette photo, c'est presque trop, surtout quand je zoome sur Owen. Son regard brillant, bien vivant. Presque comme s'il était là. Comme s'il pouvait être là.

Je m'efforce d'adresser à Bailey un sourire encourageant et nous entrons. Une doctorante est assise derrière un bureau, au secrétariat. Elle porte des lunettes à fine monture métallique noire et est accaparée par un épais tas de copies à corriger.

Elle ne lève pas les yeux, ne lâche pas son stylo rouge. Mais elle se racle la gorge.

– Je peux vous aider ? dit-elle.

On sent que c'est bien la dernière chose dont elle ait envie.

– Nous espérions pouvoir échanger quelques mots avec le professeur Cookman.

– Oui, je m'en doute. Pourquoi ?

– Mon père est un de ses anciens élèves, dit Bailey.

– Il est en cours. De toute façon, il vous faut prendre rendez-vous.

– Bien entendu, mais ce que Bailey essaie de vous expliquer c'est qu'elle aussi souhaiterait étudier ici. Dans cette université. Comme son père. Et Nielon Simonson, du service admissions, nous a suggéré qu'elle aille assister à un cours du professeur Cookman, aujourd'hui.

Elle relève la tête.

– Qui ça, aux admissions ?

– Nielon ? dis-je, m'efforçant de lui vendre le nom que je viens d'inventer. Il a dit que si Cook ne parvenait pas à convaincre Bailey de s'inscrire ici, alors c'était peine perdue. Il avait l'air de penser qu'elle pourrait se glisser au fond de sa classe aujourd'hui.

Elle lève un sourcil. Le fait que j'ai utilisé ce surnom, Cook, l'interpelle. Elle me croit.

– Eh bien, on en est à la moitié du cours, mais si vous souhaitez assister au reste de l'heure, j'imagine que je peux vous amener à sa salle…

– Ce serait formidable, fait Bailey. Merci.

Les remerciements ne font ni chaud ni froid à la jeune femme, visiblement blasée.

– Bien, dans ce cas on y va.

Nous la suivons. Plusieurs volées de marches plus bas, nous arrivons devant un vaste amphi.

– Cette porte va vous mener juste devant l'estrade. Une fois entrées, ne vous arrêtez pas. Ne regardez pas le professeur Cookman. Dirigez-vous vers l'escalier et allez vous installer tout en haut, au fond de la salle. C'est compris ?

J'acquiesce :

– Cinq sur cinq.

– Si vous interrompez la séance de quelque façon que ce soit, il vous demandera de quitter les lieux. Croyez-moi.

Elle ouvre la porte. Je m'apprête à la remercier, mais elle me fait signe de me taire, un doigt devant la bouche.

– Qu'est-ce que je viens de dire ?

Et là voilà partie, refermant la porte sur nous, qui nous retrouvons dans la salle.

Nous faisons comme elle a dit. Je garde les yeux rivés devant moi tandis que nous montons dans les gradins, vers le fond de l'amphi, devant les quatre-vingts et quelques étudiants installés là.

Je repère une place contre le mur et on essaie de se rendre invisibles. Ce n'est qu'une fois assises que nous tournons la tête et regardons la salle.

Le professeur Cookman est debout face aux élèves, juché sur une petite estrade. De visu, on lui donne la soixantaine, et pas plus d'un petit mètre soixante-cinq, même avec ses santiags rouges qui doivent lui faire gagner quelques centimètres.

Tous les regards sont aimantés sur lui. Tout le monde est concentré. Personne ne chuchote à son ou sa voisine. Personne ne consulte ses mails. Ni n'envoie de textos.

Profitant du fait que le professeur se tourne vers le tableau pour y noter quelque chose, Bailey se penche à mon oreille :

– Nielon Simonson ? Tu sors ça d'où ?

– On est entrées non ?

– On est entrées.

– Alors qu'est-ce que ça peut faire ?

Je nous croyais discrètes, mais nous faisons suffisamment de bruit pour que quelqu'un dans les rangées du fond se tourne vers nous et nous décoche un regard noir.

Pire encore, le professeur Cookman cesse d'écrire au tableau et se tourne à son tour. Il nous toise, imité immédiatement par tout l'amphi.

Je sens que je pique un fard et regarde mes pieds. Il ne dit pas un mot, mais pour autant ne nous lâche pas du regard. Pas avant une bonne minute. Une minute qui semble durer bien davantage.

Heureusement, il finit tout de même par se retourner vers le tableau et reprendre le cours.

Nous assistons au reste de la séance en silence, il est facile de comprendre pourquoi tout le monde est pendu à ses lèvres. Malgré sa stature, il est impressionnant. Son cours est un spectacle qui captive son public. Et leur fait sans doute aussi un peu peur. Il interroge exclusivement les étudiants qui ne lèvent pas la main. Quand la réponse est bonne, il regarde ailleurs, sans commentaire. Quand un élève ne connaît pas la réponse, il ne quitte pas des yeux le coupable. Jusqu'à ce que ça en devienne gênant, un peu comme il l'a fait avec nous. Alors, seulement, il interroge une autre personne.

Il note une dernière équation au tableau puis annonce que le cours est terminé et libère la classe. Tout le monde s'éparpille dans les travées et nous descendons à notre tour dans l'arène, passant près du bureau où il est occupé à ranger ses affaires dans son cartable.

Il semble ne pas nous voir, à la manière dont il continue de rassembler ses feuilles. Sauf qu'il prend la parole :

– Et ça vous prend souvent de venir interrompre les cours ? Ou bien est-ce un traitement de faveur ?

– Professeur Cookman, dis-je. Je vous prie de nous excuser. Nous n'avions pas l'intention de déranger.

– Et vous pensez que ça améliore ou que ça aggrave votre cas ? Qui êtes-vous, au juste ? Et que faites-vous dans ma salle ?

– Je m'appelle Hannah Hall. Et voici Bailey Michaels.

Son regard va et vient entre nous deux, attendant la suite.

– Et...

– Nous cherchons des informations au sujet d'un de vos anciens élèves. Nous espérions que vous seriez à même de nous aider.

– Et pourquoi le ferais-je ? Surtout pour des jeunes femmes qui se permettent de venir déranger mon cours ?

– Parce que vous êtes sans doute le seul qui en soit capable.

Il soutient mon regard, comme s'il le voyait pour la première fois. Je fais signe à Bailey, qui tend son téléphone au professeur, avec à l'écran la photo d'elle et son père.

Il fouille dans sa poche en quête de ses lunettes et observe l'image.

– L'homme à côté de vous sur la photo ? C'est lui, mon ancien élève ?

Elle opine sans un mot.

Il penche la tête de côté, concentré, comme s'il tâchait vraiment de convoquer ses souvenirs. J'essaie de l'aider dans la manœuvre.

– Si nous ne faisons pas fausse route, il a dû suivre vos cours il y a vingt-six ans de cela. Vous vous souvenez peut-être de son nom ?

– Vous savez qu'il a suivi mes cours il y a vingt-six ans, mais vous ne connaissez pas son nom ?

– Nous connaissons le nom sous lequel il vit actuellement, mais pas son véritable patronyme. C'est une longue histoire.

– Je me contenterai de la version courte.

– C'est mon père, dit Bailey.

Ce sont les premières paroles qu'elle prononce – et elles font leur effet. Il s'interrompt, la dévisage et l'interroge du regard :

– Et comment êtes-vous remontées jusqu'à moi ?

Je consulte Bailey au cas où elle voudrait répondre, mais elle est de nouveau mutique. Et semble épuisée. Trop, pour une fille de seize ans. Elle me fait signe de me lancer. Dans le grand bain.

– Il s'avère que mon mari avait inventé des tas de détails… au sujet de sa vie. Mais il nous a raconté une anecdote sur vous, sur l'influence que vous avez eue sur lui. Il gardait de vous un souvenir ému.

L'homme se penche à nouveau sur la photo, et je crois voir une étincelle dans ses pupilles quand il se retrouve face à Owen. Un regard à Bailey me confirme qu'elle a perçu la même chose. Évidemment, c'est ce que nous avons envie de voir.

– Il se fait appeler Owen Michaels, désormais. Mais à l'époque où il suivait vos cours, il devait s'appeler tout autrement.

– Et pour quelle raison a-t-il changé de nom ?

– C'est ce que nous nous efforçons de comprendre.

– Bon, j'ai eu des générations d'étudiants au fil des années et je ne saurais dire si je le connais.

– Au cas où ça puisse vous aider, nous sommes quasiment certaines que c'était votre deuxième année d'enseignement.

– Il en va peut-être différemment pour vous, mais, dans mon expérience, plus c'est loin, moins on se souvient…

– Mon expérience récente tend à me prouver la même chose…

Il m'offre un sourire compréhensif. Il perçoit peut-être un peu ce que nous traversons, car il se radoucit quelque peu.

– Je suis désolé de ne pouvoir vous aider davantage. Essayez aux archives ? Ils sauront peut-être vous aiguiller.

– Et qu'est-ce qu'on va leur demander, aux archives ? dit Bailey.

Elle essaie de se contenir. Mais c'est palpable : la colère gronde.

– Pardon ?

– Je dis juste : qu'est-ce qu'on leur demande, aux archives ? S'ils ont dans leurs fichiers un étudiant du nom de Owen Michaels qui s'appelait autrement à l'époque ? S'ils ont ce courant d'air dans leurs dossiers ?

– Oui, de fait, vous n'avez pas complètement tort… Ils ne pourront guère vous aider en partant de là… Mais la mémoire, ce n'est vraiment pas mon point fort, dit-il avant de rendre à Bailey son portable. Je vous souhaite bonne chance à toutes les deux.

Sur ces mots, il passe son sac à l'épaule et se dirige vers la sortie.

Bailey reste scotchée sur le téléphone dans sa paume. Elle a l'air effrayée – effrayée et désespérée de voir le professeur Cookman en train de disparaître et Owen tout sauf en train de réapparaître. On y croyait, ça avançait. On a trouvé le professeur d'Owen. On est venues. Mais là, c'est comme si Owen n'avait jamais été aussi loin. Ce qui explique sans doute pourquoi je rappelle le professeur Cookman, pourquoi je refuse de le laisser filer.

– Mon mari était le pire élève que vous ayez jamais eu !

Il s'immobilise. Puis fait volte-face :

– Quoi ? Qu'est-ce que vous venez de dire ?

– Il adore raconter cette anecdote. Il était complètement largué en cours et, après s'être donné un mal de chien pour les examens du premier semestre, il s'est entendu dire que vous alliez encadrer sa copie d'examen et l'afficher dans votre bureau pour édifier les futurs élèves. Pas comme un modèle de persévérance, mais plutôt comme un rappel rassurant : au moins, y a toujours pire que moi.

Il écoute. Je continue, remplissant les silences.

– Peut-être que chaque année vous faites ça avec un élève ? Surtout quand on considère que vous l'avez croisé si tôt dans votre carrière, au fond, il n'y avait pas beaucoup de concurrents pour la palme du pire élève. Mais avec lui, ça a marché. Il vous a cru. Et au lieu de le bloquer, ça lui a donné envie de se donner à fond. Pour vous prouver qu'il en était capable.

Il ne dit toujours rien.

Bailey me saisit le bras, comme si c'était un geste habituel, pour essayer de me retenir, que je le laisse partir.

– Il ne sait rien, dit-elle. On ferait mieux d'y aller.

Elle est d'un calme sinistre, ce qui est encore pire que quand je craignais qu'elle fasse une crise de nerfs.

Mais malgré son intervention salvatrice, le professeur Cookman ne fait pas mine de partir.

– Je l'ai fait.

– Quoi ? dit Bailey.

– Sa copie d'examen. Je l'ai affichée.

Il fait quelques pas vers nous.

– C'était la deuxième année où j'enseignais, et je n'étais guère plus âgé que mes étudiants. J'essayais d'asseoir mon autorité. Mon épouse a fini par m'obliger à décrocher cette feuille et à la jeter. Elle disait que c'était trop cruel, qu'un examen raté en vienne à résumer un élève. Je ne voyais pas les choses sous cet angle. Pas au début, du moins, mais elle est plus clairvoyante que moi. J'ai longtemps gardé ce papier au mur. Ça a fichu une peur bleue à mes étudiants, ce qui était le but recherché.

– Personne ne voulait être aussi médiocre ?

– Même quand je leur disais à quel point il était devenu doué, après.

Il tend la main vers le téléphone de Bailey, qui le lui redonne, et nous l'observons toutes deux qui essaie de se remémorer son visage.

– Qu'est-ce qu'il a fait ? Ton père ?

La question s'adresse à Bailey. Je m'attends à ce qu'elle lui résume ce qui se passe au Shop et avec Avett

Thompson et conclue en disant qu'on n'en sait pas plus. Que nous ignorons quel rôle il a pu jouer dans la fraude, ou pourquoi ça l'a poussé à nous quitter, nous laissant là, à essayer de recoller les morceaux. Ces morceaux impossibles. Au lieu de quoi elle opine du chef et lui avoue le pire de ce dont Owen s'est rendu coupable :

– Il m'a menti.

Il hoche la tête, ça semble lui suffire. Professeur Cookman. De son prénom, Tobias. Surnommé Cook. Mathématicien multimédaillé. Notre nouvel ami.

– Venez avec moi, dit-il.

Il y a des élèves plus doués que d'autres

Le professeur Cookman nous emmène à son bureau, où il démarre la cafetière. Cheryl, la doctorante qui gère son secrétariat, est bien plus à l'écoute qu'avant. Elle met plusieurs ordinateurs à contribution, tandis que Scott, un élève de master, se charge de sonder les tiroirs d'archives de Cook – tous les deux se déplaçant aussi vite que possible.

Pendant que Cheryl télécharge une copie de la photo d'Owen sur l'ordinateur portable du professeur, Scott extirpe un énorme dossier, referme le tiroir à la volée et revient se poster devant la table.

– Les copies d'examen stockées ici remontent jusqu'en 2001. Ça, c'est 2001-2002.

– Pourquoi me les apportez-vous, alors ? dit-il. Qu'est-ce que je suis censé faire avec ça ?

Le temps que Scott digère la repartie, Cheryl en profite pour venir poser l'ordinateur devant Cookman.

– Allez voir dans les dossiers qui se trouvent aux archives, dit-il. Puis, vous appellerez l'administration pour me récupérer la liste des élèves de 1995. Prenez aussi 1994 et 1996, histoire de jouer la sécurité.

Scott et Cheryl quittent la pièce, en mission, et Cook se tourne vers son écran, où la photo d'Owen s'affiche pleine page.

– Alors quel genre d'ennuis s'est-il attiré, votre père ? Si je puis me permettre.

– Il travaille au Shop, fait Bailey.

– Au Shop ? Sous la houlette d'Avett Thompson ?

– Exactement. C'est lui qui codait, pour l'essentiel.

Voilà qui laisse le professeur perplexe.

– Il codait ? Pour une surprise… Si votre père est bien la personne à qui j'ai enseigné, il était bien plus intéressé par les mathématiques pures. Il voulait travailler à la fac. Mener une carrière universitaire. Le code, c'est pas vraiment la suite naturelle des choses.

Je suis à deux doigts de dire que ça explique peut-être sa décision. Une manière de se terrer dans un champ voisin de ses centres d'intérêt, mais suffisamment éloigné pour qu'on ne vienne pas l'y débusquer.

– Il a été désigné officiellement comme suspect ?

– Non, dis-je. Pas officiellement.

Puis, montrant Bailey, il ajoute :

– J'imagine que vous voulez juste retrouver votre père. Suspect ou non.

Elle opine. Et Cook reporte son attention sur moi :

– Mais le changement de nom, comment s'insère-t-il dans tout ça ?

– C'est ce qu'on essaie de mettre au clair. Il se peut qu'il ait eu des ennuis avant le Shop. On ne sait pas. On commence tout juste à découvrir les failles entre ce qu'il nous a dit et…

– … et la vérité ?

– Oui.

Un coup d'œil à Bailey pour voir comment elle encaisse le tout. Elle me renvoie mon regard, l'air de dire *Ça va.* Non pas que ce qui se passe lui convienne, précisément – mais sans doute que ça lui va, malgré tout, que j'essaie d'aller au fond des choses.

Le professeur Cookman, les yeux rivés à l'écran, ne dit d'abord rien. Puis :

– Ils ne vous marquent pas tous, mais lui, oui, je m'en souviens. Bien que je le revoie avec les cheveux longs. Et plus de carrure. Il a l'air assez différent.

– Mais pas complètement ?

– Non. Pas complètement.

J'intègre ça – m'efforce d'imaginer Owen déambulant dans son monde sous les traits que le professeur Cookman nous brosse. D'imaginer Owen traçant sa route sous les traits de quelqu'un d'autre. Je tourne la tête, ça se voit sur son visage, à son front soucieux : Bailey est en train de faire exactement la même chose.

Le professeur Cookman referme le clapet de l'ordinateur et se penche par-dessus la table, vers nous.

– Écoutez, je ne vais pas faire comme si je comprenais ce que vous devez ressentir, mais je vais vous dire une chose, pour ce que ça vaut : au fil de toutes ces années d'enseignement, j'ai découvert une phrase qui me calme par-dessus tout dans ce genre de moment. À l'origine, c'est Einstein qui l'a prononcée, c'est pourquoi ça sonne beaucoup mieux en allemand.

– Il va falloir vous contenter de la traduction, dit Bailey.

– Einstein a dit : Tant que les lois mathématiques renvoient à la réalité, elles ne sont pas absolues, et tant qu'elles sont absolues, elles ne renvoient pas à la réalité.

Bailey grimace :

– J'attends toujours la traduction, professeur.

– En gros, ça signifie qu'on ne sait rien sur rien.

Elle rit – un rire léger, mais sincère – et c'est la première fois qu'elle rit depuis des jours, la première fois depuis que tout ça a commencé.

Je suis tellement reconnaissante que c'est tout juste si je ne bondis pas par-dessus la table pour serrer le professeur Cookman dans mes bras.

L'arrivée de Scott et Cheryl m'en aurait de toute façon empêchée.

– Voici le planning du second semestre de 1995. En 1994, vous aviez deux séminaires de licence. Et en 1996, vous enseigniez uniquement à des élèves en maîtrise. C'est au printemps 1995 que vous avez eu des deuxième année. Votre étudiant devait se trouver dans ce cours.

Cheryl tend le registre d'un air triomphant.

– Le cours comptait soixante-treize inscrits. Il y en avait quatre-vingt-trois le jour de la rentrée, mais dix ont laissé tomber. C'est dans la norme, globalement, ce taux d'abandon. Je suppose que vous n'aurez pas besoin du nom des dix qui ont déserté ?

– Non, dit-il.

– C'est aussi ce que je me suis dit, donc je les ai barrés d'office, dit-elle, de l'air de celle qui vient de découvrir une entité plus petite que l'atome – et, à mes yeux, c'est le cas.

Pendant que le professeur Cookman examine le document, Cheryl s'adresse à nous :

– La liste ne contient aucun Owen. Et pas de Michaels non plus.

– Ce n'est pas une surprise.

Cook, les yeux toujours rivés à la feuille, secoue la tête.

– Je regrette, mais son nom ne me revient pas. On s'attendrait à ce que je m'en souvienne, étant donné que son œuvre est restée si longtemps accrochée sur mon mur.

– C'était il y a une éternité.

– Tout de même. Si seulement je pouvais me souvenir au moins de ça, mais tous ces noms ne me disent rien du tout, dit-il, me tendant la feuille.

Je m'en saisis aussitôt, reconnaissante, avant qu'il change d'avis.

– Soixante-treize noms, c'est déjà autrement plus gérable qu'un milliard. Autrement plus gérable que partir de zéro.

– En partant du principe qu'il en fait partie, dit le professeur Cookman.

– Oui, en partant de ce principe.

Je regarde la page, soixante-treize noms me dévisagent en retour – dont cinquante sont masculins. Bailey jette un œil par-dessus mon épaule. On doit trouver un moyen pour les passer en revue le plus rapidement possible. Mais je n'ai jamais été aussi optimiste, au moins on a un point de départ. On a une liste de noms à élaguer, parmi lesquels se dissimule Owen. J'en mettrais ma main à couper.

– Vous n'imaginez pas à quel point nous vous sommes reconnaissantes, dis-je. Un grand merci.

– Je vous en prie. J'espère que ce sera utile.

Nous nous apprêtons à prendre congé, et Cookman se lève à son tour.

– Encore une chose… Je ne sais pas ce qu'il en est aujourd'hui, mais je peux vous dire qu'à l'époque c'était un jeune homme sympathique. Drôlement intelligent. Tout se mélange un peu, mais je me souviens de quelques têtes remontant à mes premières années d'enseignant. Peut-être parce qu'on se donne plus de mal, au début. Mais je m'en souviens. Je me souviens que c'était vraiment quelqu'un de bien.

Je me tourne vers lui, ça fait du bien d'entendre parler d'Owen, et dans des termes qui lui ressemblent.

Il sourit, l'air un peu embarrassé :

– Ce n'était pas sa faute. L'examen nullissime. Il était simplement accaparé par une des filles de la classe. Il n'était pas le seul d'ailleurs. Dans une classe à dominante masculine, elle sortait du lot.

Mon cœur bondit dans ma poitrine. Bailey aussi se retourne vers Cookman. Je le perçois d'ici, elle en oublie de respirer.

Une des rares choses qu'Owen disait au sujet d'Olivia, et à de multiples reprises, une des rares infos auxquelles Bailey a pu se raccrocher au sujet de sa mère, c'est que son père était tombé amoureux d'elle à la fac. En dernière année, disait-il – elle vivait alors dans l'appartement voisin du sien. Était-ce aussi un mensonge ? Un détail mineur transfiguré pour dissimuler les traces d'un passé bien réel ?

– S'agissait-il de… de sa petite amie ? demande Bailey.

– Ça, je ne saurais le dire. Je me souviens surtout d'elle parce qu'il s'était justifié en arguant qu'elle était la raison de son travail bâclé. Qu'il était amoureux. Il avait rédigé une longue lettre de justification et je l'avais menacé de l'afficher au côté de sa copie calamiteuse, s'il ne redressait pas la barre.

– C'est humiliant, dit Bailey.

– Mais visiblement, ça a été efficace.

Je parcours de nouveau la liste, en quête des noms féminins. Treize en tout et pour tout. Je guette une Olivia, mais il n'y en a pas. Bien sûr, ce n'est sans doute pas une Olivia que je dois traquer.

– J'ai conscience que c'est beaucoup vous demander, mais vous rappelez-vous son nom, par chance ? Le nom de la fille ?

– Je me souviens qu'elle était plus brillante que votre mari.

– Mais n'était-ce pas le cas de tous les élèves ?

Il acquiesce :

– Oui, en même temps c'est vrai.

Quatorze mois plus tôt

– Alors, c'est comment ? D'être une femme mariée ? demande Owen.

– Et être un homme marié, c'est comment ?

Nous étions chez Frances, un restaurant à l'ambiance intimiste dans le Castro, sur la table rustique où avait eu lieu notre dîner de noces. La journée avait démarré avec nous deux passant devant le juge. Je portais une robe blanche courte, Owen avait mis une cravate et une paire de Converse toute neuve. Et elle se concluait avec nous deux, aux abords de minuit – nous finissions le champagne, pieds nus, maintenant que nos quelques invités s'étaient éclipsés.

Jules était venue, et une poignée d'amis d'Owen – Carl, Patty. Et Bailey. Bailey, bien sûr. Dans une rare démonstration de générosité à mon égard, elle était arrivée à l'hôtel de ville pile à l'heure et était restée avec nous jusqu'à ce qu'on coupe le gâteau. Elle m'avait même souri avant de filer dormir chez sa copine Rory. Je voulais y voir la preuve qu'elle était au moins un tout petit peu contente de cette journée. Mais je savais qu'au fond ça signifiait surtout qu'elle était contente qu'Owen l'ait laissée boire du champagne.

Bref, dans les deux cas, j'étais gagnante.

– C'est assez génial d'être un homme marié, dit Owen. Bien que je n'aie pas la moindre idée de comment on va rentrer à la maison ce soir.

Je ris.

– Il y a pire comme problème.

– Oui. En matière de problème, ça va.

Il tendit le bras vers la bouteille de champagne, s'en versa une flûte et remplit la mienne. Puis, il écarta sa chaise, vint s'asseoir sur le dossier de la mienne. Je m'adossai à lui, inspirant à fond.

– On a bien progressé depuis notre deuxième rendez-vous, quand tu n'avais même pas voulu que je passe te prendre pour aller dîner.

– Je ne dirais pas ça. J'étais déjà bien mordue, à ce moment-là.

– Tu avais une drôle de manière de me le montrer. Je n'étais même pas sûr que je te reverrais après cette soirée.

– Il faut dire que tu m'en avais posé, des questions.

– J'avais beaucoup à apprendre sur toi.

– Et tout en une soirée ?

Il balaya ma question.

– J'avais l'impression qu'il fallait que je sache qui étaient mes prédécesseurs. Les « non-élus ». Je me disais que c'était le meilleur moyen de ne pas rejoindre leurs rangs.

Je lui caressai la joue, d'abord du plat de la main, puis du creux de la paume.

– Tu es devenu tout l'inverse, dis-je.

– Je crois que personne ne m'a jamais rien dit de plus chouette.

– C'est vrai.

Et ça l'était. Owen était tout l'inverse. Il m'avait paru tout l'inverse dès le premier jour, dès notre rencontre dans mon atelier, mais désormais c'était plus qu'une impression. Il s'était révélé être tout l'inverse. Ce n'était pas juste qu'il était facile à côtoyer (il l'était assurément) ou que tout avec lui prenait une intensité que jamais auparavant je n'avais ressentie, dans aucune de mes relations. Ce n'était même pas tant que nous nous comprenions sans parler, cette adéquation qu'on trouve avec *la* personne ou après laquelle on court en vain toute sa vie – ces raccourcis pénétrants, quand un regard suffit à nous faire savoir ce que veut l'autre : *Il est temps de quitter cette soirée, de venir me voir, de me laisser un peu d'espace pour respirer.*

C'était un peu tout ça à la fois et aussi infiniment plus que la somme de tout ça. Ça ne s'explique pas : j'avais trouvé celui que j'avais cherché toute ma vie. Était-ce le destin ? Ça semblait un résumé un peu paresseux. C'était comme trouver le chemin de chez soi, d'un lieu dont on avait toujours rêvé en secret, qu'on avait imaginé, mais où l'on n'avait jamais mis les pieds.

Un port d'attache. Le foyer que je pensais ne jamais avoir.

Voilà ce qu'il était pour moi. Qui il était.

Owen porta ma main à ses lèvres, et l'y conserva.

– Dis-moi… vas-tu répondre à ma question ? C'est comment, d'être une femme mariée ?

Je haussai les épaules :

– Je ne sais pas encore. Trop tôt pour le dire.

Il rit.

– OK, OK, c'est pas grave.

Je pris ma coupe de champagne. Je bus une gorgée et ris aussi. Je ne pouvais m'en empêcher. J'étais heureuse. J'étais tout bêtement… heureuse.

– Il semblerait que tu aies un peu de temps pour y réfléchir.

– Du genre le reste de ma vie ?

– Plus que ça, j'espère.

Si tu épouses le roi de la promo...

Soixante-treize noms, dont cinquante hommes.

L'un d'eux est potentiellement Owen.

On traverse le campus au pas de charge, pour aller à la bibliothèque principale, la plus susceptible, selon Cheryl, d'héberger les albums de promo. Si on parvient à mettre la main sur un annuaire datant de l'époque où Owen était à la fac, on aura sans doute la clé pour se dépêtrer de cette liste le plus vite possible. On y trouvera les noms des étudiants, mais surtout leur photo. On devrait y trouver un portrait en buste du jeune Owen, et découvrir s'il a fait quoi que ce soit de mémorable à la fac, à part rater cet exam.

On entre dans la bibliothèque Perry-Castañeda, qui est gigantesque – six étages de livres, de cartes, de fiches et de postes informatiques – et on file droit au guichet des recherches. La bibliothécaire nous informe qu'il nous faudra remplir une demande aux archives si nous souhaitons emporter une copie d'annuaires remontant à si loin, mais que nous pouvons consulter les documents numérisés sur place.

Au deuxième étage, la salle informatique est presque déserte, nous nous installons chacune devant un poste dans un coin de la pièce. J'ouvre l'album correspondant aux deux premières années d'études d'Owen, et Bailey ouvre les deux suivantes. Et, côte à côte, nous épluchons les profils de la classe d'Owen un à un, suivant l'ordre alphabétique de la liste. Premier candidat : John Abbot, de Baltimore, dans le Maryland. Je le débusque sur une photo granuleuse du club de ski. Il ne ressemble guère à Owen, là-dessus – lunettes à monture épaisse, grosse barbe – mais ce n'est pas évident de l'éliminer définitivement sur la base de cette seule photo. En googlant son nom, on trouve trop de résultats, mais en croisant son nom et le ski, je trouve un John Abbot (originaire de Baltimore, diplômé de l'université du Texas) installé à Aspen avec sa femme et leurs deux enfants.

Les noms suivants sur la liste sont beaucoup plus faciles à disqualifier : l'un mesure un mètre cinquante-six et a les cheveux roux et bouclés ; l'autre mesure un mètre quatre-vingt-treize, il est danseur à l'Opéra de Paris ; un autre encore vit à Honolulu et est candidat au Sénat.

Nous en sommes aux *E* quand mon téléphone sonne. Identité de l'appelant : MAISON. L'espace d'un instant, j'imagine que c'est Owen. Owen qui serait rentré chez nous, et nous appellerait pour nous annoncer que tout est réglé et qu'il faut qu'on rentre immédiatement. Pour qu'il nous explique les zones d'ombre. Où il était passé, qui il était avant qu'on le connaisse. Pourquoi il ne nous avait rien dit.

Mais ce n'est pas Owen au bout du fil. C'est Jules.

Elle répond au texto que je lui ai envoyé au bar, la veille, lui demandant de passer voir si elle trouvait la tirelire chez nous.

– Je suis dans la chambre de Bailey, dit-elle sitôt que je décroche.

– Il y avait quelqu'un, dehors ?

– Je ne crois pas, non. Je n'ai vu personne de louche sur le parking, et les quais étaient déserts.

– Tu veux bien fermer les stores pendant que tu es là ?

– C'est déjà fait.

Je jette un œil à Bailey, espérant qu'elle est suffisamment captivée par sa tâche pour ne pas écouter ma conversation. Mais je la surprends en train de me zyeuter de côté, elle guette qui est à l'appareil. Espérant peut-être, malgré tout, que ce soit l'appel qui lui ramène son père.

– Et tu avais raison, dit Jules. Il est bien écrit Lady Paul sur le côté.

Elle ne précise pas de quoi il s'agit, évidemment. Ne précise pas que c'est une tirelire qu'elle est venue récupérer chez nous – la tirelire de Bailey – aussi inoffensif que ça ait l'air, dit à voix haute.

Je n'avais pas imaginé ça. Les quelques lettres griffonnées au bas de la dernière page du testament de Will, mentionnant son administrateur, L. Paul. C'était aussi le nom gravé sur la tirelire bleue de Bailey – LADY PAUL, écrit en noir, sous le flanc. Cette même tirelire qu'Owen avait embarquée quand nous avions dû évacuer notre domicile, celle qu'il avait descendue au bar au beau milieu de la nuit. J'avais mis cela sur le compte du sentimentalisme. Mais j'avais tort. Il avait pris cette tirelire parce que c'était un objet qu'il fallait mettre en sûreté.

– Mais il y a comme un problème, dit Jules. Je n'arrive pas à l'ouvrir.

– Comment ça, tu n'arrives pas à l'ouvrir ? Tu n'as qu'à la briser d'un coup de marteau.

– Non, tu ne comprends pas, il y a un coffre à l'intérieur. Un truc en acier. Il va falloir que je trouve quelqu'un qui sache forcer une serrure. Une idée ?

– Pas au débotté, non.

– OK, je vais me démerder. Au fait, tu as un peu suivi les infos ? Ils viennent d'inculper Jordan Maverick.

Jordan est le D.G. de la boîte, le numéro deux d'Avett et l'équivalent d'Owen pour le côté commercial. Comme il est fraîchement divorcé, il venait pas mal à la maison. J'avais invité Jules à dîner, espérant que ça puisse coller entre eux. Mais non. Elle l'avait trouvé rasoir. À mon avis, il y a pire, comme défaut – ou c'est juste que moi je ne le voyais pas sous cet angle.

– Ce qui me fait penser… dit-elle, fini les rencards arrangés.

– Compris.

Dans un autre contexte, il ne m'aurait pas fallu davantage pour l'interroger sur son collègue Max, pour la charrier en lui demandant si c'était à cause de lui, surtout, qu'elle ne voulait plus qu'on essaie de la caser. Mais pour l'heure, ça me rappelle surtout que Max a une source en interne. Une source qui peut potentiellement nous aider concernant Owen.

– Et Max, il a des infos en off sur Jordan ? Il sait quelque chose sur Owen ?

Bailey tend l'oreille.

– Pas spécialement, non. En revanche, sa source au FBI lui a dit que ça y est, le logiciel est opé.

– Qu'est-ce que ça veut dire ?

Je vois très bien ce que ça signifie. Ça signifie qu'Owen se croyait tiré d'affaire. Qu'il pensait sans doute qu'il n'avait plus besoin de prévoir de plan B. Et que quand Jules a appelé Owen pour le prévenir que les flics allaient débarquer, ça a dû lui paraître impossible. Impossible de se faire choper si proche du but.

– Attends, Max est en train de m'écrire. Je te rappelle dès que j'ai trouvé quelqu'un pour faire sauter la serrure du coffre, OK ?

– Je parie que c'est la première fois que tu dis une phrase pareille.

– Ça, c'est clair, dit-elle en se marrant.

Je raccroche et me retourne vers Bailey.

– C'était Jules. Je l'ai envoyée vérifier un truc à la maison.

Elle acquiesce. Sans demander si j'ai des nouvelles de son père. Elle sait que je le lui dirais.

– Ça avance ?

– J'en suis aux *H*. Rien de probant, pour le moment.

– *H*, c'est déjà pas mal.

– Ouais. Sauf s'il n'est pas sur la liste.

Nouvelle sonnerie de portable. Je m'attends à ce que ce soit Jules qui rappelle, mais c'est un numéro que je ne reconnais pas – avec un indicatif en 512 : ça vient du Texas.

– C'est qui ? dit Bailey.

Je fais signe que je l'ignore. Et prends l'appel. La femme au bout du fil a déjà commencé à parler. Elle est au milieu d'une phrase que, visiblement, elle pensait que j'étais là pour entendre.

– Les matchs amicaux. C'est ça qu'on a oublié, on aurait dû les prendre en compte.

– Qui est à l'appareil ?

– C'est Elenor McGovern. De l'église épiscopale. Je crois bien avoir résolu l'énigme du mariage auquel votre belle-fille a assisté. Sophie, l'une de nos plus anciennes paroissiennes, a un fils qui joue au football américain dans l'équipe universitaire. Elle ne rate jamais une rencontre. Elle est passée, tout à l'heure, pour nous aider lors du petit déjeuner d'accueil des nouveaux, et je me suis dit que ce serait sans doute utile de la mettre à contribution. Et elle m'a dit que l'été, les Longhorns ont une série de matchs amicaux au sein même du club.

Ma gorge se serre, j'étouffe.

– Et ces matchs, ils se déroulent au stade ? Comme les matchs de la saison ?

– Exactement comme les matchs de la saison. Et généralement le public vient nombreux. Comme pour un match classique. Comme je ne suis pas une grande fan de foot, ça ne m'a pas traversé l'esprit, de prime abord.

– Mais vous avez pensé à lui poser la question, c'est déjà formidable.

– Oui, peut-être. Ce qui suit est formidable, en tout cas. J'ai croisé les dates des matchs en question avec la période où nous étions ouverts. On a un mariage qui correspond à la dernière rencontre estivale de la saison

2008. Un mariage auquel votre belle-fille a pu assister. Vous avez de quoi noter ?

Elenor est toute fière, et pour cause. Elle a peut-être mis au jour un lien pouvant nous mener à Owen – à la raison de la présence d'Owen à Austin ce week-end-là, si longtemps après la fin de ses études. Et à celle de Bailey à ses côtés.

– Je note, je note.

– C'était le mariage Reyes-Smith. J'ai ici toutes les informations à ce sujet. La cérémonie a eu lieu à midi. Et la réception se déroulait ailleurs, dans un lieu non précisé.

– Elenor, c'est fantastique. Je ne sais même pas comment vous remercier.

– Je vous en prie.

Je tends le bras devant Bailey pour attraper la liste du cours de Cookman. On y est. Pas de Reyes. Mais une Smith.

Katherine. Katherine Smith. Je pointe le nom du doigt et Bailey se met à pianoter à toute vitesse dans l'index des annuaires. Ça sort… Katherine Smith. Smith, Katherine. Dix pages la mentionnent.

Ils étaient peut-être amis – ou alors c'était la petite copine d'Owen, celle dont se souvenait le professeur Cookman. Et Owen était en ville le jour de son mariage. Il avait ramené sa famille pour participer aux festivités de sa vieille copine. Si je pouvais la retrouver, elle nous éclairerait sans doute sur qui était Owen.

– Est-ce qu'elle se prénommait Katherine, Elenor ?

– Non, ce n'était pas Katherine. Voyons voir. Le prénom de la mariée était Andrea. Et… oui, les voilà. Andrea Reyes et Charlie Smith.

Je suis toute déçue que ce ne soit pas Katherine elle-même, quoiqu'elle soit peut-être de la famille de ce Charlie. Ça peut toujours être notre chaînon manquant. Mais avant que je puisse répéter tout ça à Bailey, elle atterrit sur une page traitant du club Débats et de sa présidente, Katherine Smith, dite Kate.

Et la photographie apparaît.

C'est un portrait de groupe, figurant tout le club. Ils sont juchés sur de hauts tabourets dans un vieux bar à l'ancienne, un lieu pour sortir boire un cocktail le soir plutôt qu'un pub traditionnel : plafond lambrissé, mur de brique, rangées de bouteilles de whisky offertes au regard. Des lanternes courent le long du comptoir, qui éclairent ces bouteilles par transparence, ainsi que les bouteilles de vin sur le rayonnage du dessus.

Sous la photo, on lit : LA PRÉSIDENTE KATHERINE SMITH FÊTE SA VICTOIRE LORS DU CHAMPIONNAT TEXAN DANS LE BAR FAMILIAL, LE NEVER DRY, AVEC LES MEMBRES DU CLUB DÉBATS, DE GAUCHE À DROITE…

– Incroyable ! s'exclame Bailey. Ça pourrait être là. Le bar où a eu lieu le mariage.

– De quoi tu parles ?

– Je n'ai rien dit hier, mais quand on était au Magnolia Café et que tu me posais toutes ces questions, je me suis souvenue d'être allée dans un bar pour le mariage. Ou, plutôt, une sorte de petit restaurant. Mais je me suis dit qu'il était tard et que j'essayais de me raccrocher à trois fois rien… alors j'ai pas insisté. Je l'ai même pas mentionné. Mais cet endroit, sur la photo, le Never Dry, ça y ressemble.

Je couvre le micro de la paume de ma main et observe Bailey : index pointé sur la photo, elle semble éberluée. Elle montre une platine vinyle, dans un coin, une drôle de preuve.

– Je suis hyper sérieuse, dit-elle, c'est le bar. Je le reconnais.

– Il y a des millions de bars qui ressemblent à ça.

– Je sais. Mais je me souviens de deux choses, au sujet d'Austin. Et le bar en fait partie.

Bailey entreprend alors d'agrandir l'image. Les visages des membres se font plus nets, les traits de Katherine se dessinent. Ça saute aux yeux.

Nous nous taisons toutes les deux. Le lieu n'a plus aucune importance. Owen non plus n'a plus d'importance, à vrai dire.

Tout ce qui compte, c'est ce visage.

Ce n'est pas une photo correspondant à la femme que je connais comme la mère de Bailey – que, surtout, Bailey connaît pour être sa mère. Olivia. Olivia, la rouquine aux taches de rousseur enfantines. Olivia qui me ressemble un peu.

Mais cette femme qui nous regarde – cette Katherine Smith, Kate – ressemble à Bailey. Comme deux gouttes d'eau. Elle a la même chevelure brune. Les mêmes pommettes hautes. Et, plus frappant encore, le même regard acéré – un regard catégorique, exempt de douceur.

Cette femme qui nous regarde droit dans les yeux – ce pourrait être Bailey.

Bailey éteint brusquement l'écran, comme si c'était trop de voir ça. La photo, le visage de Kate qui lui renvoie le sien. Elle guette ma réaction.

– Tu la connais ? demande-t-elle.

– Non. Et toi ?

– Non, je ne crois pas… Non !

– Ouhou, fait Elenor. Vous êtes encore là ?

Je garde la main sur le micro, mais Bailey l'entend quand même. Elle entend les questions haut perchées. Ça contribue à la tension. Ses épaules sont crispées. Elle se passe compulsivement les mains dans les cheveux, qu'elle lisse nerveusement derrière ses oreilles.

Je n'en suis pas fière. Mais je raccroche au nez d'Elenor.

Et me tourne vers Bailey.

– Il faut qu'on y aille immédiatement, dit-elle. Je dois absolument aller voir ce bar… ce Never Dry…

Elle est déjà debout. Rassemble ses affaires.

– Bailey, je sais que tu dois être chamboulée, c'est normal. Moi aussi, ça me bouleverse.

Aucune de nous ne l'a encore dit, pas à haute voix – qui on pense qu'elle est, cette Katherine Smith, qui Bailey craint et espère qu'elle est.

– Attends, qu'on reprenne le tout dans l'ordre un instant. Je crois que notre meilleure chance d'aller au fond des choses, c'est de finir d'examiner cette liste. On est à maximum quarante-six hommes de trouver une réponse et de savoir qui était ton père.

– Peut-être que oui. Mais peut-être que non.

– Bailey…

Elle secoue la tête. Sans se rasseoir.

– Laisse-moi te formuler les choses autrement. Ce bar, j'y vais maintenant. Tu peux venir avec moi ou tu peux me laisser y aller seule.

Elle reste là, debout, à attendre. Elle ne sort pas en claquant la porte. Elle attend de voir ce que je fais. Comme si j'avais le choix.

– Je t'accompagne, évidemment.

Je me lève. Et nous nous dirigeons ensemble vers la sortie.

Le Never Dry

Dans le taxi qui nous emmène au Never Dry, Bailey ne cesse de se tirailler la lèvre inférieure – comme un toc qu'elle aurait soudain développé, son regard rebondissant frénétiquement d'un côté à l'autre, terrifié.

Je perçois les questions qu'elle ne formule pas tout haut, et je n'ai aucune envie de la pousser dans ses retranchements. Je ne peux pas non plus rester là à la regarder souffrir sans rien faire, donc je tape compulsivement sur mon téléphone Katherine « Kate » Smith, Charlie Smith – en quête d'un détail, n'importe quoi que je puisse lui soumettre, pour la consoler un tant soit peu.

Mais les résultats foisonnent. Smith est un nom trop banal, même en le combinant avec d'autres critères (cursus à l'université du Texas, originaire d'Austin, championnat du club Débats). Des centaines de pages s'affichent, et des images – dont aucune ne correspond à la Katherine de la bibliothèque.

C'est alors que j'ai une idée. J'ajoute Andrea Reyes à ma recherche, en plus de Charlie Smith, et là je tombe enfin sur un truc qui pourrait nous aider.

Un profil Facebook correspondant au bon Charlie Smith apparaît. Il est sorti diplômé de la fac du Texas, en 2002, en histoire, et a enchaîné avec deux semestres d'études d'architecture, puis un stage dans une agence de paysagistes, dans le centre d'Austin.

Ensuite, rien, pas de trace de sa carrière.

Aucune mise à jour de son statut, aucune photo postée après 2009.

Mais sa femme s'appelle Andrea Reyes.

– On y est, dit Bailey.

De l'index, elle désigne une porte bleue, entourée de glycines. On pourrait presque la rater – la plaque dorée sur laquelle est écrit NEVER DRY. Elle est là, toute discrète, dans un petit coin pas loin de West Sixth Street, flanquée d'un café d'un côté et d'une allée privative de l'autre.

Nous sortons du taxi et, tandis que je me tourne pour payer le chauffeur, j'aperçois notre hôtel, bien visible de l'autre côté du lac Lady Bird. C'est comme s'il m'attirait, étrangement : je voudrais tout annuler et y retourner sur-le-champ.

Mais Bailey s'avance déjà vers la porte bleue.

Elle pousse le battant et, moi, je suis prise d'un vertige inédit. Appelez ça l'instinct maternel. Je la saisis par le bras avant même de réaliser que j'ai bougé.

– Qu'est-ce qui te prend ?

– Attends ici.

– Quoi ? Pas moyen, non.

Je réfléchis à toute vitesse, la vérité semblant impossible à dire. *Et si on entre et qu'on la voit ? Cette Katherine Smith-là. Si ton père t'avait écartée d'elle à dessein ? Si elle essayait de te récupérer ?* Et pourtant, suffisamment possible pour que ce soit la première chose qui me vienne à l'esprit.

– Je ne veux pas que tu entres là-dedans. Ils seront plus enclins à me répondre si tu n'es pas là avec moi.

– Va falloir trouver mieux, Hannah, me dit-elle.

– Que dis-tu de ça ? On ne sait pas à qui appartient ce bar. On ne sait pas qui sont ces gens, s'ils sont dangereux. Tout ce qu'on sait, c'est qu'on dirait de plus en plus que ton père a voulu te retirer à ta mère et, le connaissant, s'il a agi ainsi, c'est qu'il essayait de te protéger de quelque chose. Ou peut-être même de quelqu'un. Tu n'entreras pas tant que je n'aurais pas tiré ça au clair.

Elle ne discute pas. Elle me regarde, contrariée, mais elle ne discute pas.

Je me dirige vers le café voisin. C'est l'heure creuse, après le rush de l'après-midi, et l'établissement est presque vide.

– Va t'installer là et prends-toi une part de gâteau, d'accord ?

– Je ne crois pas que je pourrais avoir moins envie de sucré.

– Alors prends-toi un café, et continue à bosser sur la liste du professeur Cookman. Essaye de voir si tu en retrouves d'autres via Internet. On a encore pas mal de pain sur la planche.

Je sors le document de ma sacoche. Le lui tends.

– Je reviens te chercher sitôt que j'ai tout vérifié, de ce côté-ci.

– Vérifié quoi ? Ben vas-y, dis-le. Pourquoi tu le dis pas, hein, sur qui tu penses tomber là-dedans ?

– Sans doute pour la même raison qui fait que toi non plus tu n'es pas prête à le dire, Bailey.

L'argument fait mouche. Elle capitule, hochant la tête.

Puis elle se saisit de la liste et, me tournant déjà le dos, ajoute :

– Tu fais vite, d'accord ?

Elle pousse la porte du café et je vois sa tignasse mauve disparaître à l'intérieur.

Je respire, soulagée, avant d'actionner la porte bleue menant au Never Dry. Elle ouvre sur un escalier branlant, qui me mène à l'étage, à un couloir éclairé à la chandelle et à une deuxième porte bleue, également déverrouillée.

J'entre dans un petit bar à cocktail. Vide. Il y a des portemanteaux en érable et un comptoir sombre en bois d'ébène, des chauffeuses en velours font cercle autour de petites tables basses. On est loin du bar étudiant typique. Le couloir dissimulé aux regards, la pièce feutrée. On dirait davantage un bar clandestin – un secret jalousement protégé, sexy, pour les initiés.

Personne derrière le bar. Le seul signe d'une présence, ce sont les petites bougies allumées disposées sur les tables, et la voix de Billie Holiday qui s'échappe d'un lecteur de CD d'époque.

J'avance vers le comptoir, tout en observant les rayonnages derrière. On y trouve quantité d'alcools ambrés, de liqueurs d'un autre temps titrant fort – et une étagère entière de photos dans d'épais cadres argentés ainsi que quelques pages de journaux épinglées au mur. Kate Smith figure sur plusieurs d'entre elles, souvent flanquée d'un grand brun osseux. Pas Owen. Quelqu'un en plus d'Owen. Il y a aussi plusieurs photos du type en question, seul. Je me penche par-dessus le comptoir pour déchiffrer le contenu d'un article. Kate y est vêtue d'une robe de soirée, et le grand brun d'un smoking. Un couple plus âgé accompagne le type. Je passe en revue la légende : Meredith Smith, Kate Smith. Charlie Smith…

Et j'entends des pas.

– Bonjour bonjour.

Je me tourne, c'est Charlie Smith. Le grand brun sur les photos. Il porte une chemise fraîchement repassée et a une caisse de champagne dans les bras. Il a l'air plus vieux que sur les belles photos posées. Moins maigre. Ses cheveux ont grisonné, sa peau en a pris un coup, mais c'est lui, sans l'ombre d'un doute. Quel que soit son lien avec Bailey. Son lien avec Kate.

– On n'est pas encore ouvert. En général, on ne sert pas avant 10 heures, grosso modo…

Je montre la direction d'où je suis arrivée.

– Je suis désolée d'être entrée comme ça, mais la porte était ouverte. Je n'avais pas l'intention de vous déranger.

– Pas de problème, vous pouvez vous installer au bar, le temps de regarder la carte des cocktails. J'ai encore deux-trois trucs à faire.

– Parfait.

Il pose la caisse de champagne sur le comptoir et m'offre un sourire engageant. Je me force à faire de même. Se tenir si proche de ce type qui a tant de Bailey n'est pas évident – le sourire qu'il m'adresse est aussi le sien, les coins de la bouche redressés au même angle, la même fossette qui se creuse.

Je me juche sur un tabouret tandis qu'il passe derrière le bar pour ouvrir la caisse.

– Je peux vous poser une question ? Je viens d'arriver à Austin, et je crois que je suis un peu paumée. Je cherche le campus. On peut y aller à pied d'ici ?

– Ouais, bien sûr, si vous avez trois quarts d'heure devant vous. Sans doute plus simple de monter dans un Uber si vous êtes un tant soit peu pressée. Vous allez où, exactement ?

Je songe à sa bio, à ce que je viens de découvrir à son sujet.

– À l'école d'archi.

– C'est vrai ?

Je suis une piètre actrice et j'ai bien du mal à prononcer ces mots d'un air détaché. Mais ça paye. Soudain, comme prévu, il est intéressé. Charlie Smith : la trentaine bien tapée, quasi-architecte, marié à Andrea Reyes. Marié à Andrea lors de la cérémonie à laquelle Bailey et Owen ont assisté.

– J'ai étudié là-bas, il fut un temps, dit-il.

– Le monde est petit.

Je regarde autour de moi, le temps que mon pouls ralentisse, pour me recentrer.

– C'est vous qui avez conçu cet endroit ? C'est splendide.

– Je peux pas vraiment dire que ce soit de mon fait. J'ai un peu repensé les lieux quand j'ai repris l'affaire. Mais c'était déjà comme ça, pour l'essentiel.

Il termine de ranger les bouteilles, s'accoude au comptoir et me demande :

– Vous êtes architecte ?

– Paysagiste. Je suis en lice pour un poste à la fac. Juste un remplacement, le temps d'un congé maternité. Mais je suis invitée à dîner avec certains des enseignants, alors j'ai bon espoir.

– Que diriez-vous d'un petit remontant pour vous donner du courage ? Que puis-je vous offrir ?

– Au choix du patron.

– C'est dangereux, ça. Surtout quand j'ai un peu de temps devant moi.

Charlie fait volte-face et examine ses options. Il attrape une bouteille de whisky, cuvée spéciale. Je l'observe : dans un verre à martini, il dispose des glaçons, un doigt de liqueur amère et du sucre brun. Puis, il verse lentement le liquide doré. Et chapeaute le tout d'une fine lamelle de peau d'orange.

Il fait glisser le verre vers moi :

– Spécialité de la maison. Ça s'appelle un old-fashioned.

– C'est trop beau pour être bu.

– Dans le temps, mon grand-père distillait lui-même l'alcool. Maintenant, c'est le plus souvent moi qui m'y colle. Je ne suis pas expert, loin de là, mais ça fait tout de même la différence.

Je prends une gorgée du breuvage, qui est doux, glacé et fort. Ça me monte direct à la tête.

– J'en déduis que c'est un bar de famille ?

– Ouais. C'était à mon grand-père, à l'origine. Il voulait un lieu où taper le carton avec les copains.

Il désigne d'un geste deux banquettes, dans un coin, au centre trône un panneau RÉSERVÉ. Des photos noir et blanc surplombent la table – dont une, plus grande, montrant un groupe d'hommes assis à cette même place.

– Il a passé cinquante ans derrière ce comptoir avant que je reprenne l'affaire.

– Waouh, impressionnant. Et votre père ?

– Quoi, mon père ?

Et ça fait tilt, à quel point la mention de son père le gêne.

– Je me demandais simplement pourquoi ça avait sauté une génération… C'était pas son truc ?

Son visage se détend, ma curiosité lui paraît sans doute inoffensive.

– Non, pas vraiment. Ça appartenait au père de ma mère et elle, clairement, c'était pas son truc…

Il hausse les épaules.

– Mais moi ça me branchait. Mon épouse – bon, mon ex-épouse, maintenant – venait d'apprendre qu'elle attendait des jumeaux, donc adieu les études, fallait que je me trouve un job.

Je lâche un petit rire forcé, me retiens de commenter le fait qu'il a des enfants. Pas un, mais des enfants. J'essaie de déterminer par quel bout continuer, pour orienter la conversation vers sa femme, vers le mariage. Vers là où j'ai besoin d'aller. Vers Kate.

– C'est peut-être pour ça que vous m'êtes familier… ça va peut-être vous paraître dingue, mais je crois bien qu'on s'est déjà croisés, il y a longtemps.

Il penche légèrement la tête et sourit :

– Vous croyez ?

– Non, mais, ce que je veux dire c'est que… je crois que je suis déjà venue ici, au bar, quand j'étais étudiante.

– Alors dans ce cas c'est plutôt le Never Dry, qui vous dit quelque chose ?

– Oui, la formulation est plus exacte, oui. J'accompagnais une copine à Austin pour le Festival des sauces pimentées. Un quotidien local l'avait missionnée pour prendre des photos…

Je m'efforce de rester au plus près de la vérité.

– Et je suis quasi certaine qu'on est venues ici, ce week-end-là. C'est pas comme si ce bar ressemblait aux autres, faut dire…

– C'est bien possible… Le festival se déroule pas loin d'ici.

Il attrape sur une étagère un flacon de la Shonky Sauce Company : la sauce pimentée Rouge-Sang.

– Voici l'un des vainqueurs de l'année 2019. Avec ça, je prépare un bloody mary du feu de Dieu.

– Ça promet.

– C'est pas pour les mauviettes, ça, c'est clair.

Il rit, et je me prépare pour ce qui suit :

– Si mes souvenirs sont exacts, la fille au bar était vraiment adorable. Elle nous avait donné tout un tas de conseils pour le dîner. Je la revois : une brune. Un peu dans votre genre, d'ailleurs.

– Vous avez une sacrée mémoire, en tout cas.

– J'ai peut-être été un peu aidée.

Je lui montre la planche où s'alignent les photos dans les cadres argentés. Je lui montre celle où Kate me dévisage.

– C'était pas elle ?

Il suit mon regard jusqu'au portrait de Kate, puis secoue la tête.

– Non, impossible.

Et, soudain tendu, il se met à passer le torchon sur la surface du bar. C'est à ce moment-là que je devrais lâcher l'affaire, c'est là que j'aurais lâché l'affaire si je n'avais pas besoin de son aide pour savoir qui est Kate Smith.

– Bizarre. J'aurais juré que c'était elle. Vous êtes de la même famille ?

Il lève les yeux sur moi, soudain il ne cherche plus à éviter les questions, mais a l'air franchement agacé.

– Vous posez beaucoup de questions.

– Je sais. Pardon. Vous n'avez pas à me répondre. C'est une mauvaise habitude que j'ai.

– De poser trop de questions ?

– De croire que les gens ont envie de répondre.

Il se radoucit quelque peu.

– Non, ça fait rien. C'est ma sœur. C'est juste que le sujet est délicat, parce qu'elle nous a quittés…

Sa sœur. Il a dit que c'était sa sœur. Et qu'elle les avait quittés. Une faille s'ouvre en moi. S'il s'agit de la mère de Bailey, alors elle ne la connaîtra jamais. Bailey a vécu toute sa vie en ayant fait le deuil de sa mère, mais ce serait un tout autre deuil qu'il lui faudrait affronter. Retrouver sa mère pour mieux la perdre de nouveau. La phrase qui suit est donc on ne peut plus sincère :

– Je suis désolée de l'apprendre. Vraiment, vraiment désolée.

– Ouais… moi aussi.

Je n'ai pas l'intention d'insister à propos de Kate, pas maintenant. Je pourrai vérifier les certificats de décès quand je serai partie. Je pourrai chercher confirmation auprès de quelqu'un d'autre.

Je commence à me lever, mais Charlie fouille les rayonnages jusqu'à ce qu'il trouve une photo bien spécifique. On y voit Charlie au côté d'une brune avec deux petits garçons, tous deux affublés de maillots des Texas Rangers.

– C'était peut-être ma femme, Andrea. Que vous avez croisée, je veux dire. Elle a longtemps bossé ici. Quand j'étais à la fac, elle faisait davantage de services que moi.

Il me tend le cadre. J'observe attentivement l'image, cette chouette famille devant moi, sa désormais ex-épouse qui offre à l'objectif son plus beau sourire.

– C'était sans doute elle, oui. C'est étrange, pas vrai ? Je serais infichue de dire où j'ai rangé la clé de ma chambre d'hôtel, mais elle, je crois que je m'en souviens.

Je garde la photo en main.

– Ils sont adorables, vos petits.

– Merci. C'est des bons petits gars. Mais faut que je renouvelle les photos. Ils avaient cinq ans, à l'époque. Et aujourd'hui ils en ont onze – ce seraient les premiers à vous expliquer que c'est quasiment la majorité.

Onze ans. Cela me freine net. Onze ans, ça collerait, presque parfaitement, avec leur mariage, à Andrea et lui. Andrea qui serait tombée enceinte juste avant ou juste après le mariage.

– Ils m'en font voir, en ce moment, si vous saviez… depuis le divorce. Ils s'imaginent que je vais leur dire oui à tout pour me la jouer papa cool (il rit) et ils ont raison plus souvent qu'à leur tour.

– C'est sans doute pas si grave.

– Ouais. Sans doute pas.

Puis, souhaitant visiblement passer à autre chose :

– Vous avez des enfants ?

– Pas encore, non. Je cherche encore le bon mec.

C'est mille fois plus vrai que je l'aurais voulu. Et Charlie me sourit, se demandant peut-être s'il faut y voir une invitation. C'est le moment, je le sais, le moment de poser la question à laquelle il me faut une réponse.

J'hésite, ne sachant comment y arriver.

– Je ferais mieux d'y aller, mais je repasserai peut-être si je termine suffisamment tôt.

– N'hésitez pas. Revenez, on fêtera ça dignement.

– Ou on pleurera sur mon sort.

Il sourit :

– S'il le faut.

Je quitte mon siège et fais mine de partir, le cœur tambourinant.

– Vous savez… j'ai une question bizarre. Je peux quand même vous la poser ? Avant de partir ? J'imagine que vous connaissez plein de gens, ici.

– Beaucoup trop, oui. Qu'est-ce que vous voulez savoir ?

– Y a un gars que j'essaie de retrouver. On l'a rencontré à l'époque, avec ma copine… c'était il y a une éternité. Il vivait à Austin, il y vit sûrement encore. Et ma pote avait carrément craqué sur lui.

Il me regarde, intrigué :

– Et…

– Et bref, elle est en plein divorce, son ex lui fait la misère et elle n'arrête pas de repenser à ce type. Ça va vous paraître ridicule, mais comme j'étais ici, je me suis dit que je pourrais essayer de le pister. Que je pourrais essayer de lui rendre ce service. Y avait un truc, entre eux. C'était il y a mille ans, mais c'est pas si fréquent, quand ça colle comme ça d'emblée.

– Vous avez un nom ? Pas que je sois fortiche en noms, mais bon…

– Et en visages ?

– En visages, je suis pas mauvais.

Je plonge la main dans ma poche et en sors mon téléphone. Je clique sur la photo d'Owen. Celle qu'on a montrée au professeur Cookman. On y voit Bailey couverte de fleurs et Owen tout sourire, heureux.

Charlie jette un œil à la photo.

Et tout s'accélère. Il balance mon portable, qui va se fracasser sur le comptoir, et se penche par-dessus le bar, le nez collé au mien. Il ne me touche pas, mais il est si proche qu'il pourrait.

– Vous trouvez ça drôle ? Qui êtes-vous ?

Je secoue la tête, effrayée.

– Qui vous envoie ?

– Personne.

Je me rencogne contre le mur, et il se rapproche de moi – son visage à deux millimètres du mien, son épaule touchant presque la mienne.

– C'est ma famille, d'accord, déconnez pas. Qui vous envoie ?

– Lâchez-la !

Je tourne la tête, Bailey s'encadre sur le seuil. Elle tient la liste des étudiants dans une main, une tasse de café dans l'autre.

Elle a l'air d'avoir peur. Mais, surtout, elle a l'air furieuse, comme si elle était prête à lui jeter un tabouret au visage, si besoin.

Quant à Charlie, on dirait qu'il a vu un fantôme.

– Putain, merde.

Il s'écarte lentement de moi. Je prends une grande inspiration, puis une autre, le temps que mon pouls décélère.

C'est un arrêt sur image déconcertant. Bailey et Charlie se regardent droit dans les yeux, tandis que je m'écarte du mur. Nous sommes à moins de cinquante centimètres les uns des autres, mais personne ne bouge. Personne ne fait mine d'approcher, ou de s'écarter. Charlie, brusquement, fond en larmes.

– Kristin ?

En l'entendant l'appeler par un nom, même un nom que je ne connais pas, je cesse de respirer.

– Je ne suis pas Kristin.

Bailey secoue la tête.

Je ramasse mon portable au sol, l'écran est fendillé. Mais il marche. Il marche encore. Je pourrais appeler la police. Je pourrais appeler à l'aide. Je recule insensiblement, en direction de Bailey.

Protège-la.

Charlie lève les paumes en signe de rémission tandis que je rejoins Bailey, la porte bleue est juste dans notre dos. L'escalier et le monde extérieur sont juste derrière.

– Je suis désolé, attendez... Je peux vous expliquer. Asseyez-vous juste un instant. Une minute. Vous pouvez faire ça ? Installez-vous. Je voudrais vous parler, si vous voulez bien.

D'un geste, son bras nous montre une table où nous pourrions tous nous asseoir. Il s'éloigne d'un pas, comme s'il nous laissait le choix. Il est sincère, ça se voit – à ses yeux. Le chagrin dépasse de loin la colère.

Mais il est toujours rouge brique, et je me méfie de la colère que j'ai vue surgir, de la peur. D'où qu'elle vienne, je dois en tenir Bailey éloignée, du moins tant que je n'aurai pas compris ce qu'il vient faire là-dedans. Ce qu'il vient faire dans la vie de Bailey.

Je me tourne donc vers Bailey. Je l'agrippe par le col, rudement, je la traîne par le tee-shirt vers la porte.

– On se casse. Maintenant !

Et, comme si c'était un truc dont on avait l'habitude, on se jette dans les escaliers et on débouche en trombe dehors, dans les rues d'Austin, loin de Charlie Smith.

Attention au vœu que tu fais

On fonce dans Congress Avenue.

J'ai dans l'idée de rejoindre notre chambre d'hôtel, de l'autre côté du pont. J'ai besoin qu'on se retrouve dans un coin tranquille, où on pourra rassembler nos affaires et réfléchir à comment quitter Austin fissa.

– Il s'est passé quoi, là-dedans ? dit Bailey. Il allait te frapper ?

– Je ne sais pas. Je ne crois pas.

Je pose ma main au creux de ses reins, la guidant parmi la foule des gens sortant du bureau – des couples, des groupes de lycéens, un type promenant une douzaine de chiens en laisse. Je prends un chemin de biais, pour qu'il soit plus compliqué de nous suivre – au cas où Charlie essaierait de nous filer au train –, le gars était tellement en rogne de voir la photo d'Owen qu'il a explosé.

– On accélère, Bailey.

– Je peux pas aller plus vite, dit-elle. Tu veux que je fasse quoi ? Ça part en couilles de tous les côtés.

Elle n'a pas tort. Au lieu que la foule s'éclaircisse à mesure qu'on approche du pont, il y a de plus en plus de gens, qui veulent tous à tout prix passer par l'étroit passage piéton le long du pont.

Un regard par-dessus l'épaule pour vérifier que Charlie n'est pas à nos trousses. Hélas si, je le vois, à quelques rues d'ici. Charlie progresse rapidement, mais ne nous a pas encore repérées. Il regarde à droite et à gauche.

Le pont de Congress Avenue est droit devant nous. J'attrape Bailey par l'épaule et on s'engage sur le passage. Mais le flux est très ralenti, la voie est noire de monde. C'est bien, on s'y dissimulera plus facilement, sauf que tout le monde semble à l'arrêt.

La quasi-totalité des piétons est à l'arrêt, et une grande partie d'entre eux contemplent le lac en contrebas.

– Ils ont oublié comment on faisait pour marcher ou quoi ? dit Bailey.

Un type en chemise hawaïenne, muni d'un appareil photo massif – un touriste, ma main à couper – se tourne et nous sourit. Apparemment, il croit que la question de Bailey lui est adressée.

– On attend les chauves-souris, dit-il.

– Les chauves-souris ?

– Ouais. Les chauves-souris. Elles viennent chasser ici tous les soirs, environ à cette heure.

Et c'est là qu'on entend crier :

– Les voilàààà !

Et – nuée ardente – des centaines et des centaines de chauves-souris s'élèvent de sous le pont et gagnent le ciel. La foule accompagne leur vol d'un cri d'encouragement, tandis qu'elles se mettent en place, dans une énorme volute magnifiquement chorégraphiée.

Si Charlie est toujours derrière nous, je ne le vois plus. Il a disparu. Ou nous avons disparu, deux hédonistes observant l'envol des chauves-souris par une belle soirée texane.

Je lève les yeux vers le ciel, noyé de bêtes sombres, qui semblent danser ensemble. Tout le monde applaudit tandis qu'elles s'évanouissent dans la nuit.

Le type en chemise bariolée pointe son objectif sur le ciel et immortalise leur départ.

Je me faufile devant lui et fais signe à Bailey de suivre le rythme.

– Faut qu'on avance. Avant qu'on se retrouve encore coincées.

Bailey accélère le pas. Une fois le pont franchi, on reprend notre progression à petites foulées. On ne s'arrête qu'une fois arrivées dans la longue allée menant à notre hôtel, au bout de laquelle les grooms nous tiennent la porte.

– Attends, fait Bailey. Faut qu'on s'arrête une seconde.

Les mains sur les genoux, elle reprend son souffle. J'ai envie de protester. On est tout près d'être en sécurité, derrière les portes de l'hôtel, si près de l'espace clos de notre petite chambre.

– Et si je te disais que je me souviens de lui ? dit Bailey.

Je jette un œil aux portiers, qui papotent tous les deux. J'essaie d'accrocher leur regard, qu'ils nous surveillent, comme s'ils étaient garants de notre sécurité.

– Si je te disais que je le connais, ce Charlie Smith ?

– C'est le cas ?

– Je me souviens qu'on m'a appelée comme ça. Kristin. Quand il a dit ça, tout m'est revenu d'un coup. Comment j'ai pu oublier un truc pareil ? Comment c'est même possible ?

– On oublie toute sorte de choses, quand personne n'est là pour nous les rappeler.

Bailey se tait. Pour de bon, pendant un moment. Puis elle parle, pour dire ce que l'on a scrupuleusement évité de formuler jusqu'à présent.

– Tu crois que cette femme, c'est ma mère, c'est ça ?

Elle appuie sur le mot *mère*, comme s'il était incandescent.

– Oui, je le crois. Je peux me tromper, mais…

– Et pourquoi mon père me mentirait-il sur l'identité de ma mère ?

Elle plonge ses yeux dans les miens. Je n'essaie pas de lui répondre. Je n'ai aucune réponse satisfaisante à apporter.

– C'est juste que je ne sais plus trop à qui me fier, dans tout ça.

– À moi. À moi et c'est tout.

Elle se mord la lèvre, comme si elle me croyait ou, du moins, comme si elle commençait à me croire – ce qui est plus que je saurais en attendre pour l'heure. Parce qu'on ne peut pas dire aux gens de nous faire confiance. Il faut leur montrer qu'on en est digne. Et je n'en ai pas encore eu le temps.

Les portiers nous dévisagent. Je ne sais pas trop s'ils nous écoutent, mais ils nous observent. Et ça me revient avec force. Je dois exfiltrer Bailey d'ici. Elle doit quitter Austin. Immédiatement.

– Viens avec moi, dis-je.

Elle n'oppose aucune résistance. Nous passons devant les portiers et traversons le hall en direction des ascenseurs.

Toutefois, sitôt dans la cabine, un homme entre à son tour – un jeune, qui me semble regarder Bailey d'un air étrange. Il porte un sweat à capuche gris et a les oreilles couvertes de piercings. Je sais que c'est parano de ma part de penser qu'il est à nos trousses. Je le sais. S'il regarde Bailey, c'est sans doute parce qu'elle est canon.

Mais je ne vais pas prendre le risque, donc je nous extirpe illico de l'ascenseur et fonce vers la cage d'escalier, le cœur battant.

J'ouvre la porte, désigne la volée de marches :

– Par ici.

– Tu fais quoi, là ? On est au huitième.

– Estime-toi heureuse qu'on ne soit pas au vingtième.

Dix-huit mois plus tôt

– Y a-t-il autre chose que je devrais savoir ? dis-je. Avant qu'on décolle.

– C'est une phrase toute faite ou tu veux vraiment du concret ? Tu veux que je te raconte comment ça vole, un avion ? Parce que j'ai fait un bref passage par la société Boeing, quand je suis arrivé à Seattle.

Nous étions sur un vol en partance de New York, à destination de San Francisco, un aller simple pour moi. Comme Owen était à New York pour préparer l'entrée en Bourse du Shop, la boîte nous avait offert la première classe. Il avait pu passer la semaine à New York, comme il avait initialement prévu de le faire pour m'aider à déménager, à quitter la ville.

Nous avions passé les jours précédents à mettre en cartons le contenu de mon appartement et de mon atelier. Et, une fois sur la côte Ouest, nous avions emménagé chez lui. Chez Bailey et lui. Dans ce qui deviendrait aussi ma maison. Et bientôt, je deviendrais sa femme.

– Je te demande si tu as oublié de me dire autre chose. À propos de toi.

– Pendant qu'il est encore temps pour toi de descendre de l'avion ? On n'a pas encore rejoint la piste. Tu as sans doute encore le temps…

Il me serra la main, essayant d'alléger l'atmosphère. Mais j'étais encore nerveuse. Soudain, j'étais trop nerveuse.

– Que veux-tu savoir ?

– Parle-moi d'Olivia.

– Je t'en ai déjà beaucoup parlé.

– Pas tant que ça. J'ai l'impression de ne connaître que les grandes lignes. Votre rencontre à la fac, son métier d'enseignante. Ses racines en Géorgie.

Je n'allai pas plus loin. Passant sous silence l'accident de voiture fatal. Et le fait qu'il n'avait plus eu de relation suivie après ça.

– Maintenant que je vais faire partie de la vie de Bailey, de manière sérieuse, j'ai envie d'en savoir davantage sur sa mère.

Il inclina la tête, songeur – par quel bout commencer ?

– Quand Bailey était bébé ? On a fait un voyage à Los Angeles. Ce week-end-là, un tigre s'était échappé du zoo de Los Angeles. Un jeune tigre, qui était au zoo depuis moins d'un an. Il n'était pas seulement sorti de sa cage, il avait carrément quitté l'enceinte du parc. Pour finir dans le jardinet d'une famille, à Los Feliz. Sur place, personne n'a été blessé. L'animal s'est lové sous un arbre et a piqué un roupillon. Cette histoire a transporté Olivia, c'est sans doute pour ça qu'elle a découvert l'autre versant de l'histoire.

Je souris.

– Et c'était quoi ?

– La famille chez qui le tigre s'était réfugié s'était rendue au zoo quelques semaines plus tôt, et l'un de leurs deux fils avait été obsédé par le tigre. Il avait pleuré à chaudes larmes en le quittant, refusant de comprendre pourquoi il ne pouvait pas ramener le félin chez lui. Comment expliquer que le tigre se soit ensuite retrouvé chez lui ? Simple coïncidence ? C'est ce qu'ont décidé les zoologistes. La famille vivait assez près du zoo. Mais Olivia voulait à tout prix y voir une preuve. La preuve que, parfois, on trouve son chemin jusque là où on vous désire le plus.

– J'adore cette histoire.

– Tu l'aurais adorée.

Il sourit, puis regarda par le hublot.

– Il était impossible de… de ne pas l'aimer.

Ma main exerça une pression sur son épaule.

– Merci.

Il se retourna face à moi :

– Tu te sens mieux ?

– Pas vraiment.

Il rit :

– Qu'est-ce que tu veux savoir d'autre ?

J'essayai de mieux cerner l'objet de ma question – il ne s'agissait pas d'Olivia. Ni même de Bailey. Ou du moins, pas exactement.

– Je crois que… que j'ai besoin de te l'entendre dire à haute voix.

– Dire quoi ?

– Qu'on a pris la bonne décision.

Je n'aurais pas su mieux le formuler – approcher davantage de la source de mon inquiétude. Je n'avais pas l'habitude de faire partie d'une famille, pas depuis que mon grand-père était mort. Et encore, ça n'avait pas vraiment été une famille. C'était plus un duo, lui et moi tâchant de nous frayer un chemin à travers le monde, juste lui et moi. Je n'avais pas revu ma mère depuis l'enterrement de mon grand-père. La seule forme de communication entre ma mère et moi, c'était l'appel annuel pour mon anniversaire (ou à une date approchante).

Là, ça allait être une expérience bien différente. Pour la première fois, je ferais partie d'une vraie famille. Je doutais complètement d'être capable d'y arriver, capable de compter sur Owen, de montrer à Bailey qu'elle pouvait compter sur moi.

– On a pris la bonne décision. La décision qui s'impose. Je peux te jurer, sur tout ce qui est essentiel à mes yeux, que c'est ma conviction profonde.

J'opinai, rassérénée. Parce que je le croyais. Et parce que je n'étais pas vraiment inquiète, du moins pas à son sujet. Je savais combien j'avais envie de lui – d'être avec lui. Même si je ne savais pas tout, encore, de sa vie, je savais que c'était quelqu'un de bien. Mon inquiétude venait d'ailleurs.

Il se pencha vers moi et vint poser ses lèvres sur mon front.

– Je ne vais pas faire le gars pénible qui te rétorque qu'à un moment donné, faut savoir faire confiance, point.

– Mais tu vas faire le gars qui le dit sans le dire, c'est ça ?

L'avion se mit en mouvement, reculant, puis opéra un virage et prit lentement la direction de la piste.

– Il semblerait que oui.

– Je sais que je peux avoir confiance. Je le sais. Tu es la personne en qui j'ai le plus confiance.

Il entrelaça ses doigts aux miens.

– C'est une phrase toute faite ou tu le penses vraiment ?

Je baissai les yeux sur nos doigts entremêlés, et l'avion accéléra en vue du décollage. C'était une vision rassurante.

– Les deux, mon capitaine.

Le bon avocat

Une fois passé le seuil de la chambre, je tire le loquet derrière nous.

Je contemple le décor, nos affaires éparpillées au sol, les valises béantes.

– Commence à ranger tes affaires, tu fourres tout en vrac dans le sac, on est parties dans cinq minutes.

– Où on va ?

– On va louer une voiture pour rentrer à la maison.

– Pourquoi on rentre en voiture ?

Je n'ai aucune envie de développer. De lui dire que je ne veux pas mettre les pieds à l'aéroport. Que j'ai peur qu'ils nous y attendent. Qui que soit ce « ils ». Que j'ignore ce que son père a fait, mais que je sais qui il est. Et que si quelqu'un réagit comme l'a fait ce Charlie en voyant sa photo, eh bien il faut s'en méfier comme de la peste. S'en éloigner à tout prix.

– Et pourquoi on part maintenant ? On commençait à approcher de…

Un temps d'arrêt.

– J'ai pas envie de partir avant qu'on ait tout éclairci.

– On va tout éclaircir, je te le promets, mais pas ici. Pas dans un endroit où tu pourrais être en danger.

Elle veut protester, mais je l'arrête d'un geste, paume levée. Il est rare que je lui dise quoi faire, alors je crains un peu que ça parte en vrille, mais là, il faut qu'elle écoute. Parce qu'on doit impérativement partir. On devrait même déjà être parties.

– Bailey. On n'a pas le choix. On est dans la merde jusqu'au cou.

Bailey me regarde, interloquée. Elle est peut-être surprise que je lui dise la vérité, que je n'essaye pas d'édulcorer les choses. Ou alors, elle juge qu'elle perd son temps à essayer de me convaincre de rester là. Son expression est indéchiffrable. Toujours est-il qu'elle acquiesce et cesse d'argumenter, donc je décide d'y voir une victoire.

– OK. Je remballe.

– Merci.

– Ouaip.

Elle entreprend de ramasser ses vêtements, et moi, je passe dans la salle de bains où je m'enferme. Le miroir me renvoie un visage lessivé. J'ai les yeux injectés de sang, des cernes et un teint blafard.

Je m'asperge d'eau et inspire à fond, à plusieurs reprises, tâchant de ralentir mon rythme cardiaque – de ralentir le flux des pensées folles qui me labourent le crâne, dont l'une plus spécifiquement remonte à la surface. Dans quoi je nous ai embarquées en venant ici ?

Qu'est-ce que je sais ? Et qu'est-ce que j'ai besoin de savoir ?

Plongeant la main dans ma poche pour attraper mon téléphone, je m'écorche l'index sur l'écran fracassé et sens de minuscules échardes de verre s'infiltrer sous ma peau. Je cherche le numéro de Jake et lui envoie un SMS :

STP besoin urgent d'infos sur Katherine Smith, dite Kate. C'est son nom de jeune fille. Née à Austin, Texas. Frère : Charlie Smith. Ça colle pour la naissance de sa fille, même âge que Bailey. Prénom : « Kristin », née à Austin, Texas. Vérifie aussi les certificats de mariage et décès. Ne serai plus joignable sur ce tél.

Je place le portable sous mon pied et m'apprête à l'écraser. Bien que ce soit la seule manière qu'ait Owen de nous retrouver. La seule manière pour quiconque, d'ailleurs. Et si mes soupçons sont avérés, je n'ai pas envie qu'on me retrouve. J'ai envie de me barrer d'Austin avant que ça se produise. De partir loin de Charlie Smith et de sa clique.

Mais un truc me tracasse. Un truc qu'il faut que je me remémore avant de nous déconnecter de cet univers.

C'est quoi ce détail qui me chiffonne ? J'ai l'impression d'avoir mis le doigt sur quelque chose, mais quoi ? Pas Kate Smith, ni Charlie Smith. Non, autre chose.

Je reprends mon téléphone et fais une nouvelle recherche sur Katherine Smith. Des centaines de liens surgissent sur Google, tant le nom est commun. Certains pourraient donner l'impression de mener vers la bonne Katherine, mais non : on trouve une prof d'histoire de l'art diplômée de l'université du Texas ; une chef cuistot originaire de Lake Austin : une actrice qui ressemble un peu à la Kate que j'ai vue sur les photos, au bar. Je clique sur le lien de l'actrice et tombe sur une photo d'elle en robe longue.

Et d'un coup ça me revient. Ce dont j'essaie de me souvenir, ce qui m'a frappée au Never Dry.

Une coupure de presse qui était affichée au mur, je l'avais remarquée en entrant.

On y voyait une photo de Kate, en robe de soirée. Kate en robe de soirée et Charlie en smoking, flanqués de ce couple plus âgé. Meredith Smith. Nicholas Bell. Le tout légendé : NICHOLAS BELL SE VOIT REMETTRE LE TEXAS STAR AWARD. Son nom à lui aussi était sous l'article.

Nicholas Bell. Mari de Meredith Smith. Elle était sur les autres photos, mais lui non. Pourquoi figurait-il sur si peu de photos, à part celle-ci ? Pourquoi son nom m'était-il si familier ?

Je tape son nom et la réponse ne se fait pas attendre.

*

*   *

Voici comment tout a commencé.

Un jeune homme originaire d'El Paso, au Texas, était le premier de son lycée à aller à l'université, sans même parler d'un établissement comme la fac d'Austin. Sans même parler de la fac de droit. Sans même parler d'être major de promo.

Il était de milieu modeste, mais ce n'était pas l'argent qui le poussait à embrasser la carrière d'avocat. Même après une enfance où il n'avait pas souvent su d'où viendrait le prochain repas, il avait décliné tout un panel de propositions de gros cabinets new-yorkais ou californiens, afin de devenir avocat commis d'office pour la ville d'Austin. Il avait vingt-six ans. Était jeune, idéaliste, et venait d'épouser son amour de jeunesse, une assistante sociale qui rêvait de fonder une famille, mais se moquait (pour l'heure) de posséder une belle maison.

Il s'appelait Nicholas, mais il se gagna vite un surnom : « le bon avocat ». Celui qui prenait les dossiers dont personne ne voulait, venait en aide à des mis en cause qui n'auraient pas eu un traitement équitable si leur avocat ne s'était pas démené.

Ce qui fait que Nicholas a basculé de bon à mauvais avocat reste obscur.

Comment il est devenu le conseil le plus fiable de l'un des plus gros syndicats du crime d'Amérique du Nord reste obscur.

Le réseau était basé à New York et en Floride, où ses dirigeants vivaient dans des enclaves telles que Fisher Island ou sur le front de mer de Miami, sur South Beach. Ils jouaient au golf, arboraient des costumes Brioni et disaient à leurs voisins qu'ils travaillaient dans la sécurité. C'est ainsi que fonctionnait le nouveau régime. Tranquillement. Efficacement. Brutalement. Les lieutenants gardaient la mainmise sur un certain nombre de secteurs clés – l'extorsion, les prêts usuriers, le trafic de stupéfiants – tout en s'attaquant à des activités plus sophistiquées générant d'importants flux financiers, comme les paris en ligne et les arnaques boursières à Wall Street.

Ils avaient également monté un business d'OxyContin, et ce bien avant que leurs concurrents voient venir la demande. Et pendant que ces mêmes concurrents en étaient encore à distribuer les drogues classiques (héroïne et cocaïne), ce réseau était devenu le plus gros dealer d'oxycodone aux États-Unis.

C'est comme ça que Nicholas s'était retrouvé dans leur orbite. Un des jeunes associés du réseau qui dealait de l'OxyContin sur le campus d'Austin avait eu des ennuis. Nicholas avait réussi à lui éviter la case prison.

À la suite de cela, il avait passé la majeure partie des trois décennies suivantes à se battre pour ce réseau – obtenant des acquittements ou des nullités pour vice de procédure dans le cadre de dix-huit accusations de meurtre, de vingt-huit mises en examen pour trafic de stupéfiants, de soixante et un cas d'extorsion de fonds et de fraude.

Il avait fait des miracles et s'était enrichi au passage. Toutefois, à mesure que le FBI et les stups perdaient des affaires contre lui, il était devenu une cible à son tour. Il resta droit dans ses bottes, sans craindre qu'on trouve quoi que ce soit contre lui montrant qu'il était davantage qu'un fidèle avocat.

Jusqu'à ce que la machine s'enraye. Il avait une fille, adulte désormais, qui un jour, rentrant du travail (un travail qu'elle adorait, elle était greffière auprès de la Cour suprême du Texas, depuis une petite année qu'elle avait quitté la fac, et jeune maman), rentrant chez elle à pied, donc, après une semaine chargée, avait été heurtée par un véhicule qui avait pris la fuite.

Ça aurait pu ressembler à un accident de la circulation quelconque, un conducteur fuyant les lieux du délit, mais ça s'était déroulé dans une petite rue peu passante, tout près de chez elle, la visibilité était bonne, on était vendredi après-midi. Et le vendredi après-midi, c'était le moment où Nicholas était chez sa fille, pour s'occuper de la petite. Ils étaient en tête à tête. C'était le moment de la semaine qu'il préférait – il allait la chercher à son cours de musique, l'emmenait au square, celui avec les chouettes balançoires, celui qui se trouvait à deux rues de là où on avait tué sa fille. Pour que ce soit lui qui la trouve. Pour que ce soit lui qui voie la scène.

Ses clients avaient prétendu n'avoir rien à voir avec l'accident, bien que Nicholas vienne tout juste de perdre une affaire capitale pour eux. Et ça paraissait vrai. Ils avaient un code d'honneur. On ne s'en prenait pas aux familles. Cependant, quelqu'un avait fait ça. Une vengeance. Un avertissement. Le bruit courut que ça émanait peut-être de membres d'un autre réseau qui voulait s'assurer ses services.

Tout ça, le mari de sa fille s'en foutait éperdument. À ses yeux, son beau-père était seul responsable. Que ça ait eu lieu un vendredi après-midi achevait de le convaincre que les employeurs de son beau-père étaient dans le coup, d'une façon ou d'une autre. Et, plus largement, il lui reprochait de fréquenter de si près des gens qui rendaient cette question possible – qui pouvaient amener ce type de tragédie dans une famille.

Non que le bon avocat ait voulu que sa fille paye. Il avait toujours été un père formidable, et sa mort l'avait dévasté, mais son beau-fils était trop en colère pour s'en soucier. Et son beau-fils savait des choses.

Il savait des choses que le bon avocat lui avait confiées sous le sceau de la confidence.

Ce dernier fut donc en mesure de fournir des preuves incriminant son beau-père et devint le témoin principal de l'accusation dans un dossier qui mena l'avocat en prison, tout en mettant à bas une bonne partie du réseau – le coup de balai fit tomber dix-huit têtes. L'avocat venant fermer la marche.

Le beau-fils et sa fille, qui n'aurait que de vagues souvenirs de sa mère – et de son grand-père –, disparurent après le procès, on n'entendit plus jamais parler d'eux.

Le nom complet de l'avocat était : Daniel Nicholas Bell, il se faisait appeler D. Nicholas Bell.

Son beau-fils s'appelait Ethan Young.

Et la fille d'Ethan s'appelait Kristin.

*

* *

Je lâche mon portable et le réduit en miettes. Je l'écrase d'un coup de talon brusque, sans hésitation, je n'ai jamais rien frappé si fort de ma vie.

Et j'ouvre la porte de la salle de bains. Pour aller chercher Bailey, qu'on prenne nos sacs et qu'on se tire de là. Pas dans cinq minutes. Pas dans cinq secondes. Maintenant.

– Bailey, on y va, on file. Prends ton sac, laisse tomber le reste. On y va.

Mais la pièce est vide. Bailey n'est plus là.

Elle a disparu.

– Bailey ?

Mon cœur s'emballe, je cherche mon téléphone pour l'appeler, lui mettre un message. Et me souviens que je viens de le détruire. Je n'ai plus de portable.

Je me précipite dans le couloir, qui est désert, à l'exception d'un chariot de ménage. Je fonce vers les ascenseurs et la cage d'escalier. Elle n'y est pas. Il n'y a personne. Je prends l'ascenseur et descends dans le hall, dans l'espoir qu'elle soit juste allée se chercher un truc à manger. Je traverse les restaurants en trombe, chacun son tour, puis le Starbucks. Bailey n'est pas là non plus. Elle n'est nulle part.

On prend des centaines de décisions. On en prend constamment. Et la seule à laquelle on n'a pas réfléchi détermine ce qui va lui arriver : monter dans sa chambre et verrouiller la porte. On se croit à l'abri. Mais ensuite je suis allée dans la salle de bains. J'ai cru qu'une fille de seize ans allait rester sagement assise sur le lit à m'attendre, qu'elle allait rester dans la chambre, parce que, c'est vrai, où pourrait-elle aller ?

Sauf qu'elle est terrifiée. Sauf qu'il y a ça. Sauf qu'elle a dit qu'elle n'avait pas envie de quitter Austin.

Pourquoi avoir cru qu'elle allait lâcher l'affaire si facilement ?

Avoir cru qu'elle allait m'écouter.

Je fonce de nouveau vers l'ascenseur, redescends à l'accueil. Je m'en veux d'avoir défoncé mon téléphone sur le carrelage, de ne pas pouvoir lui envoyer de texto. De m'être privée d'un outil qui me permettrait de la géolocaliser.

– Bailey, allez, réponds !

Je remonte dans la chambre et passe les lieux au peigne fin – comme si elle avait pu cacher un indice quelque part, dans ces cinquante mètres carrés. Je fouille dans le placard, regarde quand même sous les lits, espérant la trouver là, recroquevillée, sanglotante. Elle aurait eu besoin de s'isoler. Serait malheureuse, mais saine et sauve. Comme ça m'irait ! Malheureuse, et saine et sauve.

La porte s'ouvre à la volée. Soulagement temporaire. Un soulagement comme je n'en ai jamais ressenti auparavant, je me dis que Bailey est de retour, que je l'ai ratée d'un cheveu dans ma quête frénétique aux quatre coins de l'hôtel – elle était bien, en fin de compte, descendue chercher une glace ou un soda. Elle était sortie appeler Bobby. Elle s'est déniché une clope et est sortie fumer dehors. Je me dis tout ça à la fois.

Mais ce n'est pas Bailey qui s'encadre sur le seuil.

C'est Grady Bradford.

C'est Grady, avec son jean délavé et sa casquette à l'envers. Et son coupe-vent à la con.

Il me cloue d'un regard furieux, bras croisés sur la poitrine.

– Alors là, on peut dire que vous nous avez mis un sacré foutoir.

III

« On ne peut pas sculpter du bois pourri. »

Confucius

Quand on était jeunes

Les bureaux de l'US Marshal se trouvent dans une petite rue, ses fenêtres donnent sur d'autres immeubles et sur le parking de l'autre côté de la rue. À cette heure-ci, la plupart des bâtiments environnants sont dans le noir, fermés pour la nuit. Le parking est également quasi désert. Mais le bureau de Grady et ceux de ses collègues sont allumés et il y règne une agitation effrénée.

– On va tout récapituler.

Il pose une fesse sur le bord de son bureau tandis que je fais des allers-retours dans la pièce. Je sens le poids de son jugement, mais c'est secondaire. Personne ne me juge aussi sévèrement que je me juge moi-même. Bailey a disparu. Elle a disparu. Elle est quelque part, livrée à elle-même.

– Et en quoi ça va aider à retrouver Bailey ? À moins que je sois en état d'arrestation, je m'en vais, je vais la chercher.

Je me dirige vers la porte, mais Grady bondit sur ses pieds et me bloque le passage.

– Nous avons huit hommes actuellement à sa recherche. Pour l'instant, le mieux serait de revoir ensemble tout le déroulé de ces derniers jours. Si vous voulez nous aider à la trouver, c'est la seule chose à faire.

Je soutiens son regard puis je cède : il a raison.

Je retourne me poster à la fenêtre, comme si ça pouvait être utile – comme si j'allais repérer Bailey dans la rue en contrebas. Je ne sais pas ce que je regarde – les quelques passants se promenant de nuit dans Austin. Sous l'éclat de la lune qui éclaire la scène, l'idée que Bailey déambule seule parmi eux est encore plus effrayante.

– Et s'il l'a enlevée ? dis-je.

– Qui, Nicholas ?

J'opine, je commence à avoir le vertige. Je repasse tout ce que je sais à son sujet de manière obsessionnelle – sa dangerosité, tout ce qu'a sacrifié Owen pour lui échapper. Pour que sa fille échappe au monde de Nicholas. Et moi qui viens de l'y précipiter.

Protège-la.

– Peu probable, fait Grady.

– Mais pas impossible ?

– J'imagine que rien n'est impossible, maintenant que vous l'avez ramenée à Austin.

J'essaie de me rassurer, puisque Grady n'en a visiblement pas l'intention.

– Il ne pourrait pas nous avoir trouvées si rapidement…

– Non, sans doute pas.

– Et vous, comment vous nous avez débusquées ?

– Déjà, votre appel de ce matin n'a pas aidé. Puis j'ai eu des nouvelles de votre avocat, un certain Jake Anderson, de New York. Il m'a dit que vous étiez à Austin et qu'il ne parvenait pas à vous joindre. Vous aviez coupé tout contact et il se faisait du souci. Donc j'ai lancé une recherche. Mais clairement pas assez vite…

Je me tourne vers lui.

– Qu'est-ce qui vous a pris de venir à Austin ? poursuit-il.

– Eh bien vous êtes venu chez moi, pour commencer. Ça m'a mis la puce à l'oreille.

– Owen ne m'avait pas dit que vous étiez détective.

– Owen ne m'a jamais rien dit. Point barre.

Le moment est mal choisi pour marteler que s'il m'avait dit ce qui se passait, si on m'avait dit la vérité sur Owen et sa vie antérieure, je ne serais jamais venue ici. Grady s'en fout, il m'en veut trop. Mais c'est plus fort que moi. Si on en est aux reproches, moi aussi j'ai des choses à dire.

– En l'espace de trois jours, j'ai appris que mon mari n'était pas celui que je croyais. J'étais censée faire quoi ?

– Ce que je vous avais dit. Faire profil bas, vous trouver un avocat. Me laisser faire mon boulot.

– Et il consiste en quoi, précisément, ce boulot ?

– Owen a décidé il y a plus de dix ans d'extraire sa fille d'un monde dans lequel il n'aurait pu la protéger. Il a décidé de lui donner un nouveau départ. Et moi je l'ai aidé dans ce processus.

– Mais Jake m'a dit… Je croyais qu'Owen ne faisait pas partie d'un programme de protection des témoins !

Je le regarde, perdue.

– Mais putain, ça veut dire quoi alors ?

– Owen a été sélectionné pour intégrer un programme de protection des témoins après avoir accepté de témoigner, mais il ne s'est jamais senti serein avec cette solution. Il trouvait qu'il y avait trop de failles, trop de gens à qui faire confiance. Et, pendant le procès, il y a eu une petite fuite.

– Comment ça, une petite fuite ?

– Quelqu'un, dans notre antenne new-yorkaise, a compromis les identités que nous avions forgées pour Bailey et lui. Owen n'a plus voulu aucune intervention de l'État après cela.

– Quelle honte !

– Ce n'était pas un choix facile, mais j'avoue avoir compris qu'il veuille prendre la tangente. Qu'il disparaisse avec Bailey. Personne n'a su où ils allaient. Personne d'autre ne le savait, chez les Marshals. On s'est assurés qu'il ne reste pas la moindre trace permettant de remonter jusqu'à lui.

Grady avait traversé la moitié du pays pour aller vérifier que tout allait bien pour Owen – que sa famille allait bien, pour l'aider à traverser cette crise.

– Personne, à l'exception de vous, dis-je.

– J'avais sa confiance. Peut-être parce que j'étais nouveau dans le service, à l'époque. Ou peut-être l'avais-je méritée. Vous lui poserez la question.

– Je ne peux pas vraiment lui poser de questions, ces jours-ci.

Grady marche jusqu'à la vitre, s'y adosse. Une étincelle semble s'allumer dans ses yeux, une étincelle de sympathie.

– Avec Owen, on ne se parle pas beaucoup. Il vit sa vie, rien de spécial à dire. Je crois que la dernière fois qu'il m'a fait signe, c'était pour m'annoncer qu'il allait vous épouser.

– Et il a dit quoi ?

– Que vous aviez changé la donne. Qu'il n'avait jamais aimé personne comme ça, avant.

À ces mots, je ferme les yeux, ces paroles résonnent si fort en moi, je ressens tellement la même chose.

– Pour être honnête, j'ai essayé de le dissuader de s'engager avec vous. Les sentiments, ça passe. C'est ce que je lui ai dit.

– Eh bien je vous en remercie.

– Il ne m'a pas écouté une seule seconde. Mais il a suivi mon conseil, apparemment, je lui avais recommandé de ne pas vous parler de son passé. C'était trop dangereux pour vous. S'il voulait vraiment vivre avec vous, il fallait qu'il laisse de côté sa vie d'avant.

Je nous revois tous les deux, au lit, Owen se débattant pour savoir que me dire – Owen qui avait envie de me révéler toute la vérité sur sa vie d'avant. C'était peut-être l'avertissement de Grady qui l'en avait empêché. Qui nous avait empêchés, Owen et moi, d'affronter la situation ensemble, main dans la main.

– C'est votre manière de me dire que c'est à vous que je dois en vouloir, et pas à lui ? Parce que je le ferais volontiers.

– C'est ma manière de vous dire que nous avons tous des secrets que nous taisons. Un peu comme votre ami Jake, l'avocat ? Il m'a dit que vous aviez été fiancés, dans le temps.

– Ce n'est pas un secret. Owen était au courant, pour Jake.

– Et ça lui ferait quel effet, à votre avis, de le voir mêlé à tout ça ?

Je n'avais plus tellement d'options, ai-je envie de rétorquer. Mais je sais qu'il est vain de vouloir argumenter avec ce type. Grady essaie de me pousser sur la défensive, comme si ça pouvait lui faciliter les choses pour m'extorquer une information – rien de secret, juste sonder quelles sont mes intentions : ne surtout pas écouter ses conseils pour la suite.

– Pourquoi Owen a-t-il pris la fuite, Grady ?

– Il le fallait.

– Qu'est-ce que ça signifie ?

– Combien de photos d'Avett avez-vous vues dans le journal, cette semaine ? Les médias auraient fondu sur Owen de la même manière. On aurait publié sa photo partout et ils l'auraient retrouvé. Les employeurs de Nicholas. Même s'il a un peu changé physiquement, il n'est pas si différent. Il ne pouvait pas prendre ce risque. Il fallait qu'il parte avant que ça se produise. Avant qu'ils foutent en l'air la vie de Bailey.

J'entends. Je digère. Ça me fait voir sous un autre angle la raison pour laquelle il n'a pas eu le temps de me parler – pas eu le temps de faire autrement que partir.

– Il savait qu'il allait être cité à comparaître. Et qu'à ce moment-là, on lui prendrait ses empreintes, tout comme on vient de le faire à Jordan Maverick, cet après-midi même. Et alors sa véritable identité serait apparue au grand jour, fin de la partie.

– Donc ils pensent qu'Owen est coupable. Naomi, le FBI et je ne sais qui encore ?

– Non. Ils pensent qu'il a les réponses aux questions qu'ils se posent, ce n'est pas la même chose. Mais si vous me demandez si je pense qu'Owen a volontairement participé à la fraude, ça me paraît peu probable.

– Alors qu'est-ce qui vous paraît probable ?

– Qu'Avett savait qui était Owen.

Je le regarde droit dans les yeux.

– Pas dans le détail, hein, Owen ne lui aurait jamais rien dit, mais il savait qu'il avait embauché un type sorti de nulle part. Sans références dignes de ce nom, sans aucun lien dans le monde de la tech. À l'époque, Owen disait qu'Avett cherchait simplement le meilleur codeur sur le marché, mais moi je crois qu'Avett cherchait plus que ça. Il voulait quelqu'un qu'il puisse manipuler, si le besoin s'en faisait sentir. Et ça s'est avéré.

– Vous pensez qu'Owen savait ce qui se passait au Shop, mais qu'il n'a rien pu faire pour que ça cesse. Qu'il est resté en espérant pouvoir régler le problème, faire en sorte que le logiciel soit opérationnel avant de se faire choper.

– Oui, je le pense.

– C'est une hypothèse qui a le mérite d'être précise.

– Je connais votre mari de manière assez précise, il faut dire. Et ça fait si longtemps qu'il surveille ses traces qu'il savait pertinemment que si le scandale du Shop l'éclaboussait, il devrait de nouveau s'évanouir dans la nature. Bailey devrait tout redémarrer de zéro. Et, cette fois-ci, bien sûr, il faudrait tout lui raconter. Pas idéal, si j'ose cet euphémisme…

Un silence.

– Sans compter ce à quoi vous auriez dû renoncer, en supposant que vous décidiez de le suivre.

– En supposant que je décide de le suivre ?

– Eh bien, impossible de se planquer quand on est tourneuse sur bois. Ou même conceptrice de meubles. Ou quel que soit le nom que vous vous donnez. Vous auriez dû renoncer à tout. Votre travail, votre mode de vie. Je suis certain qu'il ne voulait pas que ça vous arrive.

Un flash, soudain. Je revois un de nos premiers rendez-vous, avec Owen. Il m'avait demandé ce que j'aurais fait si je n'étais pas devenue tourneuse sur bois. Je lui avais dit que, probablement à cause de mon grand-père – peut-être associais-je le travail du bois au seul repère stable que j'avais connu –, je n'avais jamais projeté autre chose. Je n'avais jamais vraiment imaginé faire autre chose.

– Il pensait que je choisirais de ne pas les suivre, c'est ça ? dis-je, plus pour moi que pour Grady.

– Ça n'a plus d'importance, désormais. J'ai réussi à ralentir l'enquête, à tenir nos amis du FBI éloignés… mais je ne pourrai pas tirer sur la corde plus longtemps tant que vous n'aurez pas un statut de témoins protégés.

– Vous voulez qu'on fasse partie d'un programme officiel ?

– Il va falloir, oui.

Je ne dis rien, tâchant de prendre la mesure de ce que ça implique. Je ne peux même pas concevoir ce que c'est d'entrer dans un processus pareil. À quoi ça peut bien ressembler ? La seule expérience qui s'en rapproche un tant soit peu, je l'ai glanée dans les films : Harrison Ford en immersion chez les Amish, dans *Witness*, Steve Martin se faisant la belle pour aller manger une bonne plâtrée de spaghettis dans *Un pourri au paradis.* Tous les deux également déprimés et paumés. Puis, je repense à ce qu'a dit Jake. Qu'en réalité, c'est loin d'être aussi glorieux que ça.

– Alors Bailey va devoir tout recommencer ? Sous un nouveau nom ? Une nouvelle identité ? Tout reprendre à zéro ?

– Oui. Et je m'occuperai de son nouveau départ. Je m'occuperai aussi de celui de son père, contrairement à ce qui se passe maintenant.

J'essaie d'intégrer ça. Bailey qui ne serait plus Bailey. Tout ce pour quoi elle a tant travaillé – sa scolarité, ses notes, son théâtre, elle-même –, tout cela gommé. Serait-elle même autorisée à monter sur scène pour une comédie musicale, ou serait-ce trop risqué ? Une piste pouvant mener à Owen. Une nouvelle élève dans une école lambda de l'Iowa à l'affiche d'une comédie musicale. Est-ce que Grady estimera que ce serait le moyen pour eux de remonter leur trace ? Qu'au lieu de poursuivre ses anciens centres d'intérêt, il allait devoir se mettre à l'escrime ou au hockey ou carrément rester sous les radars. On peut le remuer dans tous les sens, il est néanmoins certain qu'on demandera à Bailey de ne plus être Bailey – pile au moment où elle devient singulièrement, inimitablement elle-même. C'est une proposition ahurissante : renoncer à sa vie quand on a seize ans. Ça n'a plus rien à voir avec le revirement vécu dans la petite enfance. C'est encore différent quand on a quarante ans.

Mais quand même. Je sais qu'elle paierait ce prix pour être avec son père. On serait toutes les deux ravies de payer ce prix, encore et encore, si ça signifiait qu'on pouvait de nouveau être réunis.

J'essaie d'y trouver un peu de réconfort. Sauf qu'un autre truc me tracasse – Grady tourne autour depuis tout à l'heure, et ça cloche –, un truc que je ne parviens pas à circonscrire, pour le moment.

– Voici ce que vous devez bien comprendre, dit-il. Nicholas Bell est un sale type. Même Owen a refusé de voir à quel point le type était mauvais, pendant longtemps du moins, sans doute parce que Kate était loyale avec son père. Et qu'Owen était loyal envers Kate, et envers Charlie, dont Owen était assez proche également. Ils voyaient leur père comme quelqu'un de bien avec quelques clients peu fréquentables. Et ils en avaient convaincu Owen. Ils l'avaient convaincu que Nicholas était un avocat qui défendait tout le monde, que c'était son boulot. Qu'il ne faisait là rien d'illégal. Ils l'avaient convaincu parce qu'ils adoraient leur père. C'était un bon père, à leurs yeux, et un bon mari. Et de fait, il l'était. Ils n'avaient pas tort. Simplement, il avait plusieurs facettes.

– Lesquelles ?

– Des complicités de meurtre. De l'extorsion. Du trafic de stupéfiants. Une indifférence profonde, totale, au nombre de vies qu'il avait participé à foutre en l'air. Au nombre de gens dont tout l'univers s'était effondré en partie par sa faute.

J'essaie de ne pas trahir à quel point tout ceci m'affecte.

– Les types pour lesquels Nicholas bosse sont sans pitié. Ils ne pardonnent jamais. Je vous laisse imaginer le genre d'expédients dont ils seraient capables pour qu'Owen se rende.

– Ils pourraient s'en prendre à Bailey ? C'est ce que vous me dites ? Qu'ils pourraient s'en prendre à Bailey pour atteindre Owen ?

– Je dis que, si on ne l'extrait pas d'ici rapidement, c'est une possibilité.

Cette pensée me glace, même au milieu de toutes ces annonces catastrophiques. Ce qu'insinue Grady. L'idée de Bailey en danger. Bailey, qui se balade seule dans les rues d'Austin, potentiellement déjà en danger.

– Le truc, c'est que Nicholas ne les en empêchera pas. Même s'il le voulait, il n'en a pas le pouvoir. C'est pour cela qu'Owen a dû exfiltrer sa fille. Il savait que Nick était mouillé dans tout ça, à un degré ou un autre. Et il s'est servi de cette information pour nuire au réseau. Vous me suivez ?

– Vous feriez peut-être mieux de me répéter tout ça plus lentement.

– Nicholas n'a pas toujours été un ripou, mais est arrivé un moment où il s'est mis à passer des messages vers les chefs, à convoyer des infos des lieutenants en prison vers leurs chefs au-dehors. Des messages qui ne pouvaient pas transiter autrement que via un avocat. Et ce n'étaient pas des messages innocents. On statuait sur le sort d'un qui devait être puni, d'un qui devait être assassiné. Vous imaginez, vous, faire passer un message en sachant que le contenu peut entraîner la mort d'un homme et d'une femme, laissant deux enfants orphelins ?

– Et à quel moment intervient Owen, là-dedans ?

– Owen a aidé Nicholas à mettre au point un système d'encodage qui a servi pour ces messages, quand il fallait les enregistrer. Après la mort de Kate, Owen a hacké le système et nous a tout livré. Tous les mails, tous les échanges... Nicholas a passé plus de six ans derrière les barreaux pour « entente en vue de commettre un crime ». Crime que nous avons pu établir grâce à ces échanges cryptés. On ne trahit pas Nicholas Bell impunément.

C'est alors que ça me frappe – le point qui me turlupine depuis tout à l'heure, le point que Grady a laissé de côté.

– Mais dans ce cas, pourquoi n'est-il pas venu vous voir ?

– Pardon ?

– Oui, comment se fait-il qu'Owen ne soit pas venu vous voir ? Si la seule manière de s'en sortir, la seule manière de vraiment protéger Bailey, c'est le programme de protection des témoins, pour elle, pour Owen, alors pourquoi ne s'est-il pas tourné vers vous quand tout a explosé en plein vol, au Shop ? Pourquoi n'est-il pas venu vous réclamer de nous relocaliser ?

– Ça, c'est à Owen qu'il faudra le demander.

– Mais moi je vous le demande. Qu'est-ce qui s'est passé exactement, quand il y a eu cette fuite, à l'époque ? Vous avez pu étouffer ça dans l'œuf ou la vie de Bailey a été mise en danger ?

– Qu'est-ce que ça a à voir avec ce qui nous occupe présentement ?

– Tout. Si ce qui s'est passé à l'époque a laissé penser à mon mari que Bailey n'était pas en sécurité avec vous, alors ça a tout à voir avec ce qui se passe aujourd'hui.

– L'essentiel, c'est que ce statut est la meilleure option dont disposent Owen et Bailey pour leur sécurité. Point.

Il a dit ça sans prendre de gants, mais je vois bien que ma question le taraude. Parce qu'il ne peut le nier. Si Owen était certain que Grady pouvait garantir la sécurité de sa fille, et la nôtre, il serait à nos côtés en ce moment même. Alors qu'il est Dieu sait où.

– Écoutez, on ne va pas se disperser maintenant. J'ai besoin que vous m'aidiez à déterminer pourquoi Bailey est sortie de cette chambre.

– Ça, je n'en sais rien.

– Essayez de deviner.

– Je crois qu'elle n'avait pas envie de quitter Austin.

Je m'en tiens à ça. Elle n'avait sans doute pas envie de partir si vite, alors qu'elle est si près de trouver des réponses concernant son passé – des réponses que je suis bien en peine de fournir, avec le peu dont je dispose grâce à Owen. Ça me rassérène un tantinet de penser que c'est ça, la raison, de l'imaginer quelque part, seule, mais en sécurité, qui cherche des réponses et ne fait confiance à personne pour les lui apporter. C'est un trait de caractère que je peux reconnaître. Moi aussi, je suis comme ça.

– Pourquoi voulait-elle rester à Austin ?

Alors je lui livre la seule vérité que j'ai à ma disposition.

– Parfois, on le sent.

– On sent quoi ?

– On le sent, quand ça ne dépend que de soi.

*
* *

Grady doit sortir pour rejoindre une réunion, et un autre agent, Sylvia Hernandez, me conduit en bas, dans le hall, puis dans une salle de conférences où elle me dit que je peux passer un coup de téléphone – comme si l'appel n'était pas retranscrit ou enregistré ou soumis à je ne sais quelle pratique fouineuse pour s'assurer qu'ils savent tout. Avant même qu'on le sache nous.

Sylvia reste sur le seuil de la pièce et je décroche. J'appelle ma meilleure amie.

– Ça fait des heures que j'essaie de te joindre, dit Jules d'entrée de jeu. Vous allez bien ?

Je m'assieds devant la longue table de réunion, m'effondre dans mon siège, essayant de ne pas craquer. Ce serait le moment ou jamais, pourtant : je suis entre de bonnes mains, avec Jules prête à me ramasser.

– Où es-tu ? J'ai eu un appel de Jake, complètement lunaire. Il braillait que tu étais en danger à cause de ton mari. Celui-là, je le regrette pas.

– Ouais, bah, tu sais. Jake, c'est Jake. Il essaie juste d'aider. À sa manière incroyablement contre-productive.

– C'est quoi le problème avec Owen ? Il ne s'est pas présenté aux autorités, c'est ça ?

– Pas exactement.

– Pas exactement quoi ?

Elle a parlé d'une voix douce. Façon de me dire que je n'ai pas besoin de m'expliquer tout de suite.

– Bailey a disparu.

– Quoi ?

– Elle a filé. Elle a quitté la chambre, à l'hôtel. Et on n'arrive pas à la trouver.

– Elle a seize ans.

– Je sais, Jules, je sais. Pourquoi tu crois que je flippe autant ?

– Non, je veux dire, elle a seize ans. Parfois on a besoin d'air, à cet âge-là. Je suis sûre qu'elle va très bien.

– C'est pas si simple. Ça te dit quelque chose, le nom de Nicholas Bell ?

– Ça devrait ?

– C'est l'ex-beau-père d'Owen.

Elle se tait, le temps que ça lui revienne.

– Attends, me dis pas que tu veux parler de Nicholas Bell… ce Nicholas Bell-là ? L'avocat ?

– Si, c'est bien ça. Tu sais quoi, à son sujet ?

– Pas grand-chose. Disons que je me souviens d'avoir lu un article à son sujet quand il est sorti de prison, il y a quelques années. Il avait été condamné pour voie de fait, ou meurtre, tu vois le genre. C'était le beau-père d'Owen ? Je peux pas le croire.

– Jules, Owen a de sérieux ennuis. Et je ne crois pas qu'on puisse faire quoi que ce soit pour l'aider.

Elle réfléchit en silence. Je devine qu'elle essaie de rassembler les pièces du puzzle que je lui dissimule.

– On va mettre fin à tout ça. Je te le promets. D'abord, on va vous ramener à la maison, Bailey et toi. Après, on réfléchira à comment procéder.

Mon cœur se serre dans ma poitrine. Elle a toujours fait ça pour moi – c'est ce qu'on a toujours fait l'une pour l'autre. Et c'est pour cela que je suffoque tout à coup. Bailey traîne seule dans les rues de cette ville étrange. Et même quand on l'aura trouvée – et je dois croire qu'on va la trouver sans tarder –, Grady vient de m'apprendre que je ne pourrai pas rentrer chez moi. Jamais.

– Je t'ai perdue ?

– Non, pas encore. Où tu es, déjà ?

– Chez moi. Et ça y est, c'est ouvert.

Elle met une charge particulière sur ces paroles. Et je comprends soudain qu'elle parle du coffre, du minuscule coffre caché dans la tirelire.

– C'est vrai ?

– Ouaip. Max m'a trouvé un serrurier dans le centre de San Francisco, et on l'a ouvert il y a une heure. Le type s'appelle Marty, il doit avoir quatre-vingt-dix-sept piges. C'est pas croyable ce dont il est capable avec un coffre. Il a ausculté le machin pendant cinq minutes et l'a ouvert en moins de deux. Cette petite tirelire ridicule en acier trempé.

– Et dedans, alors, il y avait quoi ?

Elle marque une pause.

– Un testament. L'ultime testament d'Owen Michaels, né Ethan Young. Tu veux que je te le lise ?

Je pense à ceux qui nous écoutent. À qui d'autre sera informé du contenu du testament, si Jules me lit le document – pas celui que j'ai exhumé sur son ordi portable, mais celui auquel il faisait référence, comme un message secret à mon intention.

Le véritable testament d'Owen, la version exhaustive. Le testament d'Ethan.

– Jules, il y a sans doute plusieurs personnes qui

nous écoutent sur la ligne, donc on va s'en tenir à quelques points précis, d'accord ?

– Bien sûr.

– Qu'est-ce que ça dit au sujet de la garde de Bailey ?

– Tu es sa tutrice principale. Au cas où Owen mourrait, mais aussi s'il se retrouvait dans l'incapacité de s'occuper d'elle.

Owen avait anticipé ça. Peut-être pas spécifiquement ça, mais quelque chose de ce genre-là. Il a préparé le terrain pour que Bailey soit avec moi – il voulait que Bailey soit avec moi. À quel moment m'a-t-il fait suffisamment confiance pour ça ? À quel moment a-t-il décidé qu'être avec moi était la meilleure solution, pour elle ? Une faille béante s'ouvre en moi, à l'idée qu'il en était arrivé à cette conclusion, qu'il avait pensé que j'en étais capable. Sauf que maintenant, elle est perdue quelque part dans cette ville. Et c'est arrivé par ma faute, en partie.

– Est-ce qu'il mentionne d'autres noms ?

– Oui. Il y a différents cas de figure, dans l'hypothèse où tu ne serais pas en mesure de la prendre en charge et selon l'âge de Bailey.

Je l'écoute attentivement me les lire, prenant des notes, recopiant les noms que je reconnais. Mais au fond, je guette un unique nom – une personne dont je cherche à savoir s'il faut ou non lui faire confiance, si Owen lui fait confiance, bien que les apparences laissent penser le contraire. À la mention de Charlie Smith, je m'arrête d'écrire. Je lui dis que je dois y aller.

– Fais attention à toi, dit-elle.

Au lieu d'un au revoir ponctué de son « je t'aime fort » habituel. Vu les circonstances, vu ce qui m'attend maintenant, c'est du pareil au même.

Je me lève et jette un œil à l'extérieur par les fenêtres de la salle. Il s'est mis à pleuvoir, et la vie nocturne d'Austin se poursuit malgré tout. Des parapluies longent les trottoirs, on va dîner, voir un spectacle, on hésite à aller s'en jeter un dernier ou à attraper la dernière séance. Ou on a eu sa dose, l'averse s'intensifie, on veut rentrer chez soi. Ceux-là ont bien de la chance.

Je me retourne vers la porte vitrée. Sylvia est assise dans le couloir. Elle a son téléphone sous les yeux, sans doute a-t-elle d'autres chats à fouetter que moi ou un truc plus important à régler que jouer les baby-sitters. À moins qu'elle soit accaparée par une tâche que je ne connais que trop bien : trouver Owen. Trouver Bailey.

Je m'apprête à quitter la pièce pour prendre des nouvelles de l'enquête quand Grady débarque dans le couloir.

Il toque à la porte en même temps qu'il l'ouvre, et me sourit – un Grady radouci, une version plus relaxe.

– Elle est avec eux. Bailey. Elle va bien.

Je souffle un grand coup, mes yeux se remplissent de larmes.

– Oh merci, Dieu soit loué. Où est-elle ?

– Sur le campus. Ils la ramènent. On peut se parler une minute avant ça ? Je crois vraiment qu'il est essentiel qu'on soit sur la même longueur d'onde avec elle, à propos de la suite des événements.

La suite des événements. La suite consistant à nous relocaliser. À la relocaliser. Il veut que je l'aide à la maîtriser quand elle va piquer une crise en apprenant qu'elle doit dire adieu à sa vie actuelle.

– Il faut aussi qu'on discute d'autre chose. J'ai préféré ne pas en parler avant, mais je n'ai pas été cent pour cent transparent avec vous…

– Sans blague.

– On a reçu un colis hier, avec un disque dur externe contenant tous les mails professionnels d'Owen. J'ai dû d'abord m'assurer qu'ils étaient authentiques – c'est le cas. Owen a méticuleusement archivé tout ce qui prouve qu'Avett mettait la pression pour que l'entrée en Bourse se fasse au plus tôt, malgré ses objections. Et toutes les preuves des efforts fournis ensuite pour tenter de redresser la barre…

– Alors, précise ou non, ce n'était pas vraiment une hypothèse ?

– Non, pas vraiment.

– Donc mon mari a résisté tant qu'il a pu à Avett, c'est ça ?

J'ai haussé le ton. J'essaie de me contrôler, mais n'y parviens pas. Parce que Owen fait tout pour nous protéger, même de là où il est. Et je ne peux tout simplement pas croire que Grady soit capable d'en faire autant.

– Il est mouillé, c'est certain. Le programme de protection des témoins peut être très sélectif, dans le choix des dossiers, et ces documents, plus son histoire personnelle, viennent contrebalancer le fait qu'il n'ait pas alerté les autorités plus tôt.

Je pèse cet argument, avec un mélange de soulagement et d'autre chose. Je crois d'abord que c'est de l'irritation à l'encontre de Grady, de n'avoir pas tout dit d'emblée, de n'avoir pas dit qu'il avait eu des nouvelles d'Owen, mais je réalise vite que c'est plus sinistre que ça. Parce que ça commence à se cristalliser en moi – l'autre truc que Grady se retient bien de me dire.

– Et pourquoi vous me le dites maintenant ?

– Parce qu'on va avoir besoin de faire front commun quand Bailey sera là. À propos du programme de protection, de la meilleure manière pour vous d'avancer. Et même si je sais que ça n'en a pas l'air, vous n'auriez pas à tout reprendre de zéro, pas complètement.

– Comment ça ?

– Vous savez, l'argent qu'Owen a laissé à Bailey ? Ce sont des gains légitimes. C'est de l'argent propre, qui vient d'Owen. Vous entreriez donc dans le programme avec un beau bas de laine. La plupart de nos témoins démarrent les poches vides.

– Moi j'ai comme l'impression, Grady, que vous me dites que si on décline l'offre, on perdra l'argent…

– Si vous déclinez, tout disparaît. La possibilité de former de nouveau une famille, de vivre en paix disparaît.

Je hoche la tête, sachant que c'est ce dont Grady essaie de me persuader – que je devrais adhérer à ce projet de nous faire entrer dans le programme. Que je dois adhérer, parce que tout est fait pour qu'Owen nous rejoigne dans cette nouvelle vie. Tout est fait pour que notre famille soit réunie. Sous de nouveaux noms, mais réunie. Ensemble.

Toutefois, je n'ai pas envie de céder malgré l'insistance de Grady, je sais qu'Owen ne veut pas que je cède. Je suis en plein doute. Doute en pensant à la fuite qui s'est produite à l'époque et à Nicholas Bell. Doute en voyant qu'Owen a fui sans hésiter une seconde, sachant ce que je sais de lui, qui l'explique sans peine. C'est l'unique explication possible. Tout ce que je sais d'Owen me convainc d'autre chose.

Grady continue de pérorer.

– Il faut juste que Bailey comprenne que c'est le meilleur moyen pour qu'elle soit le plus en sécurité possible.

Le plus en sécurité possible. Je tique. Il n'a pas dit en sécurité. Parce que ça n'est plus une option. C'est fini.

Bailey ne traîne plus seule dans les rues, mais elle s'apprête à pénétrer un bureau et un univers où Grady va lui expliquer que pour être « le plus en sécurité possible », elle doit devenir quelqu'un d'autre. Bailey ne sera plus Bailey.

À moins, bien sûr, que je parvienne à y mettre le holà. À tout arrêter.

C'est là que je tranche. Ce sera non.

– Attendez, on peut en discuter. De comment gérer Bailey au mieux. Mais il faut d'abord que je fasse un crochet par les toilettes… que je me passe le visage sous l'eau. Je n'ai pas fermé l'œil depuis vingt-quatre heures.

Il opine :

– Pas de problème.

Il me tient la porte, je sors de la salle et m'arrête un instant sur le seuil, tout près de lui. Je sais que c'est le plus important, dans ma démarche : qu'il me croie.

– Je suis tellement soulagée de la savoir hors de danger.

– Moi aussi. Bon, rien de tout ça n'est simple, je le conçois bien. Mais c'est la meilleure chose à faire et puis, vous verrez, Bailey s'y fera plus vite que vous le pensez, et ça n'aura bientôt plus l'air si effrayant. Vous serez ensemble, et on pourra vous envoyer Owen sitôt qu'il refera surface. Je suis certain qu'il n'attend que ça, Owen, de vous savoir en sécurité, que tout soit en place et…

Et il me sourit. Je fais la seule chose dont je sois capable. Je lui rends son sourire. Un sourire confiant, comme si j'avais la certitude qu'il sait pourquoi Owen continue à se terrer quelque part, la certitude qu'une relocalisation est la solution qui permettrait que lui et sa fille soient réunis. En sécurité. Comme si j'avais la certitude que quiconque peut garantir la sécurité de Bailey – à part moi.

Son portable sonne :

– Vous permettez une minute ?

Je désigne la direction des toilettes :

– Je peux ?

– Oui, faites, faites. Bien sûr.

Il a déjà tourné les talons vers la fenêtre. Est déjà concentré sur son interlocuteur.

Je parcours le couloir, vers les toilettes, et m'assure d'un regard par-dessus l'épaule que Grady ne me surveille pas. Il me tourne le dos, téléphone collé à l'oreille. La voie est libre. Il ne se retourne pas quand je dépasse la porte des toilettes et vais jusqu'aux ascenseurs, où j'appuie sur le bouton « rez-de-chaussée ». Son regard reste fixé au-dehors, par-delà la vitre, fixé sur la pluie tandis qu'il poursuit sa conversation téléphonique.

Par chance, la cabine arrive sans tarder, je m'y engouffre et appuie aussitôt sur le bouton « fermeture des portes ». J'ai déjà atteint le hall quand Grady raccroche. Je suis déjà dehors, sous la pluie, quand on envoie Sylvia aux sanitaires vérifier que tout va bien.

J'ai tourné au coin de la rue avant même qu'elle ou Grady aient pu, baissant les yeux sur la table de réunion, y trouver ce que j'y ai laissé à leur intention. Sur la table, coincé sous le téléphone fixe, j'ai laissé le message. Celui que m'a fait parvenir Owen. Je l'ai laissé pour Grady.

Protège-la.

Et je file d'un pas pressé dans les rues inconnues d'Austin, pour être là pour Bailey, pour être là pour elle et Owen de la meilleure manière, même si pour ça je dois retourner au dernier endroit où je suis censée me trouver.

L'heure de l'inventaire a sonné

Voici ce que je sais.

Le soir, avant de s'endormir, Owen faisait deux choses. Il se tournait sur le flanc gauche puis il se collait à moi, lc bras sur ma poitrine. Il s'endormait comme ça – le visage contre mon dos, sa main sur mon cœur. Serein.

Il courait tous les matins, il allait jusqu'au pied du Golden Gate Bridge et revenait.

Il se nourrirait exclusivement de pad thaï, s'il pouvait.

Il n'ôtait jamais son alliance, même sous la douche.

Il roulait toujours fenêtres ouvertes. Qu'il fasse 35 degrés ou moins 10.

Il caressait chaque hiver l'idée d'aller pêcher sous la glace du lac Washington. Sans jamais y aller.

Il était incapable d'arrêter un film en cours de route, aussi pourri soit-il, il fallait qu'il atteigne le générique.

Il trouvait qu'on en faisait trop avec le champagne.

Il trouvait qu'on n'en faisait pas assez, avec les orages.

Il avait le vertige, mais ne le disait pas.

Il conduisait toujours en manuel. Il vantait les mérites de la conduite avec les vitesses. Mais prêchait dans le désert.

Il adorait emmener sa fille voir des ballets à San Francisco.

Il adorait emmener sa fille randonner dans le comté de Sonoma.

Il adorait emmener sa fille prendre un petit déjeuner dehors. Lui-même n'en prenait jamais.

Il savait préparer de A à Z un gâteau au chocolat fait de dix couches de génoises superposées.

Il savait cuisiner un succulent curry à la noix de coco.

Il avait une machine à expresso La Marzocco qui attendait depuis dix ans dans son carton.

Et il avait été marié une fois avant moi. Il avait été marié à une femme dont le père défendait de sales types – même s'il trouvait ça un peu simpliste, un peu réducteur, de les appeler ainsi. Il avait accepté le travail de son beau-père parce qu'il était marié à sa fille et qu'Owen était ainsi. Il avait accepté son beau-père par nécessité, par amour, et peut-être aussi par crainte. Même s'il n'aurait pas mis ce mot-là dessus. Il aurait appelé ça, de manière inadéquate, de la loyauté.

Et voici ce que je sais d'autre. Quand Owen a perdu son épouse, tout a changé. Tout a changé de bout en bout.

Il a complètement craqué. Et la colère a pris le dessus. Colère contre sa belle-famille, contre le père de sa femme, contre lui-même. Il s'en voulait de s'être laissé aveugler ainsi, d'avoir fermé les yeux – au nom de l'amour, au nom de la loyauté. Et c'est sans doute pour cela qu'il est parti.

L'autre raison, c'est qu'il devait à tout prix écarter Bailey de cette vie. C'était vital, et c'était urgent. Que Bailey soit au contact de sa belle-famille lui semblait le plus grand de tous les risques.

Sachant tout cela, voici ce que je ne saurai peut-être jamais. S'il me pardonnera le risque qu'il me semble judicieux de prendre maintenant.

Le Never Dry, deuxième

Le Never Dry est désormais ouvert.

S'y côtoient un mélange de sortie de bureau, quelques étudiants en fin de cycle et un couple en tête à tête – cheveux verts hérissés sur le crâne pour lui, bras intégralement tatoué pour elle –, tous deux absorbés l'un par l'autre.

Un jeune homme sexy, en veste et cravate, officie au bar, et prépare pour le couple des manhattans assortis. Une femme en salopette le couve du regard, essaie d'attirer son attention pour qu'il lui serve un autre verre. Elle essaie d'attirer son attention, tout court.

Et puis il y a Charlie. Assis, tout seul, sur la banquette de son grand-père, devant un verre de whisky, flanqué de sa bouteille.

Il fait courir son doigt sur le verre, l'air perdu dans ses pensées. Il se peut qu'il se repasse la scène, ce qui s'est passé entre nous tout à l'heure, ce qu'il aurait pu faire différemment, confronté à cette femme qu'il n'avait jamais vue et à la fille de sa sœur qu'il avait simplement envie de revoir.

Je m'avance à sa table. Il ne me remarque pas, tout d'abord. Puis, au lieu de lever sur moi un regard irrité, c'est l'incrédulité qui domine.

– Qu'est-ce que vous faites ici ?

– J'ai besoin de lui parler.

– À qui ?

Je n'ajoute rien, parce qu'il n'a pas besoin que je clarifie. Il sait pertinemment de qui je parle. Il sait qui je souhaite rencontrer.

– Venez avec moi, dit-il.

Il se met debout et m'entraîne le long d'un couloir sombre, on passe les sanitaires et le tableau électrique, jusqu'à la cuisine.

Charlie m'y fait entrer, la porte battante se referme derrière nous.

– Vous avez idée du nombre de flics qui sont passés ici ce soir ? Pour le moment, ils ne posent pas de questions, ils viennent juste se montrer. Que je sache que la police est là. Qu'elle est partout.

– Je ne crois pas que ce soient des flics. À mon avis, ce sont des US Marshals.

– Vous trouvez ça drôle, en fait ?

– Pas du tout.

Je croise son regard.

– Vous lui avez forcément dit, Charlie. C'est votre père. Elle est votre nièce. Vous la cherchez tous deux depuis le jour où il l'a emmenée. Vous n'auriez pas pu garder ça pour vous, même si vous l'aviez voulu.

Charlie pousse le battant de l'issue de secours, qui ouvre sur un escalier descendant dans la ruelle arrière.

– Il faut que vous partiez, dit-il.

– Je ne peux pas.

– Qu'est-ce qui vous en empêche ?

Je hausse les épaules :

– Je n'ai nulle part où aller.

Ce qui est vrai. Il n'est pas vraiment agréable de m'avouer à moi-même – et encore moins à lui – que Charlie est ma dernière chance pour redresser la situation.

Il doit le sentir parce qu'il s'interrompt, et je sens que sa détermination faiblit. Il laisse l'issue de secours entrouverte.

– J'ai besoin de parler à votre père. Et il me semble que c'est une faveur que l'ami de mon mari devrait m'aider à obtenir.

– Je ne suis pas son ami.

– Je ne vous crois pas. À ma demande, mon amie Jules a mis la main sur le testament d'Ethan...

Ethan, utiliser ce prénom.

– ... Son véritable testament. Et vous y figurez. Il vous cite comme tuteur de Bailey, à mes côtés. Il voulait que vous vous occupiez d'elle si quelque chose devait lui arriver. Il voulait qu'elle puisse compter sur moi et qu'elle puisse compter sur vous.

Il acquiesce lentement, digérant l'information et, l'espace d'un instant, je crains qu'il se mette à pleurer. Ses yeux s'humectent, il porte ses mains à son front, tire sur ses sourcils, comme pour empêcher les larmes de couler. Des larmes de soulagement à l'idée qu'une brèche s'est ouverte qui va lui permettre de revoir sa nièce – des larmes de profond chagrin à l'idée que, pendant dix ans, la voir avait été impossible.

– Et mon père, dans tout ça ?

– Je ne pense pas qu'il veuille qu'elle ait affaire à Nicholas de quelque manière que ce soit. Mais si Ethan vous a couché sur son testament, c'est qu'il avait confiance en vous, même si ça semble plus compliqué, pour vous.

Il secoue la tête, n'arrive pas à croire que tout ceci est bien réel. Je peux comprendre.

– C'est un vieux débat, dit-il. Et Ethan n'est pas tout blanc, là-dedans. Vous le croyez innocent. Mais vous ne connaissez pas toute l'histoire.

– J'en ai conscience.

– Alors qu'est-ce que vous croyez ? Que vous allez vous entretenir avec mon père et établir un cessez-le-feu entre Ethan et lui ? C'est un combat perdu, rien de ce que vous pourrez dire n'y fera rien. Ethan a trahi mon père. Il a détruit sa vie et, dans la foulée, ma mère a succombé à son tour. Et si moi je ne peux rien faire contre ça, alors je vois mal comment vous pourriez.

Charlie se débat. Ça se voit. Il hésite à me livrer certains détails sur son père, sur Owen. S'il m'en dit trop peu, je ne le laisserai pas en paix. Mais peut-être que je ne le lâcherai pas non plus s'il m'en dit trop. Et il veut que je disparaisse. Il est convaincu que ce sera mieux pour tout le monde. Mais moi, je n'en suis plus là. Parce que je sais que c'est la seule manière d'arranger les choses, désormais.

– Depuis combien de temps êtes-vous mariée avec lui ? Avec Ethan ?

– Qu'est-ce que ça change ?

– Il n'est pas celui que vous croyez.

– Oui, on me l'a beaucoup dit.

– Qu'est-ce qu'il vous a dit, Ethan ? Au sujet de ma sœur ?

Rien, ai-je envie de dire. *Rien qui soit vrai, que je sache*. Après tout, elle n'a pas les cheveux roux et n'est pas une grande scientifique. Elle n'a pas été à la fac dans le New Jersey. Si ça se trouve, elle ne sait pas non plus faire une longueur de bassin. Je sais désormais pourquoi il nous a dit tout ça – pourquoi il a inventé toutes ces anecdotes si précises. C'était pour que, si par malheur une personne mal intentionnée venait trouver Bailey, si on la suspectait d'être qui elle était véritablement, elle soit capable de rétorquer, les yeux dans les yeux, sans ciller. « Ma mère est une nageuse hors pair. Elle est rousse et n'a rien à voir avec la personne à laquelle vous m'associez. »

Regardant Charlie au fond des yeux, je lui réponds sincèrement :

– Il ne m'a pas dit grand-chose. Mais un jour, il m'a dit que je l'aurais beaucoup aimée. Que l'on se serait appréciées, toutes les deux.

Charlie opine, sans rien dire pour autant. C'est comme si je voyais toutes les questions qu'il se pose au sujet de ma vie avec Owen, de ma vie avec Bailey : qui est-elle, désormais, quels sont ses goûts, y a-t-il une chance qu'elle ressemble un peu à la sœur qu'il a perdue, que visiblement il adorait. Mais il ne peut rien me demander, pas tant qu'il n'aura pas d'abord répondu à mes questions, or il n'a aucune intention de me fournir la moindre réponse.

– Écoutez, dit-il, si vous espérez entendre que Kristin suffira à cristalliser les bonnes volontés pour que mon père efface la dette d'Ethan, pour qu'on enterre la hache de guerre, vous vous leurrez. Ça n'arrivera pas. Ça ne marche pas comme ça. Pour mon père, le sujet n'est pas clos.

– Je le sais bien.

Et c'est vrai. Mais je table sur le fait que Charlie voudra quand même m'aider. Sinon, on ne serait pas là en train de discuter. On parlerait, certes, mais de choses bien moins agréables : de ce qu'Owen a fait à sa famille. Et à moi. Des choses qui me briseraient le cœur et me laisseraient anéantie.

Son expression se fait moins dure :

– Je vous ai fait peur, tout à l'heure ?

– C'est à moi de vous demander ça, dis-je.

– Je n'avais pas l'intention de vous agresser comme ça. Mais vous m'avez pris tellement au dépourvu. Si vous saviez le nombre de gens qui se pointent ici et nous attirent des ennuis… Des tordus fascinés par le crime, ils ont vu à la télé une rediff du procès et croient connaître mon père, demandent des autographes. Même après tout ce temps. J'en viens à me demander s'il n'y a pas une visite thématique d'Austin : nous et le gang Newton…

– Ça paraît atroce.

– Ça l'est. Oui, c'est franchement atroce.

Charlie me regarde droit dans les yeux, me jaugeant.

– Je ne crois pas que vous compreniez où vous mettez les pieds. On dirait que vous espérez encore un happy end. Mais là, on n'est pas dans une histoire où tout est bien qui finit bien. Ça n'est pas possible.

– Je le sais. Mais moi, j'espère autre chose.

– Quoi alors ?

J'hésite une seconde avant de répondre :

– Que l'histoire ne s'arrête pas là.

Au bord du lac

Charlie conduit.

On traverse la ville, en direction du nord, puis on prend Mount Bonnell Road et on pénètre dans le comté de Texas Hill. Soudain, me voilà entourée de collines au dos rond, un festival d'arbres et de feuillages, le lac muet derrière les vitres de la voiture, morne. Immobile.

La pluie éclate tandis que nous tournons dans Ranch Road. Charlie n'est pas bavard, mais il me raconte que ses parents ont acquis leur propriété méditerranéenne nichée sur les rives du lac il y a quelques années de cela – l'année où Nicholas est sorti de prison, l'année avant que sa mère meure. C'était la maison dont rêvait sa mère, dit-il, son nid secret, mais Nicholas y vit depuis son décès, seul. J'apprends plus tard qu'il leur a fallu allonger la somme de dix millions de dollars pour cette propriété que Meredith, la mère de Charlie, a, comme me l'indique la plaque à l'entrée de l'allée qui y mène, nommée LE SANCTUAIRE.

Il est facile de comprendre d'où lui est venu ce nom. Le domaine est immense, d'une beauté sauvage, et dissimulé. Complètement dissimulé.

Charlie pianote un code et le portail métallique s'ouvre, révélant une allée pavée de pas loin d'un kilomètre de long, qui serpente tranquillement vers une cahute de gardien. Celle-ci, mangée par la vigne, se fond dans le décor.

Le bâtiment principal est d'une discrétion moindre. On se croirait sur la Côte d'Azur – jusqu'aux balconnets qui la flanquent, au toit de tuiles brique, aux pierres de la façade. De somptueuses baies vitrées de deux mètres cinquante de haut semblent vous prendre par la main pour vous inviter à entrer.

Nous nous garons devant la maison du gardien, dont émerge un agent de sécurité. Un géant baraqué, dans un costume cintré.

Charlie descend sa vitre, le type se penche et s'accoude à la portière :

– Ah… Charlie.

– Salut Ned. Vous allez bien ?

Ned m'ausculte du regard, il m'adresse un petit hochement de tête. Puis se retourne vers Charlie :

– Il vous attend.

Il tape sur le capot du plat de la main et regagne la maison, où il actionne l'ouverture de la seconde grille.

Une fois celle-ci franchie, nous voilà engagés sur l'allée circulaire menant à la porte d'entrée.

Charlie coupe le moteur. Mais ne fait pas mine de sortir du véhicule. On dirait qu'il a quelque chose à dire et qu'il n'ose pas. Sans doute finit-il par renoncer car, sans un mot, il ouvre sa portière et sort.

Je fais de même, saisie par la fraîcheur nocturne. Le sol, après l'averse, est détrempé.

Alors que je m'approche de la porte d'entrée, Charlie me désigne une petite grille latérale.

– Par ici, dit-il.

Il me laisse passer et j'obtempère. J'attends qu'il verrouille la grille derrière lui et nous marchons de concert le long d'un sentier qui contourne la maison, bordé de plantes grasses et de buissons.

Charlie se tient sur le bord extérieur du chemin. Je jette un œil à l'intérieur de la maison – à travers ces hautes fenêtres à la française –, les pièces se succèdent, toutes allumées.

Je me demande si c'est une mise en scène en mon honneur – pour que j'admire l'agencement des lieux dans toute sa splendeur, dans chacun de ses moindres détails. Dans la grande galerie, une série d'œuvres d'art de prix, et des photographies en noir et blanc. Dans le salon de réception, un plafond cathédrale et de profonds canapés en laine. La cuisine à l'ancienne, qui s'enroule autour de l'arrière du bâtiment, est soulignée d'un sol en terre cuite et d'un âtre gigantesque en pierre.

Je n'arrête pas de penser au fait que Nicholas vit seul ici. Ce que ça doit être de vivre seul dans une demeure pareille.

Le sentier bifurque vers un pavillon au sol en damier, flanqué de colonnes antiques, qui offre une vue à couper le souffle sur le lac – petits bateaux scintillant dans le lointain, canopée de chênes, calme plat de l'eau, revigorant.

Et des douves.

Cette demeure, la demeure de Nicholas Bell, a ses propres douves. Voilà un sombre rappel qu'ici on n'entre ni ne sort sans permission explicite.

Charlie désigne une rangée de transats, et prend place dans un des sièges, face au lac miroitant au loin.

J'évite de croiser son regard, et me concentre sur les bateaux. Je sais pourquoi j'avais besoin de venir ici. Mais maintenant que je suis là, je crains d'avoir commis une erreur. J'aurais mieux fait de tenir compte de l'avertissement de Charlie : rien de bon ne m'attend ici.

– Installez-vous où vous voulez, dit Charlie.

– Non, ça va.

– Il se peut qu'il vous fasse attendre un peu.

Je m'adosse à l'une des colonnes.

– Ça ne me gêne pas de rester debout.

– Ce n'est peut-être pas de vous dont vous devriez vous inquiéter…

Au son de cette voix masculine, je fais volte-face dans un sursaut : Nicholas se tient sur le seuil de la maison. Deux chiens l'accompagnent, des labradors noisette massifs. Ils guettent un signe de Nicholas.

– Ces colonnes ne sont pas aussi solides qu'elles en ont l'air, dit-il.

Je m'écarte.

– Désolée.

– Non, non, je plaisante. Je vous fais marcher.

Il s'avance vers moi tout en agitant la main dans ma direction, les doigts légèrement crispés. Un homme mince, avec un bouc fourni – d'apparence frêle, avec ses doigts mangés par l'arthrose, son jean flottant sur ses jambes et son gilet en molleton.

Je me mords la lèvre, essayant de masquer ma surprise. Je ne m'attendais pas à ce spectacle, un homme doux et aimable. On dirait un gentil grand-père. Avec son ton attentionné – une cadence lente, un humour pince-sans-rire –, il me rappelle mon propre grand-père si bienveillant.

– Mon épouse a acheté ces colonnes en France, dans un monastère, et les a fait transporter jusqu'ici en deux morceaux. Un artisan local les a réassemblées, pour leur redonner leur allure d'origine. Elles sont plus que robustes.

– Elles sont également magnifiques.

– Oui, magnifiques, vous trouvez aussi ? Mon épouse avait du flair, pour la décoration. Tout ce qui se trouve ici, c'est elle qui l'a choisi. Absolument tout.

La simple évocation de sa femme semble le peiner.

– Je n'ai pas l'habitude de discuter de l'histoire de ma maison, mais je me suis dit qu'un peu de contexte vous intéresserait…

La phrase m'interpelle. Est-il en train d'insinuer qu'il sait quel est mon métier ? Est-ce possible ? Est-il possible que ça ait déjà fuité ? Ou est-ce moi qui provoque les fuites ? C'est peut-être quelque chose que j'ai dit à Charlie sans même en avoir conscience. Un truc qui nous aurait démasquées.

Quoi qu'il en soit, Nicholas est désormais à la barre. Il y a dix heures, ce n'était peut-être pas le cas. Mais j'ai tout bousculé en débarquant à Austin. Je suis désormais dans le monde de Nicholas. Austin, c'est son monde, et je nous y ai ramenées. Comme pour le souligner, deux agents de sécurité sortent de la maison – Ned et un autre type. Deux grosses baraques au visage fermé. Qui viennent se poster juste derrière Nicholas.

Il fait mine de ne pas s'en apercevoir. Au contraire, il prend ma main dans les siennes. Comme si nous étions de vieux amis. Ai-je le choix ? Je le laisse faire, le laisse poser ses paumes autour de mes mains.

– Je suis ravi de vous rencontrer… dit-il.

– Hannah, dis-je. Appelez-moi Hannah.

– Hannah.

Il sourit – sincère, généreux. Et soudain, cela me perturbe davantage que s'il me montrait le visage opposé. À quel moment Owen était-il en face de lui, à songer *Nicholas doit forcément être quelqu'un de bien ?* Comment pourrait-il arborer un sourire pareil sinon ? Comment aurait-il pu élever la femme qu'Owen aimait ?

Difficile de soutenir son regard, alors je baisse les yeux, regarde par terre, et les chiens.

Nicholas suit mon regard. Puis il se baisse, flatte ses chiens derrière la tête.

– Voici Casper, et celui-ci, c'est Leon.

– Ce sont des bêtes splendides.

– Oh, oui. Je vous remercie. Je les ai ramenés d'Allemagne. En ce moment, on les entraîne à être des *Schutzhunden*.

– C'est-à-dire ?

– La traduction officielle, c'est « chien de garde ». Ils sont censés protéger leurs propriétaires. Moi, je crois surtout qu'ils sont de bonne compagnie.

Une pause.

– Vous vouliez les caresser ?

Je n'y vois pas une menace, mais ça ne ressemble pas pour autant à une invitation, du moins pas du genre que j'ai envie d'accepter.

Je tourne la tête vers Charlie, toujours allongé dans son transat, bras levé, les yeux cachés derrière son coude. Sa posture détendue semble factice, presque comme s'il était aussi peu à l'aise chez son père que moi. Mais ensuite Nicholas s'approche de lui, et pose la main sur l'épaule de son fils. Et Charlie vient poser la sienne par-dessus.

– Salut, p'pa.

– La nuit fut courte, on dirait ?

– On peut dire ça, oui.

– Dans ce cas, buvons un verre ! Vous voulez un whisky ?

– Super idée, oui. Vraiment.

Le regard que Charlie adresse à son père est sincère, ouvert. Et je comprends que j'ai mal interprété son anxiété. Ce qui le mine, visiblement, ça n'est pas en rapport avec son père, dont la main est toujours sous la sienne.

Grady avait, semble-t-il, raison sur ce point : qui que Nicholas ait été dans sa vie professionnelle, malgré la laideur et le danger, il n'en demeure pas moins cet homme qui pose la main sur l'épaule de son fils adulte et lui propose un petit remontant après une dure nuit de labeur. Ça, c'est l'homme que voit Charlie.

Ce qui me fait me demander si Grady a raison, pour le reste. Ou, devrais-je dire, à quel point Grady a raison pour le reste. Sur le fait que pour être en sécurité – que Bailey soit en sécurité –, je dois me tenir éloignée de lui.

Nicholas adresse un petit hochement de tête à Ned qui s'avance vers moi. Je tressaille, recule d'un pas, levant les mains.

– Qu'est-ce que vous faites ? dis-je.

– Il va simplement s'assurer que vous ne portez pas de micro, dit Nicholas.

– Vous avez ma parole. Qu'aurais-je à gagner en agissant de la sorte ?

Nicholas sourit :

– Voilà précisément le genre de questions avec lesquelles je refuse désormais de perdre mon temps. Mais si vous permettez…

– Levez les bras bien haut, s'il vous plaît, dit Ned.

Je regarde Charlie, attendant qu'il vienne à ma rescousse – qu'il dise que ce n'est pas nécessaire. Il n'en fait rien.

J'obtempère, me disant que ce n'est guère différent d'une palpation à l'aéroport, d'un passage de contrôle de sécurité. Aucune raison d'y prêter attention. Mais ses mains sont glaciales, et tout le temps qu'il me palpe les flancs, la crosse de son revolver dépasse, à sa taille. Prêt à servir. Nicholas n'en perd pas une miette. Flanqué de ses chiens de garde, prêts à servir eux aussi.

Ma gorge se comprime, je tâche de ne pas le montrer. Si Ned ou l'un de ces hommes voyaient mon mari, ils lui feraient du mal. Tellement de mal que, de toute façon, rien de ce que je fais maintenant n'a d'importance. Dans mon esprit, la voix de Grady résonne. *Nicholas est un sale type. Ces gens sont sans foi ni loi.*

Ned s'écarte, et fait un signe à Nicholas. J'imagine qu'il signifie que je suis clean.

Je regarde Nicholas droit dans les yeux, sentant encore le poids des mains du garde du corps sur ma peau :

– Vous les accueillez toujours comme ça, vos invités ?

– Je reçois peu, ces derniers temps.

J'opine, tire un peu sur mon pull, croise les bras. C'est alors que Nicholas se tourne vers Charlie :

– Tu sais quoi, Charlie ? Je voudrais rester seul un instant avec Hannah. Pourquoi tu n'irais pas boire un verre près de la piscine ? Après tu pourras rentrer chez toi.

– C'est moi qui conduis Hannah.

– Marcus la raccompagnera où elle veut. On parlera demain. C'est d'accord ?

Nicholas congédie son fils d'une dernière tape sur l'épaule. Puis, avant que Charlie ait pu ouvrir la bouche, comme s'il n'y avait rien à ajouter, Nicholas ouvre les portes de chez lui et entre.

Il marque tout de même un temps d'arrêt sur le seuil. Le temps que je me décide. Je peux partir sur-le-champ avec Charlie ou rester seule avec lui.

Voilà quelles sont mes options : rester avec Nicholas et aider ma famille, ou abandonner ma famille et m'aider moi. J'ai le sentiment d'être confrontée à un test biaisé – comme si je n'avais que ça à faire, comme si je n'en étais pas déjà au point où aider ma famille et m'aider moi revenait au même.

– On y va ? dit Nicholas.

Je peux encore partir. Je peux encore le planter là. Je songe au visage d'Owen. Il ne voudrait pas me voir ici. Au visage de Grady. *Pars, pars, pars.* Dans ma poitrine, c'est la cavalcade, au point que j'ai l'impression que Nicholas doit l'entendre. Il n'en est rien, évidemment, mais ce qui est certain c'est qu'il la sent : la tension qui se dégage de moi.

Il y a un moment où l'on réalise que l'on ne joue pas dans sa ligue. Pour moi, c'est maintenant.

Les chiens guettent un geste de Nicholas. Tout le monde semble guetter sa réaction, même moi.

Jusqu'à ce que je fasse un pas dans la seule direction possible. Vers lui.

– Après vous, dis-je.

Deux ans plus tôt

– Bailey, j'adore ta robe.

Nous étions à Los Angeles, en train de dîner chez Felix, à Venice. Je travaillais pour une cliente qui possédait une maison au bord d'un canal et Owen s'était dit que ce serait l'occasion idéale pour que Bailey et moi passions du temps ensemble. C'était probablement la huitième fois que nous nous voyions, mais en général elle se débrouillait pour éviter que ça excède le temps d'un repas. On ne passait jamais le week-end entier tous les trois. Nous l'avions emmenée voir un concert dirigé par Dudamel, au Hollywood Bowl, elle avait trouvé ça génial. Et nous étions maintenant attablés dans le meilleur restaurant italien de Los Angeles, qu'elle trouvait tout aussi génial. La seule chose qui n'était pas géniale, dans tout ça ? Ma présence.

– Ça te va drôlement bien, cette teinte de bleu.

Pas de réponse, pas même un vague hochement de tête. Elle m'ignora purement et simplement, et s'enfila une rasade de limonade sicilienne.

– Il faut que je passe aux toilettes, dit-elle.

Et elle s'était levée, avait filé avant même qu'Owen ait eu le temps de répondre.

Il la suivit des yeux. Quand elle disparut à l'angle de la pièce, il se tourna vers moi :

– Je voulais te faire la surprise, mais c'est peut-être mieux si je te le dis maintenant : je t'emmène à Big Sur, le week-end prochain.

Je passais la semaine à Los Angeles pour terminer mon projet dans le quartier des canaux, et j'avais prévu de prendre un vol pour Sausalito le vendredi. On avait évoqué l'idée d'une virée sur le littoral, pour rendre visite à des cousins d'Owen. Des cousins qui vivaient, avait-il dit, à Carmel-by-the-Sea, une petite bourgade touristique à l'extrémité de la péninsule.

– Donc, les fameux cousins de Carmel, c'était une légende ?

– Ils existent forcément… mais pas dans ma famille.

Je ris.

– J'ai de la chance, à vrai dire. Je n'ai pas vraiment de cousins où que ce soit. Je suis sans famille, à part Bailey.

– Mais elle, c'est une bénédiction.

Il me sourit :

– Tu le penses vraiment, on dirait ?

– Bien sûr. Bien que ce ne soit pas franchement réciproque.

– Ça finira par venir.

Il but une gorgée et poussa son verre dans ma direction.

– Tu as déjà goûté un good luck charm ? C'est un cocktail à base de whisky que je réserve pour les grandes occasions. Un mélange de whisky, citron et menthe. Et ça marche. Ça porte bonheur.

– Tu as besoin de chance, toi ?

– Je vais te poser une question et tu vas me dire que c'est trop tôt. Je peux quand même ?

– C'est ça la question ?

– Ça vient. Mais pas comme ça, pas pendant que ma fille est aux toilettes. Donc tu peux souffler…

Il avait raison. Depuis qu'il avait dit ça, je retenais mon souffle, de crainte qu'il me pose la question sans crier gare. Je flippais de ne pas être capable de dire oui, le cas échéant. Et je serais tout aussi incapable de dire non.

– Je te poserai peut-être la question à Big Sur. On va séjourner au sommet de ces charmantes petites collines couvertes de pins, tu ne verras jamais d'arbres plus majestueux. Imagine une série de yourtes, plantées au pied des arbres, qui dominent l'océan. L'une d'elles est pour nous.

– Je n'ai jamais dormi dans une yourte.

– Eh bien tu ne pourras plus en dire autant d'ici une semaine.

Il reprit son verre en main et but longuement.

– Et je sais que je m'avance un peu, mais je ferais sans doute mieux de te prévenir que j'ai extrêmement hâte de devenir ton époux. Tout ceci reste entre nous, bien sûr.

– Entre nous, je ressens la même chose.

Sur ces entrefaites, Bailey avait regagné la tablée. S'était assise et avait planté sa fourchette dans ses pâtes, une interprétation somptueuse des *cacio e pepe*, version

Italie du Sud. Un mélange décadent de fromage et de poivre relevé, d'huile d'olive fruitée.

Owen se pencha pour lui en piquer une bouchée.

– Papa !

Elle rigola.

– Quand on aime, on partage, fit-il, bouche pleine. Tu veux que je te dise un truc cool ?

– Carrément.

Et elle lui sourit.

– Hannah nous a trouvé des billets pour aller voir *Pieds nus dans le parc*. Ils rejouent la pièce au théâtre Gellen, demain soir. Elle aussi est fan de Neil Simon. C'est pas génial ?

– Parce que demain on voit encore Hannah ?

Ça lui avait échappé avant qu'elle puisse se retenir.

– Bailey… fit Owen, secouant la tête.

Puis j'eus droit à un regard navré : *Désolé qu'elle se comporte ainsi.*

Je haussai les épaules : *Ça ne fait rien, elle a le droit de penser ça.*

Et c'était sincère. Ça m'allait. C'était une adolescente qui avait passé la majeure partie de sa vie sans mère. Son père était tout pour elle. Je ne m'attendais pas à ce qu'elle soit emballée à l'idée de le partager. Et personne ne devait exiger ça d'elle.

Elle baissa la nuque, gênée :

– Désolée, c'est juste que… j'ai beaucoup de devoirs à faire.

– T'en fais pas, ça n'a aucune importance. J'ai des tonnes de boulot sur les bras. Vous n'avez qu'à y aller tous les deux ? Juste ton père et toi. Et on pourrait se retrouver ensuite à l'hôtel, si tu parviens à te débarrasser de tous tes devoirs ?

Elle me regarda, attendant le piège. Il n'y en avait pas. Je voulais qu'elle le comprenne. Peu importait ce que j'allais bien faire la concernant, et ce que j'allais rater (et vu comme c'était parti, je savais qu'elle allait considérer tout ce que je ferais comme malvenu), il n'y aurait jamais de piège. Ça, je pouvais le lui promettre. En ce qui me concernait, elle n'avait pas à être sympa. Elle n'avait pas besoin de faire semblant. Tout ce qu'elle avait à faire, c'était d'être elle-même.

– Je suis sincère, Bailey. Je ne te mets aucune pression…

Owen m'attrapa la main par-dessus la table.

– Ça me ferait vraiment plaisir qu'on y aille tous les trois, ensemble.

– La prochaine fois, dis-je. On fera ça la prochaine fois.

Bailey redressa la tête. Et je le vis avant qu'elle se recompose un visage. Je le vis dans ses yeux, comme un secret qu'elle n'avait pas l'intention de partager avec moi – sa gratitude de se voir comprise. Je vis combien elle avait besoin de quelqu'un qui la comprenne, quelqu'un qui ne serait pas son père. Que la pensée l'avait traversée l'espace d'une seconde – que peut-être, oui peut-être, cette personne ce pourrait être moi.

– D'accord, dit-elle, la prochaine fois.

Et, pour la première fois, elle m'avait souri.

Parfois, il faut savoir agir seule

On avance dans le couloir où s'alignent tous ces tirages photographiques, et on passe devant un qui figure la côte californienne. La sublime bande de littoral près de Big Sur. Le tirage mesure bien deux mètres de long, une vue panoramique de cette portion de route quasi impossible creusée dans les flancs de collines escarpées, entre la roche et l'océan. L'image m'absorbe tellement, j'y puise un tel réconfort familier, que je la manque presque quand on passe devant le salon. Je l'aperçois au dernier moment. Ma table, celle qui a été publiée dans *Architectural Digest.* La table qui a lancé ma carrière.

C'est la pièce qui a été le plus souvent éditée. Une chaîne de magasins a même lancé une production en série quand le numéro d'*AD* est sorti.

Je me fige. Nicholas m'a dit que son épouse avait choisi tout le mobilier elle-même. Et si elle était tombée sur cet article, dans *Architectural Digest* ? Et si c'était ça qui l'avait menée à cette table ? C'était possible. L'article était toujours en ligne. À coups de clics, elle aurait pu remonter la piste menant à sa petite-fille disparue, si elle avait suffisamment cherché, si seulement elle avait su quoi chercher.

Une série de décisions, après tout, m'ont guidée jusqu'ici, à cette maison où je n'ai aucune envie d'être – où m'attend un objet de mon passé, comme s'il était nécessaire de me remémorer que tout ce qui compte, dans ma vie, est à la merci de ce qui va se produire là, maintenant, tout de suite.

Nicholas ouvre une lourde porte en chêne, me laisse passer.

J'évite de regarder en arrière, vers Ned, qui nous suit à la trace. J'évite aussi de regarder les chiens qui le talonnent.

Je suis Nicholas dans son bureau et observe la pièce – les fauteuils de cuir noir, les lampes de lecture, les rayonnages en acajou. S'y alignent des encyclopédies et des classiques. Au mur, les diplômes de Nicholas et diverses distinctions honorifiques. Summa cum laude. Phi Beta Kappa. *Law Review*. Toutes ont été fièrement encadrées.

Dans son bureau, l'atmosphère déroge à celle du reste de la maison. C'est plus personnel. On y trouve quantité de portraits de famille – au mur, sur la crédence, dans la bibliothèque. Le bureau est entièrement dévolu aux photos de Bailey, en revanche. Toutes dans des cadres argentés, tout agrandies à deux fois leur taille normale. On y voit la petite Bailey, avec ses pupilles sombres toutes écarquillées. Et ses jolies bouclettes, aucune n'étant encore teintée de mauve.

Puis il y a sa mère, Kate. Sur la plupart des clichés, elle tient Bailey dans ses bras : Bailey et Kate mangeant un cornet de glace, Bailey et Kate se câlinant sur un banc, dans un parc. Mon regard se porte sur l'une où Bailey a une poignée de jours à peine, coiffée d'un petit bonnet bleu layette. Kate est allongée auprès du bébé, bouche contre bouche, front contre front. J'en ai le cœur brisé. Et je devine la raison pour laquelle Nicholas la conserve sous ses yeux – pourquoi elles sont toutes bien en vue : pour que, chaque jour, ça lui transperce le cœur de nouveau.

C'est le problème, avec le bien et le mal. Ils ne sont pas si éloignés l'un de l'autre – et bien souvent, ils prennent racine au même endroit, là où l'on voudrait que les choses soient différentes.

Ned demeure à l'extérieur de la pièce. Sur un signe du menton de Nicholas, il referme la porte. La lourde porte en chêne. Dans le couloir se trouvent le garde du corps et les chiens.

Et nous sommes tous les deux dans le bureau, seuls.

Nicholas avance jusqu'au bar et nous sert chacun un verre. Il me tend le mien et prend place derrière sa table, me laissant le siège face à lui – un siège de cuir à l'assise profonde, avec des clous dorés.

– Installez-vous confortablement, dit-il.

Je m'assieds, mon verre à la main. Mais tourner le dos à la porte m'est inconfortable. Un instant me traverse l'idée qu'on pourrait entrer et me tirer une balle dans la tête. Un des gardes du corps pourrait me prendre par surprise, les chiens pourraient me sauter à la gorge. Charlie lui-même pourrait jaillir ici. J'ai peut-être mal compris le contenu du testament d'Owen. Peut-être qu'en voulant tenir Bailey et Owen loin de ce dans quoi je venais de les embarquer, je me suis jetée dans la gueule du loup. Un sacrifice. Au nom de Kate. Ou d'Owen. Ou de Bailey.

Je me rappelle que c'est bon. Si je parviens à faire ce pour quoi je suis venue, j'accepte mon sort.

Je pose mon verre. Et mes yeux, de nouveau, vaquent d'un cadre à l'autre. Sur l'une des photos d'elle bébé, Bailey porte une robe élégante, et un bandeau avec un nœud lui enserre la tête.

J'y trouve un certain réconfort qui, je crois, n'échappe pas à Nicholas. Il se saisit du cadre et me le tend.

– C'était pour les deux ans de Kristin. Elle parlait déjà bien, elle faisait des phrases complètes, c'était impressionnant. Je l'ai emmenée au parc, ce devait être la semaine suivante, et on a croisé son pédiatre. Il lui a demandé comment elle allait et elle lui a fait une réponse en deux paragraphes. Il n'en croyait pas ses oreilles.

Je tiens la photo serrée dans mes mains. Bailey me regarde, sa chevelure bouclée comme un présage à toute sa personnalité.

– Je le crois sans peine.

Nicholas s'éclaircit la gorge :

– J'imagine que ça n'a pas changé ?

– Si. Ces jours-ci, elle est davantage portée sur les monosyllabes, du moins avec moi. Mais dans l'ensemble, oui, c'est une flèche.

Je lève la tête, et l'expression de Nicholas me frappe. Il semble en colère. Je ne sais pas trop pourquoi. Que j'aie fait quelque chose qui puisse porter Bailey à ne pas m'apprécier comme je le voudrais ? Ou de ne pas avoir eu cette chance lui-même ?

Je lui rends la photo, qu'il remet sur le bureau, la repositionnant de manière compulsive jusqu'à ce qu'elle ait repris sa place exacte, que chaque élément se rapportant à elle demeure inchangé. J'y vois un peu de pensée magique, comme si ça le reliait à elle, comme si ça allait lui permettre de la retrouver.

– Alors, Hannah, en quoi puis-je vous aider exactement ?

– Eh bien j'espérais que nous pourrions parvenir à un accord, M. Bell.

– Je vous en prie… Nicholas.

– Nicholas.

– Et non.

J'inspire à fond, m'avance sur mon siège.

– Vous n'avez même pas écouté ce que j'ai à vous dire.

– Ce que je veux dire c'est que non, ce n'est pas la raison de votre venue ici. Nous savons tous deux que vous ne cherchez pas un accord. Vous espérez que je vous dise que je ne suis pas ce qu'on raconte.

– Ce n'est pas vrai. Je me fiche bien de savoir qui a tort ou raison, dans l'affaire.

– Tant mieux, dit-il, parce que je ne crois pas que la réponse vous plairait tellement. Les gens fonctionnent rarement comme ça. On a sa petite idée et on filtre les informations à travers une grille de lecture qui s'y conforme.

– Vous ne croyez guère qu'on puisse changer d'avis ?

– Cela vous étonne ?

– Pas vraiment, mais vous êtes avocat. Convaincre les gens, c'est une grosse partie du boulot, non ?

Il sourit :

– Je crois que vous confondez avocat et procureur. Quand on défend quelqu'un, du moins quand on est doué, on n'essaie jamais de convaincre. C'est tout l'inverse. On rappelle à chacun que rien n'est jamais certain.

Nicholas tend la main vers une boîte brune, sur la table. Il soulève le couvercle et en extirpe une cigarette.

– Je ne vous en propose pas. C'est une habitude répugnante, je sais. Mais j'ai commencé à fumer à l'adolescence, il n'y avait pas grand-chose d'autre à faire, là d'où je viens. Et j'ai repris en prison, pour des motifs semblables. Pas pu décrocher, depuis. Du temps de ma femme, j'essayais, régulièrement. J'ai tenté les patchs. Vous connaissez ? Ça aide, si on a la volonté, mais je suis lucide, désormais. Depuis que ma femme n'est plus là, je ne fais plus semblant. À quoi bon ? Charlie me mène la vie dure avec ça, mais c'est peine perdue. Je suis vieux, maintenant. Je me dis que je succomberai à autre chose avant ça.

Il porte une cigarette à ses lèvres, un briquet en argent dans la main.

– J'aimerais vous raconter une anecdote, si vous le permettez. Avez-vous déjà entendu parler de Harris Gray ?

– Je ne crois pas, non.

Il actionne le briquet et inspire une longue bouffée.

– Non, évidemment que non. Pourquoi le connaîtriez-vous ? C'est lui qui m'a présenté mes anciens employeurs. Il avait vingt et un ans quand je l'ai rencontré, il était tout en bas de l'échelle. S'il avait été plus capé, les *gentlemen* à la tête du réseau auraient fait appel à un de leurs avocats affidés, et je ne serais pas assis face à vous à l'heure qu'il est. Mais il ne l'était pas. Et j'ai donc été commis d'office par la Ville d'Austin. Le cas m'a été attribué par pur hasard, un soir où je travaillais tard. Harris s'était fait pincer en possession d'OxyContin. Pas une grosse quantité, mais suffisamment. On l'accusait d'« intention de revente ». Inutile de dire que c'était bien, de fait, son intention.

Il tire de nouveau sur sa cigarette.

– Tout ça pour dire que j'ai fait mon boulot, et sans doute trop bien. Harris aurait dû se retrouver en taule quelque temps, trente-six mois, voire le double s'il passait devant le mauvais juge. Mais je l'ai fait sortir.

– Comment vous vous y êtes pris ?

– Il n'y a pas de recette miracle : j'ai travaillé d'arrache-pied. J'ai été attentif aux détails. Et le procureur ne s'y attendait pas. Il a traité l'affaire par-dessus la jambe. N'a pas produit les éléments de preuve disculpatoires, et j'ai fait valoir le vice de procédure. Harris est sorti blanchi. Après cela, ses employeurs ont demandé à me rencontrer. Ils étaient impressionnés et tenaient à me le faire savoir. Et à ce que je récidive pour d'autres membres du réseau qui se retrouvaient en délicatesse avec la justice.

Je ne sais pas ce qu'il attend comme commentaire, mais il me dévisage, peut-être simplement pour s'assurer que je l'écoute.

– Ces messieurs à la tête du réseau pour lequel travaillait Harris ont décidé que j'avais réalisé le genre de prouesse indispensable pour garder leurs forces vives… vives. Ils m'ont fait venir en Floride, avec ma femme, en jet privé. Je n'avais jamais même volé en première classe, avant cela. Mais ils ont envoyé un jet me chercher et nous ont installés dans un hôtel en bord de mer, dans une suite avec un majordome attitré, et m'ont fait une proposition, du genre difficile à refuser… Je ne sais pas trop pourquoi je mentionne l'avion, ou le majordome en bord de mer. Peut-être est-ce pour que vous compreniez que là, avec ces types, je n'étais pas dans mon élément. Non que je n'aie pas eu le choix, je ne dis pas ça, non. Je crois qu'on a toujours le choix. Et le choix que j'ai fait, ç'a été de défendre des gens qui, au regard de la loi, ont droit d'être défendus. C'est un rôle honorable. Je n'ai jamais menti à ma famille à ce sujet. Je leur ai épargné certains détails, mais ils connaissaient le tableau d'ensemble et savaient qu'il y avait une ligne jaune que je ne franchissais pas. Je faisais mon boulot. Je prenais soin de ma famille. Quand vient la fin de la journée, ce n'est pas si différent que de travailler pour l'industrie du tabac. On fait des ajustements moraux de même nature.

– Sauf que je ne travaillerais pas non plus pour l'industrie du tabac.

– Oui, eh bien tout le monde ne peut pas se prévaloir de principes aussi stricts.

Ceci dit d'un ton tranchant. Je tente ma chance, j'argumente, mais je songe soudain que c'est peut-être précisément pour cela qu'il me déroule ce récit, pour m'amener à voir les choses sous cet angle. Pour me tester. Voir si je vais justement me comporter comme ça : argumenter, juger. C'est forcément pour ça qu'il me présente son histoire de cette manière : c'est le premier test. Il veut savoir si je vais le laisser me manipuler aveuglément pour me faire apprécier ou si je vais me montrer humaine.

– Ce n'est pas que j'aie des principes très stricts, mais j'ai l'impression que vos employeurs flirtaient régulièrement avec la ligne jaune et que vous en étiez tout à fait conscient. Et vous n'en avez pas moins choisi de les aider.

– Oh, c'est ça la subtilité ? Rester du bon côté de la ligne ? Et le mal qu'on cause, quand on arrache une enfant à sa famille alors qu'elle vient de perdre sa mère ? Et le mal qu'on cause quand on prive une enfant de connaître tous ceux qui auraient pu lui rappeler sa mère ? Quand on la prive de tous ceux qui l'aimaient ?

Je suis sciée. Et je comprends, désormais. Nicholas ne m'a pas servi cette histoire pour se présenter sous un jour plus favorable ou voir si j'allais lui tenir tête. Il m'a dit tout ça pour en arriver là, à ce point précis qui lui permet de laisser libre cours à sa fureur. Pour me la jeter au visage. Se servir des souffrances causées par Owen comme d'une arme retournée contre moi. Les souffrances ayant résulté du choix fait par Owen.

– Je crois que c'est l'hypocrisie, qui me blesse le plus, dit-il. Sachant qu'Ethan savait très bien ce que je faisais ou ne faisais pas pour mes employeurs. Il en savait plus long que mes propres enfants. En partie parce qu'il s'y connaissait en codage et en informatique. Et en partie parce que nous étions devenus proches, et que je l'avais affranchi. Disons qu'il m'a rendu certains services. C'est comme ça qu'il a pu me causer de tels ennuis, par la suite.

Je ne sais que rétorquer. Que répondre à cela ? C'est comme ça qu'il se voit, comme un homme fidèle à sa famille, un homme malmené. Et il voit Owen comme celui qui lui a porté le coup fatal, les torts sont partagés, à ses yeux. Que répondre à un argument si biaisé ? Je décide de m'abstenir. De prendre un autre chemin.

– Je ne crois pas que vous ayez tort, à ce sujet.

– Non ?

– S'il y a bien une chose que je sais à propos de mon mari, c'est qu'il serait prêt à tout pour sa famille. Et c'est ce que vous étiez, à ses yeux, donc j'imagine qu'il avait dû s'impliquer à fond, quoi que vous lui ayez demandé de faire…

Puis, après un blanc, je reprends :

– Jusqu'à ce qu'il décide que ce n'était plus possible.

– Je travaillais déjà pour mes employeurs depuis longtemps quand Ethan est entré dans la vie de ma fille. J'avais d'autres clients également, pour votre gouverne. J'ai continué à me battre pour des gens que vous auriez validés, je prends toujours des gars de ce genre, d'ailleurs, même si je doute que mes bonnes actions vous intéressent énormément.

Je ne dis rien. Il n'attend pas de commentaire de ma part. Il veut en venir quelque part, et on approche.

– Ethan m'a reproché ce qui est arrivé à Kate. Il l'a mis sur le compte de mes employeurs, qui n'avaient rien à voir dans l'affaire. Elle travaillait pour un sujet de la Cour suprême du Texas, un juge avec beaucoup de poids. Vous le saviez ?

– Je le savais, oui, dis-je, hochant la tête.

– Vous saviez aussi qu'avec ce juge, la Cour avait opéré un virage à gauche et se préparait à voter de manière imminente contre un gros consortium pétrolier, le deuxième plus gros du pays ? Si vous voulez qu'on parle de criminels, en voici de vrais, d'authentiques criminels en col blanc qui répandent des matières hautement toxiques dans l'atmosphère à une vitesse affolante.

Il m'observe.

– Voyez-vous, le juge, le supérieur de Kate, se préparait à rendre une décision allant à l'encontre des intérêts de ce groupe. Il en serait résulté une réforme législative majeure, le groupe y aurait perdu pas loin de six milliards de dollars, qu'il aurait dû allouer à mieux préserver l'environnement. Et le jour suivant le décès de ma fille, le juge a trouvé une balle, dans la boîte à lettres de son domicile. Ça vous évoque quoi ? Une coïncidence ? Ou plutôt un avertissement ?

– Je n'ai pas assez d'éléments.

– Ethan, lui, a décidé qu'il en savait assez. Impossible de lui faire entrer dans le crâne que les gens que je protégeais depuis deux décennies n'auraient jamais fait ça à ma fille. Que je connaissais ces hommes et qu'ils avaient leur propre code d'honneur. Ils ne fonctionnaient pas comme ça. Même les plus néfastes d'entre eux n'auraient pas agi comme ça, pas sans ordre. Mais Ethan n'a rien voulu entendre. Il voulait me faire porter le chapeau. Et me punir. Comme si je n'avais pas été suffisamment puni comme ça.

Il laissa planer un court silence.

– Perdre un enfant, c'est ce qu'il peut vous arriver de pire. De pire. Surtout quand on consacre sa vie à sa famille.

– Ça, je le comprends.

– Votre mari, lui, ne comprenait pas. Il n'a jamais pu comprendre ça, à mon sujet. Après son témoignage, j'ai passé six ans et demi en prison, pour avoir refusé de mettre en danger ma famille en révélant des secrets de mes employeurs. Ce qu'ils considèrent aussi comme du travail. Ils continuent donc de se montrer généreux à mon égard. Bien que j'aie pris ma retraite, ils me considèrent de la famille.

– Malgré le fait que votre beau-fils ait envoyé plusieurs d'entre eux derrière les barreaux ?

– Les gens qui ont été envoyés en prison en même temps que moi étaient surtout des sous-fifres. C'est moi qui ai porté le chapeau, côté décisionnel. Ils ne l'ont pas oublié. Ils ne l'oublieront pas.

– Donc vous pourriez leur demander d'épargner Ethan ? Théoriquement ? Si vous le vouliez.

– Vous ne m'avez pas écouté, on dirait ? Je n'en ai nullement l'intention. De toute manière, personne ne peut apurer sa dette. Ce serait impossible.

– Vous venez de dire qu'ils feraient n'importe quoi, pour vous.

– C'est sans doute ce que vous vouliez entendre. Moi, ce que je dis, c'est qu'ils savent se montrer généreux à certains égards. Pas à tous les égards. Même au sein des familles, on ne pardonne pas tout.

– Non, dis-je. Sans doute pas.

Et je prends brutalement conscience qu'un autre processus est engagé. Je le comprends à ce que Nicholas passe sous silence – pour l'instant, en tout cas.

– Vous n'avez jamais aimé Ethan, dites-moi ?

– Pardon ?

– Avant tout ça, quand vous l'avez rencontré pour la première fois, ce n'était pas ce que vous auriez souhaité. Pour votre fille. Ce gamin sans le sou du sud du Texas qui voulait épouser votre fille. Vous aviez dû rêver mieux, pour elle. Il avait grandi dans un bled semblable au vôtre. Il devait un peu trop vous rappeler la vie que vous aviez fait en sorte de ne pas mener.

– Vous êtes psy ?

– Pas du tout. Mais je suis attentive aux détails.

Il me décoche un regard amusé. Ça ne lui déplaît pas, visiblement, qu'on lui renvoie ses paroles.

– Et donc, quelle est votre demande ?

– Toute votre vie, vous avez agi de manière que vos enfants aient des options différentes de celles que vous aviez eues, une vie plus facile. Kate. Charlie. Qu'ils grandissent dans un contexte favorable. Fréquentent les meilleures écoles, avec un maximum d'opportunités. Qu'ils n'aient pas à se battre si dur. Et pourtant, l'un de vos enfants laisse tomber son cursus d'architecture et décide de reprendre le bar de sa belle-famille. Puis divorce.

– Attention.

– Et l'autre porte son dévolu sur la dernière personne que vous voudriez la voir épouser.

– Comme le disait ma femme, on ne choisit pas qui nos enfants aiment. Je me suis fait à son choix, à Ethan. Je voulais simplement qu'elle soit heureuse.

– Mais vous aviez un pressentiment, pas vrai ? Vous sentiez qu'il n'était pas la bonne personne, qu'il ne la rendrait pas heureuse ?

Nicholas se penche, toute trace de sourire évanouie.

– Vous saviez que quand Kate et Ethan ont commencé à se fréquenter, elle ne m'a plus parlé pendant un an ?

– Je n'ai appris l'existence de Kate qu'hier. Donc je n'ai qu'une vision très floue de ce que pouvait bien être votre relation.

– Elle était en première année, à la fac, et a soudain rompu les ponts de manière drastique avec nous. Enfin, avec moi, surtout… Elle n'a jamais vraiment coupé avec sa mère. C'était l'influence d'Ethan. Toutefois, on a réussi à surmonter ça. Kate est revenue nous voir et on a fait la paix. C'est ce que font les filles. Elles aiment leur père. Quant à Ethan et moi…

– Vous avez fini par lui faire confiance ?

– Oui. Je n'aurais pas dû, c'est une évidence. Mais oui, je l'ai fait. Je pourrais vous raconter quelque chose qui changerait à jamais votre regard sur votre mari.

Je me tiens coite. Parce que je sais qu'il dit vrai. Du moins, de son point de vue. Owen, à ses yeux, a mal agi. Il a mal agi envers Nicholas. A trahi sa confiance. L'a privé de sa petite-fille. A disparu.

Nicholas n'a pas tort à propos de tout ça. Il se peut même qu'il ait raison à mon sujet. Si je choisis de m'engouffrer dans l'abîme de doute que Nicholas veut créer autour d'Owen, ce ne sera pas difficile de m'y emmener. Owen n'est pas celui que je croyais, du moins pas sous toutes les coutures. Il y a des détails dont je préférerais qu'ils n'existent pas, d'autres que je ne peux plus ignorer. D'une manière ou d'une autre, c'est le contrat que l'on signe lorsqu'on aime quelqu'un. Pour le meilleur et pour le pire. C'est le contrat qu'on resigne chaque jour pour que la flamme demeure. On ne se détourne pas des aspects qui nous plaisent moins. Qu'ils nous apparaissent rapidement ou après bien des années. Si on en a la force, on les accepte. Du moins, on les accepte suffisamment pour que ces points noirs ne deviennent pas le cœur de l'histoire.

Parce qu'il y a ça, aussi. Les détails ne font pas une histoire. L'histoire dans son entier inclut toujours cela : j'aime Owen. Je l'aime, et Nicholas ne va pas me faire croire que j'ai tort. Ne va pas me faire croire qu'on s'est moqué de moi. Malgré tout, malgré tout ce qui semble indiquer le contraire, je suis sûre que ce n'est pas le cas. Je suis sûre de connaître mon mari, pour l'essentiel. C'est pour cela que je suis ici, assise dans cette pièce. Que je dis ce que je m'apprête à dire :

– Faisons abstraction de tout ça. Je crois que vous savez à quel point mon mari aime votre petite-fille.

– Où voulez-vous en venir ?

– J'ai une proposition à vous faire.

Il se met à rire.

– On en revient là ? Ma chère, vous ne savez pas ce que vous dites. Vous n'êtes pas en position de négocier quoi que ce soit.

– Je crois que si.

– Qu'est-ce qui vous le fait croire ?

Je prends une grande inspiration, le moment de vérité a sonné. Tout dépend de la manière dont je lui présente la chose. Il m'écoutera, ou pas. Et de cela dépend l'avenir de ma famille. Mon identité. Celle de Bailey. La vie d'Owen.

– Je suis sûre que mon mari aimerait mieux mourir que de vous laisser approcher d'un cheveu de sa fille. Voilà ce dont je suis sûre. Il me l'a prouvé en coupant tout lien à la racine et en l'éloignant d'ici. Cela vous met en rogne, soit, mais je sais que vous respectez cette posture de père. Vous ne pensiez pas qu'il en avait la carrure.

Nicholas ne dit rien, mais ne détourne pas les yeux pour autant. Il soutient mon regard. Je sens la colère monter, un peu trop, mais je poursuis :

– Et je suppose que vous aimeriez pouvoir connaître votre petite-fille ? J'imagine qu'une relation avec elle, ça n'aurait pas de prix ? Que vous seriez disposé à faire des arrangements avec vos ex-collègues pour permettre ça. Vous m'avez laissé entendre que vous avez le pouvoir d'exiger qu'ils nous laissent en paix, qu'ils nous laissent mener nos vies. Si vous voulez connaître votre petite-fille, nous savons tous les deux que vous avez les cartes en main. C'est ça, ou elle vous échappe de nouveau. Parce que telle est l'alternative, l'option qu'on me conseille. Le programme de protection des témoins, le grand démarrage à zéro. Votre petite-fille ne serait plus autorisée à être votre petite-fille. Pour la seconde fois.

Et ça arrive. Sans prévenir. Comme si on avait enclenché un interrupteur, les yeux de Nicholas s'assombrissent. Se vident. Son visage s'empourpre, le sang lui bat aux tempes.

– Qu'est-ce que vous venez de dire ?

Il se lève. Avant même d'en avoir conscience, j'ai reculé mon siège. Vers la porte. Comme s'il pouvait me sauter à la gorge. Cela semble possible. Tout semble soudain possible, tant que je n'aurai pas quitté cette pièce. Tant que je ne me serai pas éloignée de lui.

– Je n'apprécie pas d'être menacé de la sorte.

– Je ne vous menace pas, dis-je, m'efforçant de maîtriser ma voix. Ce n'était pas dans mes intentions.

– Quelles sont-elles, alors, vos intentions ?

– Je vous demande de m'aider à veiller à la sécurité de votre petite-fille. Afin que je sois en position de pouvoir l'informer de qui est sa famille. De pouvoir la laisser vous rencontrer.

Il ne se rassied pas. Me dévisage. Longuement. Ça n'en finit pas.

– Ces vieux *gentlemen*, dit-il, mes anciens employeurs… on peut imaginer que je parvienne à un accord avec eux. Ça me coûterait un peu de capital. Et un tel revirement à mon âge ne laisserait pas de les étonner. Mais… je crois qu'on pourrait s'assurer qu'ils vous laissent tranquilles, toutes les deux.

J'opine, ma voix se brise dans ma gorge alors que je pose la question suivante, la question qu'il me reste à poser :

– Et Ethan ?

– Non. Pas Ethan.

Le ton ne laisse pas place au doute. Il a des accents définitifs.

– Si Ethan voulait refaire surface, je ne pourrais pas vous garantir sa sécurité. Son passif est trop lourd. Je vous l'ai dit, je ne suis pas en mesure de protéger

Ethan, même si j'en avais envie. Ce qui, je vais être clair avec vous, n'est pas le cas.

Je m'étais préparée à cette position intraitable. J'étais aussi préparée qu'on peut l'être – une minuscule part de moi se prenant à rêver qu'elle n'aurait pas à acquiescer à ça. À faire ce pour quoi j'étais venue. Une minuscule part de moi, qui n'y croit toujours pas quand je réponds :

– Mais votre petite-fille. Vous sauriez garantir sa sécurité ? C'est ce que vous me dites ?

– Oui, potentiellement.

Je reste un temps silencieuse, jusqu'à ce que je me force à prononcer les mots suivants :

– Alors d'accord.

– Alors d'accord ? Mais d'accord pour quoi ?

– J'aimerais que vous parliez avec vos anciens employeurs de ce qu'on s'apprête à faire.

Il n'essaie même pas de dissimuler sa confusion. Il croyait savoir ce qui m'amenait. Il s'attendait à ce que je supplie qu'il laisse la vie sauve à Owen. Il ne comprend pas que c'est exactement ce que je fais, même si ça n'en a pas l'air.

– Vous comprenez ce que ça implique ? me dit-il.

Ça implique une vie sans Owen. Voilà ce que ça implique. Une vie qui ne ressemble en rien à ce que je m'étais imaginé, mais une vie où Bailey pourrait demeurer Bailey. Pourrait rester la jeune femme qu'elle est devenue sous le regard bienveillant d'Owen, celle dont il est si fier. Elle continuera à mener sa vie, dans deux ans elle ira à l'université, choisira la vie qu'elle veut, pas celle de quelqu'un d'autre – quelqu'un qu'elle devrait feindre d'être – mais la sienne.

Bailey et moi, on continuera comme avant – mais sans Owen, sans Ethan. Owen, Ethan : les deux commencent à se fondre l'un dans l'autre, dans mon esprit – le mari que je croyais connaître, celui que je n'ai pas connu. Renoncer à mon mari. Voici ce que ça implique.

Tel est le pacte que je m'apprête à conclure avec Nicholas s'il en est d'accord. Je lui explique pourquoi :

– C'est le souhait d'Ethan.

– De vivre sans elle ? Je n'y crois pas un instant.

Je hausse les épaules :

– Ça n'en est pas moins vrai.

Nicholas ferme les yeux. Soudain, il semble bien las. Et je sais que c'est en partie parce qu'il pensc à sa propre situation – à la fille (et à la petite-fille) dont il a dû se passer. Mais aussi parce qu'il a de l'empathie pour Owen, une empathie dont il ne veut pas, mais qu'il ressent tout de même.

Et voilà que ce que Nicholas ne veut surtout pas me montrer pointe le bout de son nez. Son humanité.

Alors je me résous à lui dire la vérité, de dire à haute voix ce que j'ai ruminé tout le week-end, sans jamais le formuler de vive voix – à quiconque.

– Je n'ai jamais vraiment eu de mère. Elle m'a quittée quand j'étais toute petite, pas beaucoup plus âgée que votre petite-fille quand vous l'avez vue pour la dernière fois. Et depuis, elle n'a joué quasiment aucun rôle dans mon existence. Une carte par-ci par-là, ou un coup de fil épisodique.

– Et pourquoi vous me dites ça ? Pour que je compatisse ?

– Non, pas du tout. J'avais mon grand-père, qui était tout bonnement épatant. Une personne inspirante. Et aimante. J'ai reçu plus que la plupart des gens.

– Alors pourquoi ?

– J'espérais que ça vous aiderait à comprendre que même en considérant ce que je risque de perdre ici, c'est à votre petite-fille que je pense. Ma priorité c'est de trouver la bonne solution pour elle, quel qu'en soit le prix. Vous le savez mieux que moi.

– Qu'est-ce qui vous fait dire ça ?

– Vous avez été à ma place.

Il ne dit rien. C'est inutile. Parce qu'il saisit très bien ce que je veux dire. Ma mère n'a jamais essayé de se battre pour sa famille – de se battre pour moi. Ça la définit. Apparemment, je suis prête à renoncer à tout pour agir différemment avec Bailey. D'une manière ou d'une autre, cela me définit.

Et si Nicholas est d'accord avec ce que je lui demande, cela le définira lui aussi. Nous aurons cela en commun. Nous aurons Bailey en commun. Nous serons les deux personnes faisant ce qu'il faut pour elle.

Nicholas croise les bras sur son torse, comme une embrassade, comme s'il se prenait dans les bras pour se donner du courage avant d'agir.

– S'il vous reste une infime trace d'espoir qu'un jour tout ceci prendra fin, qu'un jour ce sera fini et qu'Ethan pourra vous revenir, que vous pourrez reprendre le cours de vos vies en vous faisant tout petits… vous

vous trompez. C'est intenable. Ces hommes n'oublient jamais rien. Ça n'arrive jamais.

Je rassemble mes forces pour lui dire le fond de ma pensée :

– J'en suis consciente.

Nicholas m'observe, attentivement. Et je crois que je l'ai convaincu. Ou, du moins, que nous nous rapprochons l'un de l'autre. Pour le meilleur et pour le pire.

Mais on frappe à la porte. Charlie fait son entrée. Charlie qui, malgré les instructions, n'a pas quitté les lieux. Nicholas ne semble pas ravi. Mais il le sera encore moins après ceci :

– Grady Bradford est au portail. Avec pas moins d'une dizaine d'hommes de l'US Marshal.

– Il lui en a fallu du temps, dit Nicholas.

– Que veux-tu que je fasse ?

– Fais-le entrer.

Nicholas plonge de nouveau son regard dans le mien, le charme de l'instant s'est rompu entre nous.

– Si Ethan revient, ils l'apprendront. Ils ne cesseront jamais de le chercher.

– J'ai bien compris.

– Et ils le trouveront peut-être même s'il continue de se planquer.

– Oui, bon, pour le moment ils ne l'ont pas trouvé.

Il penche la tête, songeur, l'espace de quelques secondes :

– Je crois que vous vous trompez, dit-il. Je crois que c'est la dernière chose qu'il voudrait, Ethan, passer le reste de sa vie loin de sa fille…

– Je crois qu'il y a des choses qu'il redoute encore plus, à vrai dire.

– Ah bon, et lesquelles, alors ?

Qu'il arrive malheur à Bailey, ai-je envie de répondre. *Qu'il lui arrive malheur par sa faute, à cause de son implication dans tout ça, qu'elle finisse amochée. Qu'elle finisse assassinée.*

– D'autres choses.

Protège-la.

Une tape sur l'épaule, c'est Charlie :

– Votre chauffeur est avancé. Il est temps d'y aller.

Je me lève pour partir. Nicholas paraissait réceptif tout à l'heure, mais visiblement il ne veut plus rien entendre. L'entrevue est finie.

Il n'y a plus rien à faire. Je suis donc Charlie vers la porte.

Nicholas nous interpelle in extremis :

– Kristin… Vous pensez qu'elle voudrait me rencontrer ?

Je pivote sur les talons et plante mes yeux dans les siens :

– Je le crois, oui. Je le crois.

– Comment on s'y prendra ?

– Ce sera à elle de décider dans quel cadre et à quelle fréquence elle voudra vous voir. Mais je m'assurerai qu'on ne vous savonne pas la planche. Qu'elle comprenne bien que l'essentiel des événements qui ont eu lieu ici n'a aucun rapport avec l'affection que vous lui portez. Et qu'elle devrait faire votre connaissance.

– Et elle vous écoutera ?

Une semaine plus tôt, elle m'aurait répondu non. Ce matin, encore, n'était-ce pas encore non ? Elle avait quitté la chambre d'hôtel, sachant que je lui avais expressément demandé de ne pas bouger. Malgré tout, il faut que je le convainque que la réponse sera oui. Il faut qu'il le croie et que je le croie moi aussi, afin de remporter la partie. Je sais que tout dépend de ça.

Je hoche la tête :

– Elle m'écoutera.

Nicholas hésite, puis me répond :

– Rentrez chez vous, dit-il. Vous ne risquez rien. Ni elle ni vous. Vous avez ma parole.

J'inspire une longue goulée d'air. Et fonds en larmes, devant lui, portant aussitôt la main à mes yeux.

– Je vous remercie, dis-je.

Il se porte à ma hauteur et me tend un mouchoir en papier.

– Ne me remerciez pas. Ce n'est pas pour vous que je le fais.

Je le crois. Je prends quand même le mouchoir. Et fiche le camp de là aussi vite que possible.

Le diable se cache dans les détails

Dans la voiture, Grady prononce une parole qui m'accompagnera toute la vie.

Il me dit une chose, pendant le trajet qui nous ramène aux bureaux des US Marshals où Bailey m'attend.

Tandis que nous roulons, le soleil se lève sur le lac Lady Bird, Austin s'éveille dans le petit matin. Une fois inséré sur la voie rapide, Grady détourne les yeux de la route et me regarde – comme s'il craignait que je n'aie pas saisi à quel point ma décision le navre.

Puis il le dit.

– Ils vont se venger sur Owen, ils trouveront un moyen, dit-il. Il faut que vous le sachiez.

Je soutiens son regard, parce que c'est le moins que je puisse faire. Parce que je ne vais pas me laisser impressionner.

– Nicholas ne laisse jamais tomber. Vous vous faites berner.

– Je ne crois pas, non.

– Et s'il s'avère que vous avez tort ? C'est quoi, le plan ? Sauter dans un avion, reprendre votre petite vie en priant pour ne pas être en danger ? Vous *êtes* en danger. Ça ne marche pas comme ça.

– Et comment vous savez ça, vous ?

– Quinze ans d'expérience, pour commencer.

– Nicholas n'a aucun problème avec moi. Je me suis retrouvée là-dedans sans l'avoir voulu.

– Je le sais, et vous aussi. Mais Nicholas ne le sait pas, pas avec certitude. Et ce n'est pas le genre de pari qu'il prend.

– Je crois que ce sont des circonstances exceptionnelles.

– Pourquoi ?

– Je crois qu'il tient à connaître sa petite-fille. Plus qu'à son envie de punir Owen.

Ça lui coupe le sifflet. Et je vois que l'idée fait son chemin. Qu'il en vient à la même conclusion que moi – que ça peut simplement être vrai.

– Même si vous avez raison sur ce point, si vous faites ça, vous ne reverrez jamais Owen.

Et ça recommence. Ça bourdonne dans mon oreille, dans mon cœur. Nicholas l'a dit, maintenant c'est au tour de Grady. Comme si je ne le savais pas. Je le sais, je saisis la gravité de l'instant, elle tambourine dans chacune de mes veines.

Je renonce à Owen. Je renonce à imaginer qu'il existe une autre voie, qu'une autre décision pourrait mener à un monde où ce serait de nouveau Owen et moi, ensemble. Je renonce à croire que je pourrais retrouver Owen, un jour. J'ai pu avoir du mal à croire qu'Owen allait revenir. J'ai pu en douter, mais là, maintenant, je sais que ça n'arrivera pas.

Grady se range sur le bas-côté, des poids lourds nous dépassent à toute allure, leur souffle secouant l'habitacle.

– Il n'est pas encore trop tard. Laissez tomber Nicholas, c'est un enfoiré de première. Oubliez ce pacte à la con que Nicholas croit que vous avez passé avec lui. Ce n'était pas à vous de décider ça. Vous devez penser à Bailey.

– Je ne pense qu'à Bailey, justement. À ce qui est le mieux pour elle. À ce qu'Owen aurait voulu que je décide pour elle.

– Vous croyez sincèrement qu'il voudrait que vous optiez pour une solution qui implique qu'il ne la voie plus jamais ? Ne puisse plus jamais être avec elle ?

– Alors dites-moi, Grady, puisque vous connaissez Owen depuis bien plus longtemps que moi, selon vous, qu'est-ce qu'il attendait de moi, en disparaissant ?

– Je crois qu'il voulait que vous fassiez profil bas le temps qu'il règle tout ça. En espérant que son visage ne se retrouve pas diffusé sur toutes les chaînes de télé. Que vous puissiez tous garder vos identités intactes. Et, si nécessaire, que je trouve un moyen de vous relocaliser pour que vous preniez tous un nouveau départ, ensemble.

– C'est là que vous me perdez. Systématiquement.

– Comment ça, de quoi vous parlez ?

– Quelles sont les chances pour que ça marche, Grady ? Si vous nous relocalisez, quels sont les risques qu'ils nous retrouvent quand même ?

– Infimes.

– Infimes comment ? Cinq pour cent de risques ? Dix ? Et la fuite, la dernière fois, on en parle ? Y a-t-il une probabilité, même minime, que ça se reproduise ? Parce que ça s'est produit une fois. Owen et Bailey ont été exposés sous votre responsabilité. Owen ne prendrait pas ce risque. Il ne voudrait pas jouer la vie de sa fille aux dés et risquer qu'il lui arrive malheur.

– Je ne laisserais pas ça arriver.

– Si ces types nous repèrent, ils seraient prêts à tout pour remonter jusqu'à Owen, pas vrai ? Ils ne vont pas s'embarrasser de manières ni se gêner si Bailey se trouve sur leur chemin. J'ai raison, ou pas ?

Pas de réponse. Il est coincé.

– En gros, le problème, c'est que vous ne pouvez pas garantir que ça n'arrivera pas. Vous ne pouvez pas me le garantir, pas plus que vous ne le pouviez à l'époque. Et c'est pour ça qu'il me l'a laissée. Pour ça qu'il a filé et qu'il n'est pas venu vous trouver.

– Je crois que vous vous fourvoyez.

– Et moi je crois que mon mari sait qui il a épousé.

Grady rit.

– J'aurais misé sur le fait que vous auriez au moins appris une chose : c'est qu'on ne sait jamais qui on épouse.

– Je ne suis pas d'accord. Si Owen avait voulu que je vous laisse tout décider sans bouger de ma chaise, il me l'aurait dit.

– Dans ce cas, comment expliquez-vous les mails qu'il m'a envoyés ? Les dossiers détaillés qu'il a conservés ? Tout ça va permettre de s'assurer qu'Avett paie pour ce qu'il a fait. Le FBI est déjà en train de monter une procédure de plaider-coupable qui va envoyer Avett en taule pour les vingt prochaines années… Comment vous expliquez qu'il ait fait ça, votre mari ? Comment pouvez-vous balayer tout ce qu'il a mis en place pour entrer dans le programme de protection des témoins ?

– À mon avis, il a agi ainsi pour une tout autre raison.

– Et laquelle ? Son héritage ?

– Non. Celui de Bailey.

Il a un petit sourire narquois, et j'entends toutes les choses qu'il veut me dire sans s'y autoriser. J'entends tout ce qu'il sait au sujet d'Owen – les mêmes choses que sait Nicholas, mais avec un vernis différent. Il songe peut-être qu'en me disant un élément plus proche de la vérité, il me gagnera davantage à sa cause. Mais j'ai déjà choisi ma cause. Celle de Bailey. Et la mienne.

– Je vais vous dire les choses le plus simplement du monde. Nicholas est un enfoiré de la pire espèce. Le jour viendra où il vous punira. Bailey sera peut-être hors de danger, mais s'il ne peut pas remonter jusqu'à Owen, il vous punira pour l'atteindre à travers vous. Vous êtes complètement sacrifiable, à ses yeux. Vous ne comptez pas.

– Non, en effet.

– Vous devez donc savoir combien il est risqué pour vous ne serait-ce que de reprendre votre vie là où vous l'avez laissée. Je ne peux vous protéger que si vous me laissez faire.

Je ne lui réponds pas, parce qu'il veut que je lui dise oui – oui, je vais vous laisser me protéger. Oui, je vais le laisser nous protéger. Et ça, je ne le dirai pas. Je ne le dirai pas, car voici ce que je sais : il en est incapable.

Nicholas réussirait probablement à retrouver notre trace, s'il le voulait. Voilà ce que j'ai appris jusqu'alors. D'une manière ou d'une autre, tout remonte à la surface. Inexorablement. Donc autant tenter le coup, et agir dans le meilleur intérêt de Bailey. Et, de cette manière, Bailey pourra rester Bailey.

Avant cela, personne ne lui a laissé le choix. Elle va déjà perdre tant. Le moins que je puisse faire, c'est de lui laisser le choix aujourd'hui.

Grady redémarre, s'insère dans la circulation.

– Vous ne pouvez pas lui faire confiance. Vous êtes folle, de croire que c'est possible. On ne peut pas pactiser avec le diable sans s'attendre à de gros ennuis.

Je détourne le regard, m'absorbe dans le paysage.

– Sauf que c'est ce que je viens de faire.

Revenir à elle

Bailey est assise dans la salle de conférences. Elle sanglote.

Je n'ai pas le temps d'avancer jusqu'à elle que, déjà, elle bondit et se précipite dans mes bras. Elle me serre fort, front blotti au creux de mon épaule.

Je la serre dans mes bras, Grady n'existe plus, plus rien n'existe qu'elle. Elle se détache et son visage est un choc : les yeux gonflés d'avoir trop pleuré, les mèches collées sur le crâne. On dirait une version enfantine d'elle-même, avec un besoin criant qu'on lui dise qu'elle est désormais hors de danger.

– Je n'aurais pas dû quitter la chambre, dit-elle.

Je lui dégage le visage.

– Tu étais où ?

– J'aurais pas dû y aller, je suis désolée. Mais j'ai cru qu'on frappait à la porte et j'ai complètement flippé. Mon portable a sonné, j'ai décroché. Mais rien, silence, juste des grésillements. J'arrêtais pas de dire allô, et j'entendais rien. Alors je suis allée dans le couloir voir si je captais mieux, et je sais pas...

– Tu as continué d'avancer ?

Elle hoche la tête.

Grady me décoche un regard, comme si je n'étais pas légitime pour la consoler. Comme si je n'étais légitime pour rien. C'est comme ça qu'il voit les choses, maintenant. Son plan pour Owen et Bailey est d'un côté de la ligne, et moi je suis de l'autre. Il ne me voit plus que comme ça : comme le principal élément pouvant le mener à sa solution imaginaire.

– J'ai cru que c'était mon père au téléphone. Je sais pas pourquoi. C'était peut-être la friture sur la ligne ou le numéro masqué. J'étais persuadée qu'il essayait de me joindre, et donc je me suis dit que j'allais marcher un peu, au cas où il réessaierait. Ça ne s'est pas produit, alors j'ai juste… continué. J'ai pas vraiment réfléchi.

Je ne lui demande pas pourquoi, avant de partir, elle ne m'a pas dit que tout allait bien. Elle craignait peut-être que je ne la laisse pas suivre son instinct. Ça l'explique sans doute en partie. Mais je sais que l'autre partie de l'explication n'a rien à voir avec moi, donc je n'insiste pas. Parfois, on sent qu'on doit partir, ça ne regarde personne, dans ces cas-là : on décide seul. Il s'agit juste de trouver comment y arriver.

– Je suis retournée à la bibliothèque. Je suis retournée sur le campus. J'avais la liste du professeur Cookman, avec moi, et j'ai recommencé à parcourir les registres d'archives. On était parties si vite, après avoir vu les photographies de… Kate. Alors je me suis dit… je me suis dit qu'il fallait que je sache. Avant de quitter Austin.

– Et tu l'as trouvé ?

Elle opine :

– Ethan Young. Le dernier sur la liste…

Je ne dis rien, j'attends qu'elle termine.

– Et c'est à ce moment-là qu'il a appelé.

Je me fige :

– De quoi tu parles ?

Je suis à deux doigts de m'évanouir. Elle a parlé à Owen. Elle a pu parler à Owen.

– Tu as parlé à ton père ? demande Grady.

Elle lève les yeux vers lui, acquiesce discrètement.

– Je peux parler à Hannah seule à seule ? dit-elle.

Il s'agenouille devant elle, sans quitter la pièce. Ce qui, apparemment, est sa manière de dire non.

– Bailey, tu dois me dire ce que t'a dit Owen. Ça m'aidera à l'aider.

Elle secoue la tête, comme si elle n'arrivait pas à croire qu'elle doit avoir cette conversation devant lui. Qu'elle doit en parler, tout court.

D'un geste, je l'encourage à me dire, à nous dire :

– Tu peux parler, dis-je.

Sans me quitter des yeux, elle hoche le menton et commence à parler :

– Je venais de tomber sur cette photo de papa, il était plus costaud, et il avait les cheveux tellement longs, genre aux épaules… presque une coupe mulet, c'était tellement années 1980 que j'ai juste… j'ai failli rire, tellement il était ridicule. Et différent. Mais c'était lui. C'était lui, ça ne faisait aucun doute. J'ai rallumé mon portable, pour te le dire. Et c'est là que j'ai eu un appel entrant, sur Signal.

Signal ? Pourquoi ça me dit quelque chose ? Ça me revient : on mangeait des raviolis chinois au Ferry

Building, tous les trois, il y a quelques mois de ça, Owen avait pris le téléphone de Bailey et lui avait dit qu'il installait une appli. Une appli cryptée du nom de Signal. Il lui avait expliqué que rien ne s'effaçait jamais sur Internet. Avait plaisanté de manière lourdingue, disant que s'il lui prenait l'envie d'envoyer des messages *sexy* (il avait vraiment utilisé ce mot), elle devait utiliser cette appli. Elle avait fait mine de vomir ses raviolis.

Puis, Owen s'était fait plus sérieux. Lui expliquant que si elle voulait qu'un appel ou un texto ne laissent pas de trace, elle devait passer par ça. Il l'avait dit à deux reprises pour qu'elle percute bien. *Je m'en souviendrai toute ma vie, si tu jures de ne jamais plus utiliser le mot « sexy » devant moi*, avait-elle dit. *Marché conclu*, avait-il répondu.

Bailey parle désormais à toute allure :

– J'ai dit allô et il a commencé à parler direct. Sans dire d'où il appelait. Ni demander si ça allait. Il a dit qu'il avait vingt-deux secondes. Ça, je m'en souviens. Vingt-deux. Ensuite il a dit qu'il était désolé, vraiment affreusement désolé, qu'il avait organisé sa vie de manière à n'avoir jamais à me passer ce coup de fil.

Je la vois qui refoule ses larmes. Elle ne prête pas attention à Grady. Elle ne regarde que moi.

Je demande doucement :

– Et après, qu'est-ce qu'il a dit ?

Ça lui pèse, ça se voit. Ça lui pèse comme rien ne devrait jamais venir alourdir de si jeunes épaules.

– Il a dit qu'il ne pourrait pas me rappeler avant longtemps. Et que…

Elle secoue la tête.

– Quoi, Bailey ?

– Que… qu'il ne pouvait pas rentrer à la maison.

Son visage, tandis qu'elle s'efforce de digérer cette phrase, est un spectacle terrible. Cette phrase impossible. Cette phrase terrible, impossible, qu'il aurait voulu ne jamais avoir à prononcer. Cette chose terrible, impossible, que je soupçonnais moi aussi. Cette chose terrible, impossible, que je savais.

Il est parti. Il ne reviendra pas.

– Il voulait dire… jamais ? demande-t-elle.

Avant même que j'esquisse une réponse, Bailey lâche un bref cri rauque, sa voix se brise, refusant cette information. Refusant ce qu'elle sait, elle aussi.

Je pose ma main sur la sienne, sur son poignet, que je serre.

– Je ne crois vraiment pas que… intervient Grady. Je ne crois… vraiment pas qu'on puisse savoir ce qu'il voulait dire.

Je le cloue au pilori d'un regard.

– Et aussi bouleversant qu'ait pu être ce coup de fil, ce dont il faut qu'on parle, pour l'instant, c'est de la suite.

Elle garde son regard rivé sur moi :

– Quelle suite ? De quoi on parle, là ?

Je soutiens son regard, c'est juste elle et moi. Je me rapproche pour qu'elle me croie quand je lui dirai que c'est à elle de décider.

– Grady parle de l'endroit où on va aller, après. Soit on rentre à la maison…

– Soit on vous aide à créer une nouvelle base. C'est ce dont je vous parlais. Je peux vous trouver, à Hannah et toi, un endroit où vous pourrez tout reprendre à zéro. Où ton père pourra vous rejoindre quand il pensera que le danger est écarté. Il se dit sans doute que ça n'arrivera pas tout de suite, c'est ça qu'il essayait peut-être de te dire, au téléphone…

– Et pourquoi ?

– Pardon ?

Elle le confronte :

– Pourquoi pas tout de suite ? Pourquoi pas aujourd'hui ? Si mon père est convaincu que vous représentez la meilleure option, alors pourquoi il est pas là, avec nous, aujourd'hui ? Pourquoi il est toujours en cavale ?

Grady émet un petit rire, qui le prend par surprise. Un petit rire déplaisant, comme si j'avais coaché Bailey pour qu'elle pose cette question – comme si ce n'était pas la seule question que poserait quiconque aime et connaît Owen. Owen a fait en sorte qu'on ne prenne jamais ses empreintes digitales. Que son visage ne soit pas placardé partout aux infos. Il a fait ce qu'il fallait pour que des forces extérieures ne viennent pas ravager la vie de Bailey. Sa véritable identité. Alors où est-il ? Il n'a plus de carte à jouer. Plus aucune option en main. S'il devait revenir, s'il croyait que c'était possible de recommencer à zéro en toute sécurité, il serait là aujourd'hui. Il serait à nos côtés.

– Bailey, je ne crois pas être en mesure de vous livrer une réponse satisfaisante, dit-il. Mais ce que je peux dire, c'est que tu devrais tout de même accepter mon aide. C'est la meilleure façon de garantir votre sécurité. La seule, pour Hannah et toi.

Elle contemple sa main que la mienne recouvre.

– Alors c'est ça… c'est ça qu'il voulait dire ? Mon père ? Il ne va pas revenir ?

La question est pour moi. Elle me demande de confirmer ce qu'elle sait déjà. Je n'hésite pas :

– Non, je ne crois pas qu'il le puisse.

Je le lis dans ses yeux – sa tristesse se muant en colère. Il y aura d'autres va-et-vient avec la douleur. Un cercle nécessaire, solitaire, féroce s'ouvre à mesure qu'elle se débat avec cette réalité. Par quel bout prendre une réalité pareille ? On ne peut pas. Il faut rendre les armes. Et laisser parler les émotions. Laisser parler son sentiment d'injustice. Sans céder au désespoir. Tout ce que je sais, c'est que je ne la laisserai pas céder au désespoir.

– Bailey… fait Grady en secouant la tête. On ne sait tout simplement pas si c'est vrai. Je connais ton père et…

Elle relève vivement le front :

– Qu'est-ce que vous venez de dire ?

– J'ai dit : Je connais ton père…

– Non. Je connais mon père.

Le rouge lui monte aux joues, ses prunelles s'affermissent, se font tranchantes. Et ça y est, c'est là : sa décision prend forme, ses besoins se sédimentent en une résolution que personne ne peut lui ôter.

Grady continue de discourir, mais elle n'écoute plus, elle a eu sa dose. Et c'est en me regardant droit dans les yeux qu'elle dit ce à quoi je m'attendais – la décision à laquelle je pensais qu'elle arriverait. Ce qui fait que je suis allée voir Nicholas, que j'ai agi comme je l'ai fait.

Elle me le dit rien qu'à moi. Le reste, elle a laissé tomber. Avec le temps, il va falloir que je reconstruise tout ça. Il va falloir que je fasse tout mon possible pour l'aider à reconstruire son monde.

– Je veux juste rentrer chez moi.

Un regard vers Grady, pour lui signifier : *Vous l'avez entendue*. Puis j'attends qu'il fasse ce qu'il ne peut plus éviter.

Qu'il nous laisse partir.

Deux ans et quatre mois plus tôt

– Montre-moi comment on fait, dit-il.

Nous avions allumé les lumières dans mon atelier. Nous venions de rentrer du théâtre, après ce premier rendez-vous n'engageant à rien, et Owen m'avait demandé s'il pouvait me raccompagner à mon atelier. Pas de *et plus si affinités*, avait-il ajouté. Il voulait simplement apprendre à utiliser un tour à bois. Voir comment je m'y prenais.

Il regarda autour de lui et se frotta les mains :

– Et donc… par quoi on commence ?

– D'abord, il faut choisir un morceau de bois. Tout commence toujours par le choix du bon morceau. Si le bois ne vaut rien, on n'ira nulle part.

– Et comment on choisit, quand on est tourneur ?

– Les tourneurs sur bois ont chacun leurs trucs. Mon grand-père travaillait surtout l'érable. Il en adorait les teintes, la manière dont les grains ressortaient. Moi j'ai un panel plus varié. Du chêne, du pin, de l'érable.

– Et lequel tu préfères travailler ?

– Je n'ai pas de favori.

– Ah, c'est toujours bon à savoir.

Je secouai la tête, me retins de sourire :

– Si tu as l'intention de te moquer de moi…

Il leva les paumes bien haut, en signe de reddition :

– Je ne me moque pas. Je suis fasciné.

– D'accord, alors dans ce cas, au risque de te paraître un peu gnangnan, je dirais qu'il y a toute une gamme de raisons qui font qu'un bois vous attire.

Il se dirigea vers la zone où je travaillais, s'accroupit pour observer de plus près mon tour le plus massif.

– C'est mon premier cours ?

– Non, le premier cours consiste à choisir le bout de bois adéquat. Il faut que tu saisisses à quoi on reconnaît un bout de bois intéressant : il y a un critère. C'est mon grand-père qui disait ça. Et je crois que c'est éminemment vrai.

Il passa sa main sur un tronçon de pin sur lequel je travaillais. Un bois patiné – une teinte profonde, riche pour du pin.

– Prenons celui-là : qu'est-ce qui le définit ?

Je vins poser ma main sur un trou en plein milieu, d'un blanc virant au blond, complètement délavé.

– Je crois que ce point-là, ce détail bien précis pourrait se révéler intéressant.

Il y posa sa main à son tour, sans toucher la mienne, sans même essayer – essayant juste de comprendre ce que je lui montrais.

– Ça me plaît bien. Oui, j'aime bien cette manière de voir les choses… Je crois qu'on pourrait en dire autant des gens, au fond. Au bout du compte, on a tous un détail qui nous définit.

– C'est quoi, dans ton cas ?

– Et toi ?

Je souris :

– J'ai posé la question la première.

Il me renvoya mon sourire. Ce sourire…

– Bon, dans ce cas… dit-il.

Puis, sans hésiter, sans flancher une seconde :

– … Je serais prêt à tout pour ma fille.

Parfois, on peut rentrer chez soi

Nous sommes sur le tarmac, attendant que l'avion décolle. Bailey regarde par le hublot. Elle a l'air épuisée – yeux cernés, bouffis, peau marbrée de rouge. Elle a l'air épuisée et effrayée.

Je ne lui ai pas encore tout dit. Mais elle en a compris assez. Assez pour que sa peur soit légitime. C'est l'inverse qui serait étonnant.

– Ils viendront nous voir, dis-je. Nicholas et Charlie. Ils peuvent venir avec tes cousins, si tu le souhaites. Ça pourrait être chouette. Je crois qu'ils ont très envie de te rencontrer.

– Ils ne vont pas dormir à la maison ni rien ?

– Non. Rien de ce genre-là. On ira déjeuner une fois ou deux. Pour commencer.

– Et tu seras là aussi ?

– Tout le temps, oui.

Elle acquiesce, le temps de digérer la nouvelle.

– Pour les cousins, je dois me décider tout de suite ?

– Tu n'es obligée de rien, pour l'instant.

Elle se tait. Elle comprend – pour autant qu'elle s'autorise à l'intégrer – que son père ne reviendra pas chez nous. Mais elle ne veut pas en parler, pas encore. Elle refuse de se projeter, de réfléchir à la vie sans lui. Ça non plus, on n'est pas obligées d'y passer tout de suite.

J'inspire un grand coup et essaie de ne pas songer à tout ce par quoi on va devoir passer – même si cela semble loin. Aux étapes qu'on va devoir franchir, l'une après l'autre, pour reprendre nos vies. Jules et Max viennent nous chercher à l'aéroport, notre frigo est plein, le dîner nous attend sur la table. Mais tout cela devra se répéter, jour après jour, jusqu'à ce qu'un semblant de normalité reprenne le dessus.

Et il y a des choses que je ne pourrai éviter, comme la claque qui m'attendra au tournant d'ici quelques semaines (ou quelques mois), quand Bailey commencera à se remettre et que je m'arrêterai une seconde pour réfléchir à ma vie à moi. À ce que j'ai perdu, à ce qui ne reviendra pas. Pour réfléchir à moi, et rien qu'à moi. Et à Owen. À ce que j'ai perdu – ce que je continue à perdre – en étant privée de lui.

Quand le monde cessera sa course folle, je devrai laisser libre cours à mes sentiments pour que vienne le temps du chagrin, du deuil.

Mais ce qui m'empêchera de m'effondrer, c'est que j'aurai la réponse à une question que je commence tout juste à envisager : si j'avais su, serais-je ici ? Si Owen m'avait dit d'entrée de jeu quel était son passé, s'il m'avait prévenue de ce dans quoi je mettais les pieds, l'aurais-je tout de même choisi ? Aurais-je choisi de finir là où je suis aujourd'hui ? Ça me rappellera brièvement cet instant de grâce offert par mon grand-père peu de temps après le départ de ma mère, quand j'ai réalisé que j'étais exactement à ma place. Et je sentirai la réponse me traverser, un rideau de chaleur aveuglante. Oui. Sans hésitation. Même si Owen me l'avait dit, même si j'avais tout su de A à Z. Oui, c'est ça que j'aurais choisi. Et ça me portera.

– Pourquoi c'est si long ? demande Bailey. Pourquoi on n'a pas encore décollé ?

– Je ne sais pas. Je crois que le steward a évoqué un embouteillage sur la piste.

Elle hoche la tête, enroule ses bras sur sa poitrine, elle a froid, se sent mal, son tee-shirt impuissant à contrecarrer l'atmosphère glaciale de l'avion. Ses bras couverts de chair de poule. De nouveau.

Mais cette fois, je suis prête. Il y a deux ans – il y a deux jours –, je ne l'étais pas. Mais les choses ont changé. Je plonge la main dans mon sac et lui tends son sweat à capuche favori. Je l'avais glissé dans mon bagage cabine exprès.

Je sais, pour la première fois, lui offrir ce dont elle a besoin.

Ça ne fait pas tout, évidemment. On en est loin. Mais elle enfile son pull et entreprend de se réchauffer en se frictionnant les bras.

– Merci.

– Je t'en prie.

L'avion avance de quelques mètres, repart en marche arrière. Puis, lentement, il se dirige vers la piste de décollage.

– On y est, fait Bailey. Enfin.

Elle se renfonce dans son siège, soulagée qu'on s'en aille. Ses paupières se ferment et elle vient poser son coude sur l'accoudoir central.

Son coude est là, l'avion accélère. Je m'accoude à mon tour, et je devine. Elle le fait et moi aussi. On se rapproche chacune un tout petit peu, au lieu de marquer chacune son espace.

Ça me fait l'effet escompté.

L'effet d'un commencement.

Cinq ans plus tard, ou huit, ou dix

Je suis à Los Angeles, au Pacific Design Center, où je participe à une exposition « Au premier regard », aux côtés de vingt et un autres artisans et fabricants. Je me suis lancée dans une série de pièces en chêne blanc (une majorité de meubles, quelques saladiers et pièces plus volumineuses) que je fabrique directement dans l'espace d'exposition.

C'est une occasion exceptionnelle pour se faire connaître auprès d'une nouvelle clientèle, mais c'est également une sorte de réunion corporatiste – et, comme toujours dans ce cas-là, c'est un peu pénible. Des architectes, des collègues s'arrêtent pour me saluer et prendre des nouvelles. Je papote de mon mieux, mais je commence à fatiguer. Et, tandis que l'aiguille se rapproche de 18 heures, je sens que j'évite peu à peu les contacts visuels, plutôt que de les provoquer.

Bailey est censée me retrouver pour dîner, donc c'est surtout elle que je guette, pressée de fermer boutique pour la journée. Elle sera accompagnée d'un garçon qu'elle voit depuis peu, qui travaille pour un fonds spéculatif, du nom de Shep (il perd deux points d'emblée), mais elle m'a assuré qu'il allait me plaire. *Il n'est pas comme ça*, a-t-elle dit.

Je ne sais pas trop si elle se réfère au fait qu'il bosse dans la finance ou qu'il s'appelle Shep. Dans les deux cas, il semble être l'exact opposé du précédent petit copain, dont le prénom était moins agaçant (John) et qui était sans emploi. C'est comme ça, la vie amoureuse, quand on a vingt ans, et je suis bien contente qu'elle ait ce genre de préoccupation en tête.

Elle vit désormais à Los Angeles. Moi aussi, pas trop loin de l'océan – et pas trop loin d'elle.

J'ai vendu la maison flottante sitôt que Bailey a terminé le lycée. Je ne me fais pas d'illusion sur le fait que ça n'empêche personne de remonter jusqu'à nous – je pense aux silhouettes qui guettent, tapies dans l'ombre, un éventuel retour d'Owen. Je suis certaine qu'on nous surveille encore, au cas où il tenterait le coup. Je pars du principe que je suis sous surveillance, que ce soit vrai ou non.

Parfois, je crois les voir, dans une file d'attente à l'aéroport ou à la devanture d'un restaurant, mais bien sûr je ne sais pas qui ils sont. Quiconque laisse s'attarder son regard sur moi une seconde de trop est aussitôt une cible potentielle. Cela me retient de me laisser approcher par trop de monde, ce qui n'est pas forcément plus mal. J'ai autour de moi les gens dont j'ai besoin.

Hormis un.

Il entre dans la salle, d'un pas tranquille, sac au dos. Ses cheveux épais sont tondus bien ras, et plus foncés, et il a le nez de guingois, comme s'il avait subi une fracture. Il porte une chemise aux premiers boutons entrouverts, aux manches roulées, révélant un bras intégralement tatoué jusqu'à la main, où, telle une araignée, le dessin s'immisce jusque sur ses doigts.

C'est alors que je repère son alliance – il la porte encore. L'alliance que j'ai ciselée pour lui. Son poli en chêne fin est peut-être indiscernable au commun des mortels, mais moi, je le reconnais au premier regard. Il ne pourrait pas être plus dissemblable à lui-même, c'est indéniable. Mais peut-être est-ce ainsi que l'on se dissimule tout en s'affichant à la vue de tous. J'hésite. Puis je me demande si ce n'est pas lui, après tout.

Ce n'est pas la première fois que je crois le voir. Je crois le voir partout.

Je suis sidérée, au point que je laisse échapper la liasse de papiers que j'ai en main. Qui valse sur le sol.

Il s'agenouille pour m'aider. Ne sourit pas, ça le trahirait. Il ne me touche pas la main, loin de là. Ce serait trop, sans doute, pour chacun de nous.

Il me tend les feuilles.

J'essaie de le remercier. Est-ce que je le dis à voix haute ? Je ne sais pas.

Peut-être. Parce qu'il hoche la tête.

Il se redresse et, au moment de tourner les talons comme il est venu, il dit une phrase que lui seul pourrait prononcer.

– Les « non-élus » t'aiment encore, dit Owen.

Ceci dit sans me regarder, à voix basse.

Comme on souffle un bonjour.

Comme on dit au revoir.

Ma peau s'embrase, mes joues s'empourprent. Mais je reste muette. Je n'ai pas le temps de dire quoi que ce soit. Il resserre son sac à dos, carre les épaules et disparaît dans la foule. Et c'est tout. Un fan de design de plus, qui va jeter un œil au stand suivant.

Je n'ose pas le regarder alors qu'il s'éloigne. Je n'ose pas regarder dans sa direction.

Je garde la nuque baissée, faisant mine de trier mes papiers, mais de la vapeur me sort des oreilles – ma peau, rouge écrevisse, brûlure mordante sur mon visage, me trahirait aux yeux du premier observateur venu. Je prie pour qu'il n'y en ait pas.

Je me force à compter jusqu'à cent, puis à cent cinquante.

Quand je m'autorise enfin à relever les yeux, c'est Bailey que je vois. Ça me calme illico, ça me recentre. Elle s'avance vers moi, venue de là où a disparu Owen. Elle porte une robe en molleton grise, avec des Converse montantes, et sa chevelure brune lui descend jusqu'au milieu du dos. Owen l'a-t-il croisée ? A-t-il pu voir comme elle est devenue belle ? Et sûre d'elle ? Je l'espère. Je l'espère et je ne l'espère pas. Faute de savoir, après tout, ce qui serait le plus douloureux pour lui.

Je respire un bon coup et lui fais signe. Elle marche main dans la main avec Shep, le nouveau copain. Il me fait coucou, il doit trouver ça mignon. Ça ne l'est pas.

Je les accueille avec un large sourire. Comment pourrais-je faire autrement ? Bailey sourit, elle aussi. Elle me sourit :

– Salut, m'man.

Remerciements

J'ai commencé à travailler à ce livre en 2012. Je l'ai souvent mis de côté, mais sans jamais le lâcher complètement. Je suis tellement reconnaissante à Suzanne Gluck, dont les conseils avisés à chaque étape m'ont permis de trouver l'histoire que j'avais envie de raconter.

Marysue Rucci, tes propositions judicieuses et tes commentaires éclairés ont enrichi ce roman sous bien des aspects. Merci d'être la meilleure partenaire dont un écrivain puisse rêver, une éditrice de choc et une amie chère.

Ma gratitude va à la formidable équipe de Simon & Schuster : Dana Canedy, Jonathan Karp, Hana Park, Navorn Johnson, Richard Rhorer, Elizabeth Breeden, Zachary Knoll, Jackie Seow, Wendy Sheanin, Maggie Southard et Julia Prosser ; ainsi qu'à Andrea Blatt, Laura Bonner, Anna Dixon et Gabby Fetters de WME.

Sylvie Rabineau, on forme une équipe depuis le premier jour, depuis le premier texte. Merci d'être ma conseillère, celle en qui j'ai toute confiance, la « Sylv » de Jacob et une des personnes que je préfère au monde. Je t'adore.

Je dois beaucoup à Katherine Eskovitz et Greg Andres pour leur expertise juridique, à Simone Puglia qui m'a merveilleusement guidée dans Austin, et à Niko Canner et Uyen Tieu pour le splendide saladier en bois tourné qui orne mon bureau et m'a en grande partie inspiré le personnage d'Hannah.

Pour avoir lu un grand nombre de versions provisoires (au cours des huit années écoulées !) et m'avoir fourni une aide et des conseils précieux, un grand merci à Allison Winn Scotch, Wendy Merry, Tom McCarthy, Emily Usher, Stephen Usher, Johanna Shargel, Jonathan Tropper, Stephanie Abram, Olivia Hamilton, Damien Chazelle, Shauna Seliy, Dusty Thomason, Heather Thomason, Amanda Brown, Erin Fitchie, Lynsey Rubin, Liz Squadron, Lawrence O'Donnell Jr., Kira Goldberg, Erica Tavera, Lexi Eskovitz, Sasha Forman, Kate Capshaw, James Feldman, Jude Hebert, Kristie Macosko Krieger, Marisa Yeres Gill, Dana Forman et Allegra Caldera. Et un merci tout particulier à Lauren Levy Neustadter, Reese Witherspoon, Sarah Harden et à l'incroyable équipe qui s'est occupée de *Hello Sunshine* : votre foi en ce roman est un rêve devenu réalité, pas moins.

Je suis profondément redevable aux familles Dave et Singer, et à tous les amis formidables qui m'ont prodigué un amour et un soutien inconditionnels. Ainsi qu'aux lecteurs, groupes de lecture, libraires et amoureux des livres en compagnie desquels je me sens si bien.

Enfin, mes hommes.

Josh, je ne sais pas trop pour quoi te remercier en priorité. Sans doute quelque chose en lien avec le fait que ce roman n'aurait jamais (oh non jamais) vu le jour sans toi, qui as cru en moi, ou avec le fait que je n'en reviens toujours pas d'avoir pour compagnon un homme dont, après treize années, je suis toujours aussi mordue. Mais pour commencer, je pourrais déjà citer le café ? J'aime tellement ton café. Et je t'aime plus qu'on ne saurait dire.

Jacob, mon petit bonhomme au grand cœur, inimitable, sage, hilarant. Ta venue au monde a été pour moi une renaissance. À tes côtés, j'en apprends tous les jours, c'est une formidable leçon d'humilité. Qu'ajouter, mon fils, que je ne te dise déjà jour après jour ? Être ta mère est la plus grande bénédiction de ma vie.

pca
cmb
edition pre-presse
livres numériques

44400 Rezé

Imprimé en France par
CPI Brodard & Taupin
en mars 2022

Dépôt légal : avril 2022
N° d'impression : 3047205
ISBN : 978-2-7499-4927-7
LAF : 3203